En eaux dangereuses

DU MÊME AUTEUR

Chez le même éditeur

Mort à la Fenice
Mort en terre étrangère
Un Vénitien anonyme
Le Prix de la chair
Entre deux eaux
Péchés mortels
Noblesse oblige
L'Affaire Paola
Des amis haut placés
Mortes-Eaux
Une question d'honneur
Le Meilleur de nos fils
Sans Brunetti
Dissimulation de preuves
De sang et d'ébène
Requiem pour une cité de verre
Le Cantique des innocents
La Petite Fille de ses rêves
Brunetti passe à table
La Femme au masque de chair
Les Joyaux du paradis
Brunetti et le Mauvais Augure
Deux Veuves pour un testament
L'Inconnu du Grand Canal
Le garçon qui ne parlait pas
Brunetti entre les lignes
Brunetti en trois actes
Minuit sur le canal San Boldo
Les Disparus de la lagune
La Tentation du pardon
Quand un fils nous est donné

DONNA LEON

En eaux dangereuses

Traduit de l'anglais (États-Unis)
par Gabriella Zimmermann

CALMANN LÉVY NOIR

CALMANN LÉVY
ÉDITEUR DEPUIS 1836

Titre original :
TRACE ELEMENTS
Première publication : William Heinemann, Londres, 2020

COUVERTURE
Maquette : olo.éditions
Photographie : © Paul Carstairs/Alamy Banque d'Images.

ISBN 978-2-7021-8273-4

À Ana de Vedia

« Ils répugnèrent à boire l'eau du fleuve car elle avait été transformée en sang[1]. »

HÄNDEL, *Israël en Égypte*
Première partie « L'exode »

1. Librement traduit de l'anglais. (*Toutes les notes sont de la traductrice.*)

1

Un homme et une femme, en pleine discussion, s'approchèrent du ponte dei Lustraferi. Ils avaient l'air de souffrir tous deux de la chaleur en cette fin d'après-midi de juillet. La vaste *riva* était en effet sans merci pour les flâneurs car la blancheur des pierres, alliée au soleil, réfléchissait sur leurs visages la lumière des rayons.

L'homme portait sur l'épaule une veste qu'il tenait par le passant cousu sur le col. La femme, blonde, aux cheveux attachés en queue-de-cheval, était vêtue d'un pantalon beige en lin et d'un léger chemisier blanc à manches longues pour se protéger du soleil. Ils s'arrêtèrent brusquement au pied du pont pour observer l'énorme bateau qui, amarré sur le rio della Misericordia, empêchait les autres embarcations d'accéder au rio dei Lustraferi, qui se situait perpendiculairement sur la droite. Une haie de panneaux en métal bloquait ce canal plus étroit et formait un barrage derrière lequel le niveau de l'eau s'était réduit de moitié.

Cette baisse du niveau de l'eau faisait ressortir des coulées de boue et d'horribles dépôts de liquide noir huileux des deux côtés d'un large chenal, s'étendant jusqu'au milieu du rio obstrué. Une cinquantaine de mètres plus loin, un autre rideau de palplanches avait été planté dans la boue, en vue de condamner le canal. Une barge flottante se trouvait de l'autre côté, surmontée d'une plate-forme où se dressait une grue jaune qui déversait dans une benne la boue extraite du canal. Un souffle de vent soudain, provenant de la *laguna*, fit remonter une odeur nauséabonde sans perturber l'étendue de fluide visqueux. Le moteur diesel installé sur la barge aspirait l'eau restante avec force gémissements et, à l'aide d'un énorme tuyau en plastique courant au-dessus des panneaux en métal, la rejetait dans le canal de l'autre côté de la barrière.

« *Oddio*[1] *!* s'exclama la commissario Claudia Griffoni. Je n'ai jamais vu une chose pareille. »

Guido Brunetti, son ami et collègue, se tenait tel le vaillant Cortès fixant le Pacifique, le pied droit posé sur la première marche du pont. Captivé par ce spectacle, il s'écria à son tour : « Ça fait un bail que je n'ai pas vu quelque chose comme ça. »

Griffoni éclata de rire. « Je ne pensais pas qu'ils procédaient de cette façon. » Elle gagna le sommet du pont pour avoir une meilleure vue sur la palée métallique.

Brunetti la rejoignit. « Où peuvent-ils bien avoir trouvé l'argent pour ces travaux ? » s'enquit-il à voix haute. *Il Gazzettino*[2] du jour avait publié un article sur les projets d'investissement qui avaient été revus à la baisse ou supprimés, faute de moyens financiers. Ce journal établissait la liste des victimes habituelles : les personnes âgées, les jeunes actifs, les résidents en quête de calme, les enseignants, et même les pompiers. Au vu de cette situation, Brunetti se demanda comment le maire, le *deus ex machina*, avait pu obtenir les fonds nécessaires au sein du budget municipal pour lancer cette initiative de nettoyage des canaux.

---

1. « Mon Dieu ! »

2. L'un des deux quotidiens de Venise, l'autre s'appelant *La Nuova di Venezia*.

« Comme il est aimable, ce maire, quel beau geste pour le bas peuple ! » commenta Griffoni.

Brunetti examina les canaux où s'étaient accumulées des décennies de fange et de détritus. La substance visqueuse et noire apparaissait juste au-dessous de la marque des marées hautes et s'épaississait au fur et à mesure que l'eau gagnait en profondeur. Le tout dégageait une odeur de pourriture insoutenable, qui évoquait celle des cadavres et emplit Brunetti presque autant de dégoût que d'horreur. « Ce projet lui correspond parfaitement », déclara-t-il.

Malgré la puanteur, ils décidèrent de rester. Brunetti se remémora sa jeunesse où l'on curait régulièrement les canaux à la main, et avec soin. Il se souvint des passerelles en bois construites de part et d'autre des canaux et de l'agilité toute féline avec laquelle les ouvriers les parcouraient, munis de leurs pelles et de leurs seaux.

Un roulement de tonnerre retentit non loin d'eux ; ils se bouchèrent les oreilles et comprirent que ce bruit provenait du moteur de la grue. La machine s'était bloquée au milieu du pont de l'embarcation, tel un monstre mis au repos.

Ils aperçurent, à l'intérieur de la cabine en verre de la barge, un homme en salopette bleu foncé, une cigarette au coin de la bouche, qui actionnait des deux mains les boutons et les leviers situés devant lui. Recouvrant sa joie d'enfant, Brunetti s'émerveilla de cette vision et s'imagina exercer un tel métier : du genre ludique, certes, mais ô combien doté de puissance. Griffoni semblait tout autant subjuguée que lui, même s'il doutait que cette profession puisse attirer sa collègue. Et il y avait peu de chances que la ville embauche un jour une Napolitaine – handicap bien plus grave que celui d'être une femme.

Sans échanger le moindre mot, ils passèrent de l'autre côté du pont et regardèrent les dents serrées du grappin se hisser au-dessus de la plate-forme du bateau et sortir de l'eau en angle droit. On aurait dit une mâchoire d'acier noire et hideuse, aux dents acérées, qui replongeait lentement dans l'eau et disparut sous la superficie du canal.

Sous les ordres du grutier, le grappin se déplaça imperceptiblement, marqua une pause, puis sembla s'agiter dans tous les sens sous l'eau avant de remonter à la surface. Au fur et à mesure qu'il brisait la superficie graisseuse, Brunetti voyait pendre au bout de ses dents des morceaux de plastique, de caoutchouc et de métal, tel un rottweiler de très grande taille en train d'avaler une écuelle de spaghettis. L'eau retombait en cascade dans le canal, puis la machine retournait à l'avant du bateau, déjà recouvert de monticules d'ordures souillées de boue. Elle s'immobilisa juste au-dessus de la pile de ces immondices fangeuses. Lentement, les mâchoires se descellèrent et leur contenu tourbeux vint s'écraser et s'ajouter au reste. L'ouvrier libéra les derniers fragments grâce à quelques manipulations, puis la mâchoire en métal recommença sa routine.

Brunetti et Griffoni n'avaient pas remarqué le second ouvrier debout sur la *riva*, tenant une pelle à la main. Dès que la grue replongeait dans l'eau, il montait sur une planche posée en travers de la barge afin d'aplanir le tas de débris, en poussant sur les côtés les sacs en plastique pourris, remplis de bouteilles, et en écartant de ce monceau une radio hors d'usage, la roue d'une bicyclette et quelques autres objets trop abîmés pour être identifiés.

Ils restèrent longtemps à regarder la scène, convaincus que seul l'autre pouvait comprendre le plaisir qu'il y avait à partager cette observation d'un engin au travail. Ni l'un ni l'autre ne soufflèrent mot, enveloppés d'une étrange intimité.

Au bout de dix minutes, le grutier se leva brusquement, descendit la courte échelle reliant sa cabine à la plate-forme de la barge. Il se pencha attentivement au-dessus de l'eau, puis remonta à son tableau de commande et actionna un bouton qui atténua le bourdonnement du moteur. Il appela l'homme à la pelle et lui fit signe de le rejoindre sur la planche. Le bruit du moteur couvrait leurs voix, mais le ton pressant du grutier se devinait à ses gestes.

Brunetti fut frappé par le changement dans la posture et l'attitude des deux hommes. Le grutier aux commandes avait l'air, précédemment, d'être parfaitement à son aise, mais à présent il semblait perplexe de retour dans sa cabine. Brunetti eut la nette sensation qu'il hésitait à continuer.

Faites que ce ne soit pas ce que je crois, songea Brunetti, qui ne voulait rien dire à Griffoni, de crainte de passer pour un insensé. Il saisit la rampe métallique fixée le long du pont et nota que les jointures de ses doigts étaient devenues blanches. Celles de Griffoni l'étaient aussi. Il se tourna vers son amie et remarqua à la fois la rigidité de son profil et la raideur de sa nuque.

Le bruit du moteur s'amplifia ; Griffoni et Brunetti s'écartèrent tous deux du parapet et se figèrent, dans l'attente de tout objet censé sortir du canal. Ils entendirent le changement de vitesse et la chaîne grincer à l'intérieur de sa solide boîte de protection. Le bras de la grue sortit de l'eau et les mâchoires remontèrent et émergèrent dans la lumière.

Brunetti s'arma de courage pour affronter la vision imminente. Griffoni, à ses côtés, était aussi hiératique qu'une statue.

Le grappin hissa des eaux du canal un réfrigérateur qui avait dû être blanc à une époque. De petite dimension, il serait tout juste arrivé à la taille de Brunetti si on l'avait installé dans une cuisine. La porte, suspendue à un seul gond, lui donnait l'allure d'un pauvre soldat revenu de la guerre.

Brunetti et Griffoni se regardèrent avec soulagement. C'est elle qui sourit la première, suivie de Brunetti qui accompagna son sourire d'un haussement d'épaules. Ils tournèrent les talons et se mirent à descendre le pont.

2

Ils marchèrent un moment en observant un agréable silence, puis Griffoni finit par demander : « À quoi t'attendais-tu ? »

Brunetti avoua : « J'avais peur, vu le comportement de ces hommes, qu'ils ne pêchent un cadavre. »

Elle s'arrêta net.

« Est-ce un fait coutumier ? » s'enquit-elle, en accentuant pesamment le dernier mot.

Brunetti ne sut s'il devait sourire ou non. « Non, grâce au ciel. Non. »

Griffoni regarda dans le vide un moment. « La femme assassinée qui a été retrouvée au Lido, quand était-ce ? Il y a six ou sept ans de cela ? » Brunetti se rappelait ce meurtre et combien la ville en avait été choquée.

« Oui, mais c'était avant ton arrivée. » Elle hocha la tête. « J'avais lu les articles à ce sujet. *Il Mattino* s'était déchaîné, comme tous les journaux du reste. Toute la presse s'était repue de ce fait divers, tu t'en souviens ? »

Brunetti était en mission à Ljubljana à cette époque-là ; il était chargé de persuader les autorités d'extrader un Italien qui s'était échappé de son pays après avoir tué son employeur. Le temps que Brunetti revienne à Venise, l'affaire avait été résolue et les meurtriers arrêtés.

« On l'a retrouvée dans un canal au Lido, n'est-ce pas ? poursuivit Griffoni. Il n'y avait pas une histoire de valise ? » Elle secoua la tête comme à chacune de ses pannes de mémoire.

Brunetti chercha à se remémorer les détails sordides de ce crime. « Elle avait été transportée ici dans une valise, effectivement, ou plutôt sa dépouille, car elle avait été assassinée à Milan, puis ses meurtriers l'ont amenée au Lido et jetée dans un canal.

— C'était pour une question d'argent, non ?

— N'est-ce pas toujours le cas ?

— J'ai oublié le reste. J'ai un vague souvenir de taxi. »

Brunetti tira sur sa chemise, qui collait à son corps. La chaleur n'avait fait qu'augmenter la semaine précédente, tout comme l'humidité, et toujours pas la moindre goutte de pluie en perspective... Les bateaux étaient bondés, les brises inexistantes, les nerfs à cran.

Brunetti émit un grognement furtif, de dégoût ou d'incrédulité ? Il n'aurait su le dire. « Si je me souviens bien, ils avaient loupé le dernier train pour Milan et avaient donc pris un taxi à Piazzale Roma : une course qui a dû leur revenir à 500 euros. Ils avaient gardé la valise vide. Le chauffeur de taxi a lu le lendemain l'article sur le cadavre et, au souvenir de leur état de nervosité, il a appelé la Questura. Le dossier a été bouclé en un jour, conclut-il en se frottant les mains.

— Je n'ai jamais rien lu d'autre sur ce meurtre, dit Griffoni. Et toi ?

— Pareil. Comme ils l'ont tuée à Milan, le procès a eu lieu là-bas », expliqua Brunetti en regardant sa montre. Il était presque 15 heures, l'heure de leur rendez-vous à l'Ospedale

Fatebenefratelli[1] où ils devaient s'entretenir avec une patiente qui avait demandé à parler à la police.

Ils connaissaient son nom et son âge: Benedetta Toso, 38 ans, Vénitienne, domiciliée à Santa Croce. Ils n'en savaient pas plus à son sujet, mais sa situation médicale les avait incités à ne pas tarder à aller la rencontrer. Brunetti avait été contacté par Cecilia Donato, la dottoressa chargée du suivi de la signora Toso. Elle avait travaillé à une époque avec son frère Sergio, radiologue à l'Ospedale Civile, et se souvenait qu'il avait un frère commissario.

Elle avait téléphoné à la Questura la veille et avait souhaité parler à Brunetti, en se présentant comme la médecin-chef de l'Ospedale Fatebenefratelli. L'agent qui avait pris la communication lui avait demandé de patienter ; lorsqu'elle avait précisé qu'elle était une amie du frère de Brunetti, on avait fait suivre immédiatement son appel.

La dottoressa lui apprit non seulement que la signora Toso était une patiente placée sous sa responsabilité, mais encore qu'au moment où on lui avait proposé de faire venir un prêtre accompagnateur, la signora Toso avait répondu qu'elle voulait plutôt parler à une policière.

Griffoni était toute trouvée. Brunetti l'avait accompagnée, en espérant pouvoir tirer profit de la confiance que la dottoressa Donato avait sans doute en son frère. Griffoni et lui avaient envisagé différentes tactiques et la commissario lui avait suggéré d'assister à l'entretien, en se présentant comme son subalterne.

Ils arrivèrent à 14h55 et se dirigèrent immédiatement vers l'ascenseur. Ce lieu n'était pas inconnu pour Brunetti.

---

1. Institution médicale située à Cannaregio, spécialisée dans la rééducation et dans les soins palliatifs.

Il avait rendu visite à plusieurs proches en fin de vie ici, tout comme à l'Ospedale Civile. Mais il se sentait plus serein au Fatebenefratelli, malgré les souvenirs douloureux.

Ils sortirent au deuxième étage et Brunetti se dirigea automatiquement vers le bureau des infirmières. Son expérience en matière d'hôpitaux s'était généralement avérée un véritable exercice de patience : il fallait attendre que le personnel autorise les visites ; trouver ensuite une chaise libre dans les chambres accueillant habituellement deux patients, quand ce n'était pas quatre ; et enfin détecter les bruits de vaisselle au moment des repas servis dans les différentes chambres.

Ici, cependant, le couloir était silencieux ; l'infirmier assis au bureau était un jeune homme aux longs cheveux blonds, attachés en une tresse. Il portait un jean et un T-shirt sous une blouse blanche et il leur sourit en signe de bienvenue. L'étiquette sur sa blouse mentionnait juste le prénom Domingo. « Êtes-vous de la police ? » demanda-t-il dans un italien mâtiné d'un léger accent. Il semblait se réjouir de leur venue.

Griffoni, jouant ostensiblement les responsables, le lui confirma. « Oui. Je suis le commissario Claudia Griffoni et voici, précisa-t-elle avec un geste en direction de Brunetti, mon collègue, Guido Brunetti.

— Soyez les bienvenus, déclara le jeune homme, le sourire aux lèvres. La dottoressa Donato m'a demandé de vous conduire à son bureau à votre arrivée. » Il fit le tour de sa table de travail, ce qui leur permit de remarquer sa paire de Converse blanches. Il leur serra la main. « Je suis ravi que vous soyez venus. La signora Toso tient absolument à vous parler. »

Sans leur laisser le temps de l'interroger à ce sujet, il s'engagea dans le couloir. Brunetti nota que les murs étaient décorés de photos de plages en noir et blanc, rectilignes ou sinueuses, avec une mer calme ou assaillies par de hautes vagues, bordées ou non de rochers gigantesques. Leur seul dénominateur commun était l'absence d'êtres ou de détritus humains : pas de cannettes, pas de plastique ; pas de chaises ni de bateaux ; seule la nature.

Le jeune homme s'arrêta devant une porte entrouverte. Depuis le seuil, il annonça : « Cecilia, la police est là pour vous. »

Brunetti entendit une voix, mais ne put discerner la réponse ; Domingo s'écarta de la porte et leur fit signe d'entrer.

Une énorme femme aux cheveux blancs chercha à s'extirper de son fauteuil à leur arrivée et n'y parvint qu'au moment où ils avaient quasiment atteint son bureau. Elle y prit appui de sa main gauche et tendit la droite à Griffoni, puis à Brunetti.

Elle portait une étiquette semblable à celle du jeune homme, mais la sienne mentionnait à la fois son titre et son nom : Dottoressa Cecilia Donato. Elle leur fit signe de s'asseoir en face de son bureau avec un sourire, puis elle s'agrippa des deux mains à son propre fauteuil et s'y installa lentement.

Elle avait le visage et le corps en forme de poire : minces en haut et ronds comme un ballon au milieu. Sous son front et ses yeux, qui auraient été plus seyants chez une personne beaucoup plus petite, ses joues reposaient comme des colonnes sur un cou presque aussi large que sa mâchoire. Sa silhouette se dilatait sous ses épaules, puis disparaissait derrière son bureau.

Ne voulant pas être surpris en train d'étudier sa morphologie, Brunetti fixa les mains du médecin, qui étaient fines et lisses. Un pli étroit les séparait de ses poignets potelés, comme si on les avait entourées de morceaux de ficelle afin de bien distinguer les différentes sections de son organisme. Elle portait une alliance en or à la main gauche.

« Merci à tous deux d'être venus ; je vous en prie, installez-vous », déclara la dottoressa Donato d'une voix de contralto qui résonnait encore d'une mesure après qu'elle eut cessé de parler. Elle examina quelques papiers sur la table, ce qui révéla ses cheveux épars au sommet de la tête. Puis elle s'adressa à Brunetti : « Je vous ai expliqué au téléphone la requête de la signora Toso, commissario, mais je ne peux vous en dire davantage. »

Brunetti réfléchit un instant puis demanda : « Cela signifie-t-il que vous êtes au courant de quelque chose, dottoressa ? »

Elle hésita à prendre ces propos en considération. *Quelle piètre menteuse*, songea Brunetti. « Ce que je sais au sujet de la signora Toso n'a pas beaucoup d'importance dans ce contexte. C'est ma patiente, ce qu'elle me confie relève du secret médical. » Face au silence de Brunetti, elle ajouta : « Je ne vous apprends rien, commissario.

— Bien évidemment, dottoressa. Je suis simplement curieux de savoir si quelqu'un d'autre est au courant de ce qu'elle a à dire à la police.

— Pourquoi ?

— Pour croiser les informations. En cas de besoin.

— Et pour quelle raison ? »

Brunetti écarta les mains. « Parce qu'elle est ici. »

La dottoressa Donato chercha Griffoni du regard, comme si toute contribution de sa part pouvait jouer en sa faveur, mais Griffoni ne rentra pas dans ce petit jeu. La dottoressa finit par répondre à Brunetti : « Je comprends.

— Il y aurait ainsi confirmation, expliqua Brunetti, de tous les propos qu'elle pourrait tenir. »

La médecin posa les coudes sur son bureau, joignit les mains et plaça son menton au sommet de ses doigts. « Pourquoi cette tâche serait-elle nécessaire ? »

Brunetti croisa les jambes nonchalamment en déclarant : « Si je puis être franc, dottoressa, il s'agit d'une femme mourante qui veut parler à un policier... Il se peut que ses confidences soient relatives à un crime. » Il marqua une pause pour donner la possibilité au médecin de répliquer.

Comme elle s'en abstint, il continua : « Si vous nous confirmez que vous avez eu droit aux mêmes révélations que nous, dottoressa, cela donnera davantage de crédit à ce qu'elle... » Sa voix se tut : il ne pouvait se résoudre à choisir le temps verbal approprié.

« Choisit de dire », compléta la médecin, et Brunetti opina du chef.

Elle gigota dans son fauteuil et Brunetti ne put s'empêcher de penser à l'effort que devait lui coûter de remuer toute cette masse de chair. Il jeta un coup d'œil oblique sur Griffoni, mais ne souffla mot.

Lorsque la dottoressa Donato eut adopté sa nouvelle position au bord de son fauteuil, elle poursuivit : « Nous sommes dans un service de soins palliatifs, commissario. Mes patients ne rentrent plus jamais chez eux. Mais je reste son médecin traitant, et le secret médical s'applique, même après son décès. »

« Il serait donc plus utile d'aller parler à la signora Toso directement », suggéra-t-il.

Avant même qu'il ne se lève, Griffoni s'informa : « Avez-vous une idée de combien de temps il lui reste à vivre, dottoressa ? »

La dottoressa esquissa un léger sourire, soulagée que quelqu'un manifeste, enfin, de l'inquiétude – ou tout du moins de l'intérêt – à l'égard de sa patiente. Elle mit un certain temps à répondre. « Quelques semaines. Au mieux.

Peut-être moins. Son cancer a atteint les os, c'est pourquoi elle a besoin d'être sous sédation.

— Où était initialement localisée la tumeur? demanda Griffoni.

— Au sein, déclara la dottoressa Donato. Il y a cinq ans.

— Pauvre femme», ne put-elle se retenir de soupirer.

Le visage du médecin s'adoucit à ces mots et elle précisa: «Elle a été un certain temps au CRO[1] à Aviano[2] où elle a débuté son traitement il y a quelques années. Ils pensaient avoir éliminé la tumeur. Elle a fait des séances de radiothérapie et de chimiothérapie et allait mieux, mais, il y a quelques mois, elle a constaté une grosseur sous son bras gauche. Entre-temps, il est passé dans les os. Ils ont tenté différents traitements, à Aviano, mais aucun n'a abouti. Et puis elle est venue ici, il y a un peu plus de trois semaines.»

Griffoni fixa le bout de ses pieds et se balança d'avant en arrière à plusieurs reprises, le plus discrètement possible.

«Elle a des enfants? demanda-t-elle.

— Oui, deux filles. Livia, qui a 12 ans, et Daria, 14.

— Et leur père? s'enquit Griffoni.

— Son mari est mort environ une semaine après son arrivée ici.» Le calme de la voix du médecin contrastait nettement avec l'expression de son visage.

«*Oddio*, murmura Griffoni. Que s'est-il passé?»

Vu la teneur de la conversation, la dottoressa hésita à renchérir sur le tragique de la situation, mais finit par expliquer: «Il a été tué dans un accident.

— Comment?

1. Centre de référence oncologique.
2. Ville du Frioul, située dans la province de Pordenone.

— Il a fait une embardée alors qu'il rentrait chez lui après sa journée de travail. D'après la police, il est possible qu'il ait perdu le contrôle de sa moto, ou qu'un *pirata della strada*[1] l'ait fauché en passant.

— Et le conducteur ? demanda Brunetti. L'a-t-on retrouvé ? »

Elle le regarda d'un air insinuant qu'il était bien placé pour le savoir. « Avez-vous déjà vu un chauffard s'arrêter après être rentré dans un véhicule ?

— Il n'y avait pas de témoins ? » poursuivit-il.

Elle secoua la tête. « Il faudra vous renseigner à ce sujet auprès de la police, répondit-elle. Personne, à ma connaissance, ne s'est présenté jusqu'à ce jour. J'imagine qu'ils ont dû examiner le lieu en question et la moto, mais je n'ai eu aucune indication à ce sujet. »

Griffoni, submergée par l'émotion, brisa le silence qui régnait dans la pièce en demandant : « Mais la signora Toso, comment fait-elle pour supporter cette épreuve ? »

De nouveau, la médecin remua dans son fauteuil, à la recherche d'une meilleure répartition de toute sa corpulence. Il lui fallut davantage de temps cette fois pour trouver son équilibre, mais, après l'avoir atteint, elle affirma en secouant la tête : « Elle n'a pas le choix.

— Je ne comprends pas, répliqua Griffoni, sincèrement confuse.

— C'est une mère. Elle doit être forte pour ses filles. » Après avoir marqué une brève pause, pour voir si l'un des deux souhaitait s'exprimer, la dottoressa continua : « Maria Grazia, sa sœur, est venue le lendemain de l'accident et le lui a dit. »

1. Un chauffard.

Elle posa soudainement les mains à plat sur le bureau devant elle et se mit à faire tourner son alliance avec son pouce et à la regarder bouger.

«J'étais de service et je l'ai entendue hurler. Au moment où je suis entrée dans la chambre, elle était en train de crier: "Maria Grazia, c'est ma faute, c'est ma faute."» Elle secoua la tête avec un soupir.

«Les filles ne sont pas venues les deux jours qui ont suivi, puis Maria Grazia les a amenées de nouveau.

— Comment s'est passée cette visite? s'enquit Griffoni.

— Après leur départ, Domingo et moi sommes allés dans sa chambre pour voir comment elle se portait. Elle avait envoyé bazarder les couvertures et essayait de se lever. Nous avons dû la retenir tous les deux pour qu'elle reste dans son lit. Vous savez, tout ce qu'on lit dans les livres au sujet de la puissance surhumaine des mourants, c'est complètement faux. Domingo la tenait pendant que je suis allée chercher un sédatif. Le temps que je revienne, elle était à bout de forces, mais je lui ai quand même fait une piqûre et elle a dormi toute la nuit.» Elle cessa de parler. De par sa longue expérience, Brunetti savait que cet échange douloureux touchait à sa fin et que poser toute autre question ne pouvait que la contrarier.

«J'ai fait allusion à la mort de son mari quelques jours plus tard, une seule fois, et j'ai dit à Benedetta combien j'étais désolée. Elle m'a ignorée et a tourné la tête.»

La dottoressa fit de même: elle détourna le regard et se tut, épuisée par ce qu'elle venait de raconter. Elle contempla les pins majestueux, visibles depuis la fenêtre de son bureau.

Brunetti se leva en déclarant: «Je pense qu'il est temps que nous allions parler à votre patiente, dottoressa. Si vous nous y autorisez.»

3

Griffoni se leva. La dottoressa Donato chercha aussi à s'extraire, non sans efforts, de son fauteuil et gagna la porte. Elle s'y arrêta pour les attendre, l'ouvrit, puis se dirigea vers l'infirmerie. Ils la suivirent en silence, sans se regarder, les yeux rivés sur la forme massive qui avançait lentement devant eux.

Le bureau de l'infirmière était vide : il n'y avait ni documents ni instruments de travail. La dottoressa Donato le contourna et emprunta un couloir sur la gauche. Les photos, ici, étaient en couleur ; elles avaient toutes les mêmes dimensions et ne représentaient que des arbres solitaires. Brunetti reconnut un bouleau, poussant tout seul au bord d'une rivière ; un cerisier, planté au milieu d'un champ ; un châtaignier, niché contre une falaise, et un immense érable, perché au sommet d'une colline. Brunetti prit conscience que ces photos exprimaient les cycles de vie de ces arbres. Le bouleau se penchait en quête d'eau ; les feuilles du cerisier étaient presque grises de soif, et sans la moindre goutte d'eau en vue ; le châtaignier paraissait effrayé tandis que l'érable, aspirant à tout régenter autour de lui, semblait décidé à parvenir à ses fins.

La médecin s'arrêta devant une porte et expliqua : « Je lui parlerai d'abord de la dottoressa Griffoni. J'imagine que vous avez envisagé de lui céder l'interrogatoire, pendant que vous, dit-elle en s'adressant à Brunetti, vous tâcherez de rester un peu de côté. »

Griffoni pouffa à ces propos. Elle porta sa main à la bouche, mais trop tard pour étouffer son rire. Elle déclara sans ambages : « J'aimerais vous avoir comme docteur ! »

La dottoressa Donato sourit à ce compliment, puis répliqua : « Mais cela signifierait que vous seriez hospitalisée ici, et je ne vous le souhaite pas, ma chère. » Sa voix, imprégnée de sincérité et d'empathie, résonna profondément autour d'eux.

La dottoressa frappa à la porte, attendit un moment, puis frappa de nouveau. Un bruit provint de l'intérieur. Elle ouvrit la porte et entra. Elle fit signe à Griffoni et Brunetti d'attendre à l'extérieur.

Ni l'un ni l'autre ne bougèrent ni ne soufflèrent mot. Griffoni s'appuya contre le mur, pieds et bras croisés. On aurait dit qu'elle attendait un bus ou un vaporetto et qu'elle avait toute l'éternité devant elle.

Brunetti en profita pour aller à la fenêtre. Il aperçut les pins ; la terre à leur pied avait été ratissée. Des fleurs poussaient librement autour de leurs troncs. Il se rendit compte que les patients aussi pouvaient voir ces fleurs. Encore faudrait-il, se hâta-t-il de penser, qu'ils parviennent à se déplacer jusqu'à la fenêtre.

Un homme d'un certain âge vint dans leur direction, tenant en laisse un chien encore plus âgé, une boule beige crépue qui trottinait sagement à ses côtés. « Allez, viens, Églantine, encore un tout petit effort et tu verras ta mamma. » À ce mot, le chien leva les yeux sur son maître. « Mais oui, mon cœur. Tu sais bien où elle est ! » Il se pencha alors pour lui retirer sa laisse. Faisant fi du poids des ans, le toutou descendit le couloir comme une flèche en jappant d'excitation, puis il disparut dans une chambre.

Son arrivée en trombe fut accueillie par des cris de joie. Le vieil homme enroula la laisse et l'enfouit dans la poche de sa veste. Une veste en laine, remarqua Brunetti, non sans étonnement. L'homme s'excusa de leur passer devant, longea lentement le corridor et entra dans cette même chambre où il fut salué par différentes voix.

La porte devant laquelle se tenaient Brunetti et Griffoni finit par s'ouvrir ; la dottoressa Donato parut sur le seuil et la referma quasiment derrière elle. « Elle a dit qu'elle aimerait vous parler à tous les deux. »

Griffoni demanda : « Préféreriez-vous rester avec nous, dottoressa ? »

Son visage s'adoucit, mais elle répondit : « Non. Je pense qu'il vaut mieux que vous soyez seuls. » Face à l'expression interloquée de Griffoni, la dottoressa s'expliqua : « Elle met du temps, parfois, à comprendre ce qu'on lui dit. Donc il est préférable pour elle – et pour vous – de procéder avec calme, et simplifier vos propos autant que faire se peut. » Comme elle vit le regard que s'échangèrent Brunetti et Griffoni, elle précisa, d'un ton très doux : « Elle est encore lucide ; ce ne doit pas être un sujet d'inquiétude pour vous : elle ne prend pas tous les analgésiques qu'elle devrait. Je pense que pour elle, c'est comme si elle était dans une pièce avec une télévision réglée tout le temps à haut volume. Elle doit se concentrer très fort pour réussir à comprendre. C'est très compliqué, quand le cancer attaque les os. »

Sans rien ajouter, Griffoni et Brunetti passèrent en silence devant elle et le docteur referma la porte depuis le couloir.

À droite se trouvait un lit, installé perpendiculairement au mur. Malgré sa couverture rouge tricotée à la main, il restait un lit d'hôpital : il était bordé de chaque côté de barrières en métal, baissées à ce moment-là, et l'on apercevait derrière lui le masque à oxygène et son tuyau. Deux poches en plastique, contenant du liquide, l'un transparent et l'autre orange, étaient suspendues à une potence située à l'extrémité du lit. Les liquides coulaient dans des tubes en plastique qui descendaient, puis disparaissaient sous les couvertures.

La tête de la femme alitée était parsemée de mèches grisonnantes qui accentuaient les creux au-dessus de ses oreilles. On aurait dit une poupée posée sur les oreillers qui soutenaient son dos et sa tête, mais laissaient son corps pencher sur la droite. Elle leur fit un signe de tête, mais sans sourire. Griffoni s'approcha du lit et s'assit dans le fauteuil à son chevet. Brunetti prit une chaise rouge qui se trouvait en retrait, devant la fenêtre, et qui était si chaude qu'il se tint bien droit, pour éviter d'appuyer son dos contre le dossier en plastique brûlant qui avait été exposé au soleil toute la matinée.

Griffoni ouvrit la discussion : « Signora Toso, nous sommes venus à la suite de l'appel de la dottoressa Donato. Elle nous a dit que vous vouliez voir la police. »

La femme hocha la tête. Elle pouvait avoir trente ans comme cinquante. Son visage s'était vidé de toute sa chair et n'en montrait plus que les os et la peau. Leur perfection était encore visible au milieu de sa beauté en ruine. Ses yeux, du marron le plus sombre qui soit, les regardaient comme du fin fond des cavernes. Ils étaient cernés de gris, rappelant à Brunetti les yeux des lémuriens qu'il avait vus dans un documentaire à la télévision des années auparavant. Son nez, bien qu'encore droit et fin, avait l'apparence d'un bec effilé, à la peau sèche et couverte de croûtes. Seule sa bouche témoignait encore de son ancienne beauté : pulpeuse, rouge, aux lèvres bien dessinées, mais en proie désormais à des spasmes violents que Brunetti se refusait à prendre en compte.

Griffoni restait muette et Brunetti, figé. Il remarqua deux petites proéminences sous la couverture rouge, un peu au-dessous de la taille de la malade. Comme il ne voulait pas qu'on le surprenne en train de fixer son visage, il se concentra sur elles en attendant qu'une des deux femmes prenne la parole. Était-ce un dispositif médical ? un système permettant d'injecter et d'extraire des substances – quel mot atroce – de son corps ? De la dimension d'une pomme, elles n'en avaient pas la rondeur et étaient hérissées de bosses, alignées sur l'une de ces proéminences et plus grosses et en plus petit nombre sur l'autre. Le silence persista dans la chambre, et il garda ses yeux rivés sur ces grosseurs.

L'une d'elles remua, puis s'immobilisa, mais Brunetti était certain de l'avoir vue bouger. Puis une autre. Les bosses semblaient onduler, puis se calmer. De manière inquiétante, l'une se mit ensuite à traverser le corps de la malade, en une vive agitation, ce qui arracha un cri horrifié à Brunetti. Ce n'est qu'alors, au moment où l'une d'elles fut recouverte et absorbée par l'autre, qu'il comprit que c'étaient juste ses mains. Il ferma les yeux. Lorsqu'il les ouvrit, une de ces mains reposait sur la couverture.

« Signora ? entendit-il, et la voix de Griffoni le ramena à la normalité. Signora ? répéta-t-elle.

— *Si'*, murmura la femme alitée, avec un signe de tête à peine perceptible.

— Nous sommes venus sur votre demande. »

Brunetti regarda la signora Toso dont les paupières étaient closes. Sa poitrine se souleva une fois, deux fois, puis elle ouvrit les yeux. « L'argent, finit-elle par marmonner.

— Comment ça, l'argent? demanda Griffoni calmement, comme si elles étaient deux vieilles amies en train de bavarder de leurs enfants autour d'une tasse de café.

— Il a dit oui, haleta-t-elle, il l'a pris.

— Quand était-ce, Benedetta?» s'enquit Griffoni.

La signora Toso secoua la tête très légèrement. «Je ne me souviens pas, commença-t-elle, puis elle prit deux profondes inspirations avant d'ajouter: Du moment.

— Je vois, fit Griffoni en se penchant en avant. Ce doit être difficile. De se souvenir.»

La signora Toso la regarda. Ses lèvres frémirent; Brunetti ne savait si elle cherchait à sourire ou à parler. Finalement, elle parvint à prononcer: «Anniversaire.

— Je vois, réitéra Griffoni d'un ton aimable, puis elle demanda: Le vôtre?»

La signora Toso hocha de nouveau la tête, bien qu'avec moins d'énergie. Brunetti vit ses mains se contracter et s'ouvrir.

«À quoi était destiné cet argent, Benedetta? s'informa Griffoni.

— Clinique.» Les sonorités de ces syllabes furent suivies d'une inspiration qui força Brunetti à serrer les dents.

Griffoni jeta un coup d'œil circulaire sur la pièce. «La clinique où nous nous trouvons?

— Non, avant.

— Avant de venir ici?»

Les mains de la signora Toso se détendirent. «*Sì. Sì.*

— C'est bien qu'il ait trouvé l'argent», déclara Griffoni, en effleurant de sa main celle de la signora Toso, comme pour souligner son approbation.

La signora Toso la fixa du regard sans rien dire. Sa respiration se fit plus lourde et pénible à entendre, puis elle ralentit et redevint normale. Brunetti vit ses mains se lever et tenter d'atteindre celles de Griffoni.

« Vous a-t-il dit où il l'avait obtenu ? poursuivit Griffoni avec un intérêt sincère.

— Travail.

— Quel travail faisait-il ? » D'une manière ou d'une autre, songea Brunetti, Griffoni était devenue la confidente de cette femme et lui parlait maintenant avec la même liberté qu'une personne ayant été auprès d'elle toute sa vie.

De nouveau, ils perçurent ce mouvement minimal de la tête.

« Ne vous l'aurait-il pas dit ? » Comme la signora Toso ne répondit pas, Griffoni enchaîna aussitôt : « Mon mari est comme ça, aussi. Vous savez comment sont les hommes : ils ne nous font jamais confiance quand il est question d'argent ! » Ce n'est qu'à cet instant précis que Brunetti remarqua dans la voix de Griffoni son rythme purement vénitien, la rareté de ses « l », et qu'il constata qu'elle avait éliminé le « t » dans *marito*[1]. Comment faisait-elle ?

« Sale, murmura la signora Toso si doucement que Brunetti n'était pas certain de l'avoir entendue correctement.

— Vous trouviez son comportement sale ? demanda Griffoni.

— Non, l'argent sale. » À ces mots, la bouche de la signora Toso s'ouvrit davantage et son élocution fit place à un grognement rauque.

Griffoni se tourna discrètement vers Brunetti et leva le menton en une interrogation silencieuse. Il posa un doigt sur ses lèvres.

---

1. Signifie mari et devient *marìo* en vénitien.

Il se rendit compte seulement à ce moment-là combien il avait chaud. Il essaya de lever sa jambe droite, mais elle était collée à la chaise à cause de sa transpiration. Son dos était encore plus trempé de sueur, perlant sous la chaleur irradiée par le plastique. Une fois debout, il pinça le tissu de son pantalon et le tira des deux côtés des jambes jusqu'à ce qu'il le sente se décoller derrière ses cuisses.

La signora Toso fit un geste brusque de la tête, peut-être pour tenter d'échapper à leurs questions, ou à sa douleur, et ferma les yeux. Brunetti se rassit, craignant que, si elle venait à les ouvrir, elle ne voie son ombre planer au-dessus du lit. *Que pouvait bien être cet « argent sale » ?* se demanda-t-il.

Quelqu'un ouvrit la porte sans frapper ; c'était Domingo qui entra dans la chambre. Tout sourires, il fit un signe de tête à la fois à Griffoni et à Brunetti, puis il gagna le lit. Il remplaça la bouteille vide par une nouvelle, pleine de liquide clair. Voyant que Griffoni tenait la main de la signora Toso, il glissa la sienne sous les couvertures pour saisir l'autre poignet de la malade afin de lui prendre le pouls. Puis il posa doucement la main de Benedetta sur les couvertures, inscrivit ses observations sur la fiche médicale placée au pied du lit, et quitta la chambre silencieusement.

Brunetti et Griffoni regardaient tous deux la femme endormie, en attendant la suite des événements. Ni l'un ni l'autre ne prit le risque de parler. La porte s'ouvrit de nouveau ; Domingo entra avec deux verres d'eau disposés sur un plateau. Il en offrit un à Griffoni, qui le remercia aimablement, puis un à Brunetti, qui fit de même. Tous deux le burent rapidement et reposèrent les verres sur le plateau. Le jeune homme les prit en silence et sortit.

Entre-temps, la signora Toso s'était réveillée et fixait désormais Brunetti. Il s'efforça d'adoucir l'expression de son visage et lui fit un signe de la main. Comme il n'était qu'un simple assistant dans le cadre de cet entretien, il se tourna vers Griffoni pour savoir quoi faire. La signora Toso, remarqua-t-il, fit de même.

Comme si le fil de leur conversation n'avait pas été interrompu, Griffoni demanda : « Pourquoi était-ce de "l'argent sale", Benedetta ? » En percevant la douceur de sa voix, Brunetti remercia le ciel que ce fût Griffoni qui menait l'interrogatoire, et pas lui, avec son impatience légendaire et son axiome – tout, sauf vérifié –, que qui disait question, disait réponse.

Le ton de Griffoni laissait penser qu'elle n'était pas une policière, chargée d'obtenir des informations, mais une amie essayant de comprendre, voire d'apporter son aide.

La signora Toso cessa de balancer la tête d'un côté et de l'autre et fixa Griffoni. Brunetti vit sa bouche se contracter, comme si elle ployait sous un lourd fardeau. Ses yeux se fermèrent sous l'effort, mais, lorsqu'elle les rouvrit, elle semblait plus concentrée.

« C'était de l'argent sale. Je lui ai dit que non », énonça-t-elle d'une voix ferme. Ce fut son premier moment de complète lucidité et Brunetti s'aperçut qu'elle l'avait atteint de haute lutte.

Il espéra que Griffoni s'abstiendrait de poser d'autres questions, mais elle déclara aussitôt : « Pauvre homme. Mais il fallait qu'il le fasse, n'est-ce pas ? » Comme la signora Toso ne répondait pas, Griffoni insista : « Vous l'auriez fait pour lui, j'imagine ? » Puis, faisant monter les enchères, elle ajouta : « Ou pour vos filles.

— Mais… »

Griffoni lui coupa brusquement la parole : « Si cela vous donnait plus de temps avec vos filles, il n'y aurait pas de "mais", Benedetta. »

Brunetti regarda sa collègue qui se pencha vers la femme mourante, une main enlaçant celle de la signora Toso, l'autre agrippée à sa chaise. Ses cheveux longs s'étaient défaits et tombaient délicatement sur le lit de la patiente. La signora Toso leva sa main libre et enroula une des mèches de Griffoni autour de ses doigts avant de s'arrêter, épuisée physiquement par ce geste.

« Ils l'ont tué, dit-elle du ton le plus normal, comme si elle faisait une remarque sur la météo.

— Qui ? » demanda Griffoni, incapable de cacher sa surprise, mais sans spécifier si sa question portait sur la victime ou sur l'un des assassins.

« Vittorio », précisa-t-elle. Ses paupières se fermèrent soudain et sa tête tomba sur le côté ; puis son corps tout entier se mit à glisser des oreillers, en direction de Griffoni. Elle commença à gémir et serra fortement les bras contre sa poitrine.

Brunetti bondit et en deux pas fut près du lit. Il prit la rambarde pour la remettre en place, puis il se pencha au-dessus d'elle et endigua les mouvements brusques de la signora Toso afin de l'empêcher de se faire mal contre les barres métalliques.

Griffoni avait été, cependant, plus rapide et avait déjà saisi la signora Toso par l'épaule et sous les côtes, et tiré un des oreillers pour le coincer entre la malade et les rambardes. Benedetta se calma.

« Je vais appeler quelqu'un », suggéra la commissario en se dirigeant vers la porte.

Brunetti resta auprès de la patiente, prêt à l'aider, même s'il se sentait démuni face à la situation. Émaciée, ridée, rongée par la maladie qui allait rapidement l'emporter, elle paraissait plus vieille que lui, même s'il savait qu'elle n'avait même pas quarante ans. Il aurait tellement voulu la consoler de tout ce qu'elle s'apprêtait à quitter. Il tenait aussi à lui promettre qu'il veillerait sur ses enfants, qu'ils retrouveraient les assassins de Vittorio, qu'elle serait bientôt en paix, mais il doutait de chacune de ces promesses. Ses seules certitudes étaient sa mort imminente, et sa terrible souffrance.

Elle gémit de nouveau et ouvrit les yeux. Brunetti croisa son regard ; il essaya de sourire et chercha à lui parler, mais elle se rendormit, d'un sommeil agité, ponctué de plaintes intermittentes.

« Je ferai tout mon possible », lui déclara-t-il. Comme elle dormait, il supposa qu'elle n'avait ni entendu ni compris, mais ils étaient désormais liés par sa promesse.

4

La dottoressa Donato se précipita dans la chambre, suivie de Griffoni. La médecin se rapprocha du lit, prit la main de la signora Toso et lui parla doucement, comme on le ferait avec un enfant inquiet. Au bout d'un moment, le gémissement cessa et elle sembla se calmer. La dottoressa Donato posa les doigts sur le poignet de Benedetta et les y laissa quelque temps, puis reposa la main inerte sur la couverture.

Elle demanda à Brunetti, la voix nouée de colère : « Que s'est-il passé ? »

Griffoni, qui se trouvait derrière lui, répondit : « Nous lui avons demandé pourquoi elle souhaitait nous parler. Elle a dit que quelqu'un avait reçu de "l'argent sale" pour payer une clinique, et qu'"ils" avaient tué Vittorio. » Elle attendit pour voir si Brunetti voulait ajouter un détail. Comme il s'en abstint, elle spécifia : « Cela lui a coûté un énorme effort de nous parler. »

Le docteur les regarda tour à tour et se limita à demander : « Autre chose ? »

Brunetti prit alors le relais : « Non, seulement ces éléments. Nous ne savons pas de quelle clinique il s'agit et nous ignorons le montant de la somme et pourquoi cet argent était "sale" ; nous ignorons aussi qui est, ou était, Vittorio.

— C'était son mari, Vittorio Fadalto, expliqua la dottoressa. Je vous l'ai dit : il est mort récemment. Elle est arrivée chez nous après avoir été hospitalisée dans une clinique. Je ne sais rien du tout sur cette histoire d'argent.

— Combien de temps est-elle restée là-bas ? s'enquit Brunetti.

— Je n'en ai aucune idée, signore, répondit-elle, puis elle ajouta, comme si elle avait senti le frisson dans sa propre voix : Cela doit figurer dans son dossier. » Elle ne leur proposa pas de leur fournir cette information et Brunetti eut la délicatesse de ne pas le demander.

« Merci, dottoressa », dit-il. Craignant que ce premier entretien ne se soit soldé par un désastre, il s'enquit, en choisissant ses mots avec soin pour montrer qu'il savait bien de quel côté se situait le pouvoir : « Serait-il possible de revenir lui parler ? »

La dottoressa Donato regarda Brunetti, puis Griffoni, et mit un certain temps avant de décréter : « Tout dépend de son état. Cet entretien l'a clairement remuée. » Au vu, sans doute, de leur air approbateur, elle conclut : « Mais j'ai votre numéro. Je vous appellerai. »

Après avoir remercié la dottoressa, Brunetti et Griffoni quittèrent l'hôpital. Une fois arrivés sur la *riva*, ils subirent l'assaut du soleil. Brunetti porta la main à son front pour se protéger de la lumière. Griffoni sortit ses lunettes de soleil de son sac, tout en restant en quête d'un lieu ombragé.

« C'est toi qui es d'ici, lui cria-t-elle. Quel vaporetto devons-nous prendre ? » Sans laisser le temps à Brunetti de répondre, elle spécifia : « Je ne peux pas marcher. Cette chaleur va me tuer !

— Et dire que tu es napolitaine ! » s'exclama Brunetti.

Se refusant à retourner en plein soleil, elle déclara depuis son coin d'ombre, avec une solennité toute sibylline : « À Naples, il y a de grands bâtiments et des ruelles étroites, sombres et humides. Il y a des entrées d'immeuble semblables à des tunnels, qui mènent à des cours où coulent des fontaines. » Elle pointa un index accusateur sur le canal derrière le commissario. « Naples n'a pas de larges canaux qui reflètent la lumière ni d'immeubles blancs – ni même d'édifices avec des façades rénovées. Chez nous, c'est le règne de l'obscurité et des ténèbres ; le soleil brille sur la mer, en épargnant le centre-ville, et nous nous contentons de ces lointains rayons. »

Brunetti, qui avait passé la majeure partie de sa vie avec une femme intransigeante, en avait reconnu la copie conforme chez sa collègue lorsqu'il fit sa connaissance. Il sortit son téléphone et composa le numéro de Foa.

Le pilote répondit à la deuxième sonnerie. « *Sì*, commissario ?

— J'ai une urgence, Foa.

— De quoi s'agit-il, monsieur ? demanda Foa avec une inquiétude sincère.

— La dottoressa Griffoni refuse de rentrer à pied à la questure. »

Le pilote changea de ton et déclara, affable : « Voilà une femme pleine de bon sens. Où êtes-vous ?

— Au Fatebenefratelli.

— Hmm, répliqua le pilote, et Brunetti pouvait presque entendre son cerveau planifier le trajet et en calculer la durée. J'y suis dans vingt minutes. Il y a un bar sur la droite de l'entrée principale. Je vous récupère là-bas. »

Brunetti remit son téléphone dans sa poche et expliqua : « Il vient nous chercher dans 20 minutes au bar dans la rue.

— Il est marié, n'est-ce pas? s'enquit Griffoni.

— Quoi?

— Foa. Il est marié?

— Oui. Et il a deux enfants.

— Dommage», répliqua Griffoni, en sortant de l'ombre et en prenant sur la droite.

Brunetti la rejoignit et lui demanda: «Pourquoi cette question?

— Parce que, si je dois rester quelques années ici, j'aimerais les passer avec un homme qui ait un bateau et qui puisse venir me chercher dès que je l'appelle!

— C'est bien ce que j'ai fait.

— Cela signifierait-il que tu veuilles l'épouser?»

Elle avait dû avoir un coup de chaleur. «Je suis déjà marié.

— Est-ce qu'elle a un bateau?

— Non, mais son père en a un.

— Et un chauffeur?

— Un pilote, rectifia-t-il automatiquement. C'est l'homme à tout faire de mon beau-père.

— C'est-à-dire?

— Il change les vitres cassées, répare les tuyaux qui fuient, résout les problèmes dus à l'*acqua alta*, règle les soucis d'électricité, de serrures et de toiture, et il s'occupe aussi du bateau.

— Est-*il* marié?

— Oui. Avec la cuisinière. Et il a plus de soixante ans.»

Griffoni franchit dans la foulée la porte ouverte du bar. Brunetti la suivit et ils furent accueillis par un joyeux tintamarre, comme si le propriétaire avait commencé à jouer du tambourin à la vue de deux clients potentiels. Mais il ne pouvait en être ainsi car l'homme debout derrière le comptoir – vraisemblablement le patron – avait les bras croisés, les coudes vissés sur le zinc et les yeux rivés sur les pages de son journal. Il était grand, robuste et chauve.

Le bruit provenait en fait de l'arrière du café où se trouvaient trois machines à sous qui clignotaient gaiement dans la pénombre, et l'une d'elles célébrait la victoire d'un joueur par le fracas des pièces dégringolant dans un réceptacle en métal. Un petit homme, qui tenait un de ces seaux en plastique qu'utilisent les enfants pour construire des châteaux de sable sur la plage, s'approcha de la machine triomphante et y entassa les pièces. Il donna un coup sur le devant de l'appareil en poussant un cri de joie. « Qui a dit qu'on ne pouvait pas gagner ? » s'exclama-t-il, en s'adressant peut-être à cette machine, voire aux autres clients.

L'homme fit deux pas de côté et introduisit des pièces dans deux des machines. Il appuya sur les boutons de chacune, avec une certaine rythmique. Des lumières jaillirent, les machines émirent des sifflements et quelques détonations plus douces, mais elles finirent par s'arrêter et le silence se fit dans la salle.

Sans même lever les yeux de son journal, le barman l'avertit : « Ne frappe pas la machine, Toni. C'est mauvais pour elle, et c'est mauvais pour ta main !

— Ne t'en fais pas pour ma main », rétorqua le Toni en question, qui retourna mettre des pièces dans les trois machines, cette fois.

Le barman haussa les épaules et replia son journal. « *Sì, signori ?* demanda-t-il en levant les yeux.

— Un café, s'il vous plaît, dit Brunetti.

— *E un'acqua naturale*[1] », lui commanda Griffoni.

Le barman s'éloigna en poussant le journal vers eux sur le comptoir. Brunetti ignora cette offre, craignant que le mélange de la chaleur et de l'actualité ne soit dangereux pour sa santé.

Le bruit familier de la machine à café – *clic, clic, tap, boum*, grincements et sifflements – le calma, tout comme le prélude à ce liquide qui lui montrerait ce que signifiait vraiment l'alliance de force et de chaleur. Deux autres clics moins forts et la tasse apparut devant lui. Un verre plein d'eau, des gouttes de condensation perlant à l'extérieur, glissa sur le comptoir en direction de Griffoni. Il utilisa son restant d'énergie pour remercier le barman qui partit s'occuper à l'autre bout du bar.

« Qu'est-ce que tu en penses ? s'enquit-il auprès de sa collègue, en se demandant si la distorsion mentale due à la haute température avait pris fin et si elle était de nouveau en état de raisonner. Il versa du sucre dans son café et touilla le mélange en faisant des mouvements circulaires avec sa tasse, sans se servir de la cuillère. Il sirota sa boisson et se détendit sous l'effet de la chaleur douce-amère.

« Il faut commencer par trouver plus d'infos sur les circonstances de la mort de son mari, suggéra-t-elle, puis elle prit son verre qu'elle but à moitié. Ensuite, nous devons remonter la filière de l'argent et examiner comment était payée la clinique.

— Et après ? » s'enquit Brunetti, ravi du coup de fouet que le café lui avait donné et à l'idée que tous deux reprenaient du poil de la bête.

1. Une eau plate.

Elle finit son eau et reposa le verre sur le comptoir, puis en demanda un autre au barman. « On ne boit jamais assez par cette chaleur », déclara-t-il en parlant en vénitien avec, d'après Brunetti, l'accent de Burano. « On ne cesse de transpirer », continua-t-il. Il prit un verre sur les étagères derrière lui, le remplit et le fit glisser sur le comptoir en direction du commissario. « Buvez donc, lui dit-il d'un ton à mi-chemin entre l'invitation et l'ordre, et Brunetti s'exécuta. Vous êtes venu voir quelqu'un au Fatebenefratelli ? » demanda-t-il cette fois plus doucement.

Brunetti le remercia pour l'eau. Sautant du coq à l'âne, le barman assena : « Je n'ai jamais aimé les *terroni*[1] ! », en désignant les gens du Sud par ce terme péjoratif, comme si c'était un mot aussi neutre que « *pane*[2] ».

Il prit la tasse et la soucoupe de Brunetti et les entassa dans un évier rempli de vaisselle et de verres. « Mais je suis parti une fois en vacances là-bas. Comme ma femme voulait voir la basilique San Nicola de Bari, on y est allés l'an dernier. »

Brunetti hocha la tête et Griffoni, avec ses cheveux blonds, fit tout son possible pour masquer tout signe de la *terrona* qu'elle était.

« Et vous savez quoi ? » demanda le barman, en posant cette question toute rhétorique. À ces mots, Brunetti fit légèrement du pied à Griffoni.

Dans son meilleur italien, comme si Dante lui-même lui avait donné des cours d'éloquence, Griffoni répondit, avec une clarté cristalline et d'une voix débordante de curiosité : « C'était merveilleux ? »

---

1. Terme péjoratif signifiant « cul-terreux ».
2. Pain.

Le barman lui lança un regard suspect, mais le charmant sourire de la commissario brouilla les pistes comme par enchantement et fit monter la température de la pièce de quelques degrés. « C'est exact, confirma-t-il. C'était *formidable*. Tous les gens qu'on a rencontrés étaient serviables, aimables, honnêtes. » Et il ajouta, en souriant tristement : « On était comme cela, ici, dans le Nord, jusqu'à ces vingt dernières années. Et puis on est tous devenus des *gran signori*[1] et maintenant, on ne fait plus attention aux autres. Mais là-bas, ils le font encore. »

Brunetti et Griffoni jouaient à celui qui semblerait le plus intéressé par les propos du barman. Après avoir fini son eau, Griffoni posa son verre sur le comptoir et le barman poursuivit : « Et ils ne font jamais payer l'eau. On est allés un peu partout ; on a visité plusieurs sites et bien fait nos touristes, mais on ne pouvait pas prendre chaque fois un énième café. Alors, dans les bars, on commandait de l'eau minérale, et ils ne nous l'ont jamais fait payer. Quand je leur demandais l'addition, ils répliquaient tous comme un seul homme : « *L'acqua non si paga*[2]. » Il leva les mains en signe de surprise ou pour chanter leurs louanges. « Vous imaginez ? Ici, le verre d'eau, on le paie 2 euros et là-bas, on ne paie pas ! » Puis il précisa, comme pour devancer leur question : « Et ils n'essaient pas de vous refourguer de l'eau du robinet. »

Il prit un chiffon dans l'évier, l'essora et essuya le comptoir.

Comme Brunetti sortait quelques pièces, le barman annonça : « 1,10 euro pour le café et, ajouta-t-il avec un large sourire : *L'acqua non si paga.* »

---

1. Littéralement « de grands seigneurs ».
2. « L'eau, ça ne se paie pas. »

Ils lui rendirent son sourire, comme à la vue d'un cadeau de Noël, le remercièrent et allèrent attendre Foa dehors. Le barman, apparemment soulagé de s'être épanché, retourna à son journal.

Ils attendirent le son typique du bateau, côte à côte et en silence. Brunetti songea combien l'expression « *terrone* » était encore courante et avec quelle désinvolture les gens la proféraient dans la conversation, sans réfléchir à l'humiliation qu'elle engendrait. Combien de fois Griffoni – la blonde aux yeux bleus, possédant un meilleur italien que lui – l'avait-elle entendue ? Combien de fois avait-elle également entendu : « Vous ai-je raconté la blague du Napolitain qui... ? » Et combien de fois lui-même avait-il pensé, en bon septentrional, qu'il fallait observer les gens du Sud à travers un prisme différent ?

Un bruit annonça l'arrivée de Foa, mais ni l'un ni l'autre n'eurent envie de sortir sous le soleil avant que le bateau n'ait amarré devant eux. Il s'écoula une minute : le bruit du moteur augmenta ; la proue blanche glissa le long du quai et la vedette s'arrêta au pied des marches menant à l'eau.

Ils quittèrent tous deux leur lieu ombragé et, à la vue du mot POLIZIA peint sur le flanc de l'embarcation, ils firent un signe à Foa : il avait enlevé sa veste, était en manches courtes et portait sa casquette blanche de capitaine ainsi que des lunettes de soleil avec des verres de la taille de soucoupes. Il les salua d'un sourire et s'amusa à faire vrombir le moteur.

Brunetti monta dans le bateau et tendit la main à Griffoni pour l'aider. Tous deux remercièrent Foa et préférèrent s'asseoir à l'intérieur de la cabine, à l'abri du soleil. Lorsqu'ils s'écartèrent de la *riva*, Brunetti aperçut le barman à la porte du café ; il les fixa du regard le temps qu'ils s'éloignent, avec son journal au-dessus des yeux en guise de visière.

Les fenêtres étaient ouvertes. Brunetti ferma les deux battants des portes à l'avant et à l'arrière de la cabine, en se disant que cette précaution leur serait bénéfique. Quand ils furent installés l'un en face de l'autre, il demanda : « Eh bien ? »

Pour contrer le bourdonnement du moteur, Griffoni répondit d'une voix très forte : « Nous voici face à de l'argent qualifié de "sale" et à une mort qui pourrait ne pas avoir été accidentelle. Je n'aime pas trop quand ces deux mots se retrouvent dans une même phrase. » Elle colla son visage contre la fenêtre pour profiter de la brise. Elle remonta ses cheveux sur sa nuque, mais, comme ce geste ne changeait pas grand-chose, elle les laissa retomber et s'avança sur son siège en cuir. Et même le lin, désormais irrémédiablement froissé, avait failli à sa tâche et n'avait pas réussi à la protéger de la chaleur.

« Elle était dans une clinique payante, puis elle a été admise en soins palliatifs, vraisemblablement parce que le traitement n'était plus efficace, à moins que… », et elle marqua une pause au cas où Brunetti souhaitait compléter son raisonnement.

« À moins qu'ils ne se soient retrouvés à court d'argent », suggéra-t-il.

Griffoni opina du chef et déclara, après un moment de réflexion : « Ce ne doit pas être bien difficile d'avoir accès au dossier d'un certain Vittorio Fadalto, décédé il y a quelques semaines. »

Conscient du tour d'esprit qu'ils étaient en train d'adopter, Brunetti observa : « Il s'agit d'un simple rapport d'accident, et de rien d'autre. Il y a des mois qu'aucun meurtre n'a été commis en Vénétie.

— À Naples, nous proclamerions un jour férié à une telle nouvelle ! » lança Griffoni. Elle posa les coudes sur ses genoux et enfouit la tête dans ses mains. Brunetti se demanda si la réaction de sa collègue était due à cette réalité napolitaine.

Elle finit par constater, avec un net accent de détresse dans la voix : « La chaleur ressentie est tellement différente ici.

— Cet été est particulièrement rude, affirma Brunetti. Pourquoi n'irais-tu pas à la montagne, pour tes vacances ? »

La tête toujours baissée, elle répondit : « Je rentre chez moi.

— À Naples ?

— Oui.

— Quand ?

— Même tout de suite si Foa pouvait m'amener aussi loin, plaisanta-t-elle, puis elle se redressa en souriant. Alors, que faisons-nous ?

— Allons nous procurer le rapport de l'accident. »

Griffoni regarda par la fenêtre du bateau. « Tu crois que la dottoressa nous autorisera à revoir Benedetta ? »

Brunetti prit cette question en considération un certain temps avant de répondre : « Si elle croit que cette conversation peut aider sa patiente, probablement que oui.

— Je n'ai pas eu l'impression que notre visite lui ait fait du bien, aujourd'hui, déplora Griffoni.

— Peut-être que les gens mourants ont des besoins différents, répliqua Brunetti à son grand étonnement.

— Cela vaut la peine d'y jeter un coup d'œil. » Il pensa qu'elle avait terminé son propos, mais elle ajouta : « Et puis, cela nous fera penser à autre chose qu'à cette chaleur.

— Si seulement » fut la seule réponse qui vint à l'esprit du commissario.

5

Au bout de cinq minutes environ, Brunetti se rendit compte que le moteur était plus bruyant que de raison étant donné qu'ils circulaient dans les canaux. Il détourna son regard de Griffoni pour vérifier où ils étaient. Connaissant la forte prédilection de la commissario pour les *palazzi* longeant le Grand Canal, Foa essayait toujours d'emprunter au moins partiellement cette voie d'eau.

À la vue du cimetière sur leur gauche, Brunetti monta sur le pont et, au moment où il demandait au pilote ce qu'il se passait, leur vedette était en train de doubler un vaporetto 5.2 qui s'apprêtait à s'amarrer au ponton de la Madonna dell'Orto. Foa maintint la même vitesse le temps de cette opération, puis il accéléra une fois qu'ils eurent dépassé cet embarcadère.

« Sommes-nous pressés ? demanda Brunetti.

— Non, monsieur.

— Mais ce chemin nous fait revenir en arrière, constata-t-il, en désignant le cimetière de la main.

— Je sais, monsieur. Je voulais remonter le Grand Canal pour faire plaisir à la commissario, mais je ne peux pas. » En réaction à l'expression de Brunetti, le pilote expliqua : « Un ami m'a appelé pendant que je venais vous chercher et m'a dit que deux touristes avaient plongé du pont du Rialto et que la circulation était momentanément arrêtée. Tout est bloqué dans les deux sens.

— Ils ne les ont pas trouvés ?

— Si, monsieur, mais ils ne sont pas montés dans le bateau, ils ont continué à nager.

— *Oddio*, murmura Brunetti. Il ne manquait plus que ça. On n'avait pas encore assez d'idiots !

— Vous auriez dû voir ce matin, monsieur, raconta Foa, au bord de l'épuisement. Comme on est mardi, j'ai emmené la signorina Elettra au marché acheter des fleurs. Je n'avais jamais vu autant d'embarcations sur le Grand Canal. Avec tous ces touristes, il faut importer ou évacuer je ne sais combien de marchandises. Tout ce trafic a lieu le matin, d'où le chaos. Cela nous a pris presque une demi-heure pour arriver à Rialto.

— Une demi-heure ?» s'étonna Brunetti. Ils auraient mis moins de temps à pied. Il était bien placé pour le savoir : il le faisait chaque jour.

« Oui, monsieur. Il y avait au moins trente taxis, tous remplis de touristes ; ils roulaient de front, et pas à la queue leu leu, donc impossible de les doubler.

— Tu aurais pu mettre la sirène », lui suggéra Brunetti, par pur bon sens. Et, avant que Foa ne puisse émettre la moindre objection, il spécifia : « C'était pour la police, après tout. Enfin…

— Nous avons reçu un coup de fil de la part du maire, monsieur. La semaine dernière, répliqua Foa, d'un ton gêné.

— Que décrétait-il ?

— Que nous ne pouvons actionner la sirène qu'en cas d'extrême urgence. » Il ôta ses mains du volant pour les lever en un geste d'incompréhension.

« Vous ont-ils fourni une explication ? s'enquit Brunetti, intrigué.

— Non, monsieur. Le coup de fil a été suivi d'une directive. Ils n'ont pas à se justifier. Alors, j'ai appelé un ami qui travaille au cabinet du maire et je lui ai posé la question.

— Et qu'as-tu appris ?

— Que les touristes en taxi ont peur des sirènes et à plus forte raison de celles de la police, car ils craignent la possibilité de scènes de violence, d'être témoins d'un accident grave... Et de nombreux touristes ne savent pas nager. »

Il aurait dû s'en abstenir, mais il demanda tout de même : « Et qu'en est-il des sirènes des ambulances ?

— Apparemment, les touristes les redoutent moins que celles de la police. »

Brunetti se tourna sur la droite et observa l'hôpital qui s'éloignait à l'horizon.

Foa braqua à gauche un peu brusquement pour suivre deux jeunes dans un bateau équipé d'un très gros moteur. Jouant de cette puissance, le pilote ne cessait de rabattre violemment son embarcation sur l'eau. Parvenu à trois mètres d'eux, Foa actionna la sirène suffisamment longtemps pour qu'elle émette un cri perçant, qui fit même sursauter Brunetti et Griffoni.

L'un des jeunes rabaissa la proue avec un bruit sourd et l'immobilisa dans l'eau : tout signe de vitesse avait disparu. Foa s'arrêta près d'eux et sortit le mégaphone qu'il gardait sur une étagère située derrière le timon, et l'alluma. Alors que les deux moteurs tournant au ralenti produisaient un ronronnement plutôt paisible, Foa cria dans son mégaphone, dans un dialecte à couper au couteau : « J'ai relevé votre numéro d'immatriculation, *ragazzi*, et je le mets dans ma liste.

Recommencez, et vous n'aurez plus de permis, ni même de bateau. » Puis il conclut d'un ton lugubre : « *Ti ga capìo*[1] ?

— *Sì, signore* », répondit un des garçons, osant à peine regarder son interlocuteur.

Foa remit les gaz et les doubla à la vitesse d'un coup de fouet. « Bien joué, Foa », déclara Brunetti en redescendant dans la cabine.

Griffoni avait regagné son siège le temps qu'il revienne. « Aujourd'hui, pas de traitement de faveur pour toi, Claudia. Foa a dit qu'il y avait trop de circulation sur le Grand Canal. »

Son sourire se figea un moment avant de s'effacer. « Trop de circulation », reprit-elle, comme si elle répétait une expression nouvelle à voix haute pour la mémoriser plus aisément.

— Des taxis remplis de touristes, pour être plus précis », expliqua Brunetti.

Elle resta assise sans un mot jusqu'à leur arrivée à la questure où, en sortant de la cabine, Griffoni et Brunetti subirent tous deux de nouveau la force du soleil. Brunetti monta sur le quai et tendit la main à sa collègue. Avant de la saisir, elle remercia Foa pour ce tour en bateau, puis rejoignit Brunetti sur la rive en annonçant : « Je vais chercher le nom de son mari dans tous les rapports d'accident établis dans la province. »

Dans le hall d'entrée de la questure, à haut plafond, la température était presque aussi élevée qu'à l'extérieur et le degré d'humidité certainement pire. La nouvelle administration municipale avait restreint le budget pour les services publics et la climatisation était trop vétuste pour rafraîchir le *palazzo* tout entier.

---

1. « T'as bien compris ? »

« De mon côté, je vais tâcher de trouver où elle était avant d'être admise en soins palliatifs », l'informa-t-il.

Griffoni opina du chef et s'élança vers l'escalier. Il la vit s'arrêter au pied des marches. Comme un plongeur sur la plus haute des planches, elle leva la tête et la tendit en arrière, en arquant très nettement le cou, puis elle regarda furtivement derrière elle et s'élança vers le haut.

Brunetti, de son côté, monta dans le bureau de son supérieur, le vice-questeur Patta. Vidé de toute énergie, il frappa doucement à la porte de la secrétaire de ce dernier et l'ouvrit sans attendre d'y être invité.

La pièce était si fraîche que Brunetti s'arrêta un instant sur le seuil pour déterminer si c'était une hallucination due à la chaleur. « S'il vous plaît, fermez la porte, commissario, lui enjoignit la voix familière de la signorina Elettra Zorzi, l'assistante du vice-questeur et éminence grise de la questure.

— Bien sûr. Désolé. » Il ferma la porte calmement et s'approcha de son bureau.

« C'est une des préoccupations majeures du vice-questeur en ce moment, lui dit-elle avec un sourire.

— De faire attendre les gens à l'extérieur ?

— De garder l'air frais à l'intérieur », répliqua-t-elle. L'état impeccable de sa veste en lin était la preuve que les souhaits du vice-questeur avaient été, une fois de plus, exaucés.

« Foa m'a dit qu'il allait vous chercher, la commissario Griffoni et vous, au Fatebenefratelli. J'espère qu'il n'y avait rien de grave.

— Pourquoi l'appelez-vous "commissario Griffoni" ? s'enquit Brunetti, la surprenant par cette question.

— Par courtoisie professionnelle, monsieur. Tant que je suis au ici, je me dois de désigner chacun par son rang.

— Tenez-vous cette attitude d'une directive ministérielle ayant pour objet le comportement à adopter sur son lieu de travail ?

— Elle n'aurait été guère nécessaire, signore, précisa-t-elle en toute modestie. C'est ma grand-mère qui m'a inculqué ce principe. Elle estimait qu'une personne devait être, avant toute chose, polie.

— Mais la commissario Griffoni et vous semblez être amies.

— Nous le sommes, monsieur», confirma-t-elle sans plus de détails. Puis elle embraya sur un autre sujet avec une habileté qui aurait fait, sans aucun doute, l'admiration de Foa. «En quoi puis-je vous aider? lui demanda-t-elle.

— Nous avons appris par la médecin-chef de Fatebenefratelli que le mari de la femme que nous sommes allés voir – Vittorio Fadalto – est mort récemment dans un accident de moto. La commissario Griffoni s'occupe de ce dossier et se procurera une copie du rapport de cet accident qui a dû avoir lieu en Vénétie.»

Elle hocha la tête, comme pour signifier combien ce genre de situation était monnaie courante, et il poursuivit: «Je vais chercher le nom de la clinique où elle était soignée avant d'être admise au Fatebenefratelli et peut-être pourriez-vous alors examiner les raisons de son transfert.

— La clinique était-elle privée ? s'informa la signorina Elettra.

— Je pense que oui.

— Donc, il est probable que des raisons financières soient en cause, nota-t-elle. Prenez cette éventualité en considération, commissario.» Elle se recula dans son fauteuil.

« Mais l'admission en soins palliatifs ne se fait qu'en dernier recours, quand il n'y a plus d'espoir de guérison. »

À la suite de sa rencontre avec la signora Toso, Brunetti n'avait aucun doute sur la situation médicale de la jeune femme.

« Donc, passer d'un endroit à un autre dans cet état – si proche de la mort – n'est pas une mince affaire. Physiquement. Et psychologiquement. » Elle ferma les yeux en déclarant : « Imaginez-vous la souffrance endurée.

— Ses filles sont ici, lui apprit Brunetti.

— Où se trouvait la clinique ?

— En Italie, mais je ne sais pas où exactement, avoua Brunetti, regrettant de ne pas l'avoir demandé au médecin, mais il doutait alors que la dottoressa Donato fût disposée à lui donner davantage d'informations sur la signora Toso.

— Qu'avez-vous pensé en la voyant ? s'enquit la signorina Elettra, à sa grande surprise.

— Qu'elle était effectivement en fin de vie. » Il prit conscience de l'acuité de sa voix et chercha à la tempérer par un ton différent. « Je l'ai à peine vue, mais c'est terrible.

— Alors, il aurait été préférable pour elle de rester où elle était. Mais s'il n'y avait plus d'argent, le transfert dans un hôpital public était inévitable. »

Brunetti finit par admettre cette pensée insoutenable : une femme à l'article de la mort, mise à la rue parce que n'ayant pas les moyens de payer l'hôpital. Où était-on, nom de Dieu, en Amérique ?!

Brunetti avait un ami avocat, qui faisait du volontariat chaque semaine à l'Ospedale Civile ; il passait avec son chariot dans le service gériatrique spécialisé en oncologie où il distribuait gratuitement aux malades du café et des biscuits. Son bureau était à Milan, mais il n'avait jamais manqué un vendredi à l'hôpital de Venise. Il avait décrit une fois à Brunetti la joie des patients et leur vif plaisir – beaucoup d'entre eux étaient les derniers survivants de leurs familles et de leurs cercles d'amis – de voir quelqu'un leur offrir du café et leur parler comme à des invités dans leur chambre, et pas comme à des vieux entassés dans une pièce, attendant que la mort les emporte.

Il se remémora, par association d'idées, un opéra que Paola l'avait emmené voir à Paris. Le méchant, qui espérait obtenir la main de l'héroïne, quitte à user de la manipulation, lui donna le choix de sa mort au cas où elle refuserait son offre de mariage : « *O la coppa o la spada* » : ou la coupe de poison ou l'épée. L'Italie était également sommée de choisir, mais sans pouvoir jouir de la beauté de la musique ni de la mise en scène pour atténuer la brutalité de la situation : utiliser les fonds alloués à la santé pour assurer aux pauvres une mort dans la dignité, ou les dépenser pour construire des hôpitaux qui ne serviront jamais et laisser les indigents mourir dans la misère.

Il se secoua pour chasser ces réflexions de son esprit. « Il est temps de s'y mettre.

— Si vous trouvez le nom de la clinique, monsieur, envoyez-le-moi et j'y jetterai un coup d'œil. »

La proposition n'était pas tombée dans l'oreille d'un sourd. Brunetti lui demanda, dans la foulée : « Pourriez-vous, en cas de besoin, vérifier qui payait les factures ? »

D'abord surprise, elle changea d'expression et prit celle d'un léopard de mer, à la vue d'une proie : «Je suppose que oui. »

6

Le téléphone fixe de la signorina Elettra sonna ; elle vérifia le numéro de l'appelant et attendit quatre sonneries avant de décrocher.

« *Sì, vice-questore ?* dit-elle de cette voix aseptisée qu'utilisent les agences de démarchage téléphonique. Vous avez de la chance, répondit-elle. Il est dans mon bureau. Dois-je le faire monter ? » Après une longue pause, et quelques *hmm* en guise d'approbation, elle raccrocha. Elle se tourna alors un peu dubitative vers Brunetti.

« C'est très bizarre.

— Quoi donc ?

— Il était de très bonne humeur à son arrivée, mais maintenant, il est... furieux, lâcha-t-elle.

— Savez-vous pourquoi ?

— Absolument pas, mais vous feriez bien d'y aller. Si vous n'êtes pas sorti dans un quart d'heure, j'appelle la police !

— Que vous êtes aimable ! » répliqua Brunetti, qui se dirigea vers le bureau de Patta, où il entra sans frapper.

Le bureau du vice-questeur était encore plus frais que celui de la signorina Elettra. Vu le contraste avec la température extérieure, la pièce aurait pu être qualifiée de glaciale. Comme le commissario ne portait pas de cravate, il eut froid à la gorge ; puis cette sensation descendit au creux de ses reins, encore trempés de sueur.

Patta se tenait près de la fenêtre, de profil, ce qui mettait en avant les contours singuliers de son visage. À cette époque de l'année, son teint attestait une très faible exposition au soleil. Il réservait cette pratique à l'hiver, lorsque les rayons sont réservés aux *happy few*, capables de s'offrir des vacances, et de choisir leurs conditions météorologiques. Le soleil se mérite, et celui de Patta ne se partageait pas avec le commun des mortels, dans la rue, à titre gracieux.

Il avait dû sans doute s'y poster après avoir raccroché ou peut-être avait-il appelé de la pièce attenante avec son *telefonino*. À la vue du portable sur le bureau, Brunetti conclut que Patta s'était hâté vers la fenêtre à la fin du coup de fil, de manière à accueillir Brunetti de manière scénique. Cette stratégie était censée indiquer que le vice-questeur n'avait pas de tâche particulière à effectuer à ce moment-là ou qu'au contraire, il était tellement surchargé de travail qu'il avait besoin de se concéder un instant de répit en regardant par la fenêtre, pour s'alléger la tête après des heures et des heures de concentration.

Patta le salua et lui désigna un des deux fauteuils disposés devant son bureau. Lorsque le vice-questeur retourna à sa place, Brunetti choisit le fauteuil qui, selon lui, était situé au plus près du micro que la signorina Elettra avait forcément dû faire installer quelque part sur la table de travail.

« Que puis-je faire pour vous, monsieur ? demanda Brunetti, en espérant qu'Elettra – si elle était en train d'écouter – reconnaisse dans cette formule une de ses propres expressions favorites.

— C'est à propos de ces deux filles, les pickpockets », répondit Patta en s'installant dans son fauteuil. Tout, dans son comportement, laissait deviner qu'il essayait de réprimer sa colère, exercice auquel il n'excellait guère.

« Les Roms ? s'enquit Brunetti.

— Oui, confirma Patta d'un ton brusque.

— Que se passe-t-il ?

— Elles ont contacté un journal allemand. Il y avait tout un article à leur sujet, hier. »

Il prit un crayon à papier et tapa la gomme contre son bureau, puis le laissa tomber comme s'il lui en voulait d'avoir fait autant de bruit.

Oddio, des problèmes à l'horizon, pensa Brunetti.

« Cet article dit qu'une des filles a été arrêtée vingt-sept fois », proclama Patta, la voix emplie d'indignation. Puis, donnant libre cours à sa profonde colère, il déclara : « Cela nous fait passer pour des idiots. » À ce dernier mot, il assena un grand coup sur son bureau, puis se pencha vers Brunetti. « Et où ont-ils bien pu trouver ce chiffre ? » s'enquit-il.

Brunetti ne put s'empêcher de se demander pourquoi Patta s'était mis dans un tel état de rage à cette nouvelle. Après tout, ce n'est pas comme si le vice-questeur avait levé le petit doigt lors des vingt-six premières arrestations. Les deux explications possibles qui lui vinrent à l'esprit furent qu'un de ses supérieurs hiérarchiques – le questeur, le préfet, voire le président de la province – l'ait prié, à la lecture de l'article en question, de s'en expliquer. Ou, pire encore, qu'une personnalité en vue ait été victime de ces voleuses.

Il garda le silence et afficha une grande inquiétude face à cette nouvelle.

Patta ferma les yeux un moment, prit quelques profondes inspirations et dit, comme en réponse aux spéculations de Brunetti : « Hier, une personne importante a fait l'objet d'une tentative de vol. Sur le vaporetto n° 1. C'est inadmissible. »

Il tapa du poing, mais plus légèrement cette fois, comme si sa main avait pour rôle d'exprimer sa frustration, tandis que sa voix se devait de décharger sa colère. « De tels incidents ne peuvent paraître dans la presse internationale ! » hurla-t-il.

Ce doit être une sacrée célébrité pour que Patta se mette dans un état pareil, songea Brunetti, même si l'anonymat des victimes, peu importe la gravité du délit, était assurément garanti par la loi de la confidentialité.

« En effet, la situation est très délicate, déclara Brunetti d'une voix solennelle, tout en pensant en son for intérieur que la situation aurait été plus grave si elles avaient détroussé une vieille dame ayant toute sa pension dans son sac à main.

— Elle n'est pas seulement *délicate*, répliqua Patta en enveloppant de sarcasme le terme employé par Brunetti. Elle est aussi potentiellement désastreuse. »

Patta reprit quelques profondes inspirations pour tenter de se calmer, puis regarda longuement le commissario. « Comme elle a remarqué le manège de la voleuse et qu'elle a pressenti son action, elle l'a attrapée par le bras et a commencé à crier », raconta-t-il. *Il s'agit donc d'une femme*, songea Brunetti qui s'apprêta à dire : « Bien joué ! », mais il laissa Patta finir son histoire.

« Comme le *marinaio*[1] n'est pas sorti de la cabine, poursuivit-il, elle a hurlé plus fort et, quand il s'est finalement rendu auprès d'elle, elle lui a crié qu'il risquerait bien de perdre son emploi s'il n'intervenait pas. »

Patta se passa une main dans les cheveux en réussissant à ne pas décoiffer la moindre mèche, puis il demanda, à

---

1. Employé chargé d'enrouler et de dérouler la corde du vaporetto à chaque arrêt et d'ouvrir et de fermer les barrières coulissantes du bateau.

la grande surprise du commissario, s'il avait eu vent d'une certaine revue hebdomadaire, connue pour favoriser l'administration communale en place.

« Bien sûr, monsieur, répondit Brunetti, qui se retint de préciser qu'il la feuilletait souvent chez son coiffeur. Pourquoi me posez-vous cette question ?

— Le prochain numéro est sur Venise. »

Oh, mon Dieu, épargnez-nous un énième article sur la perle de l'Adriatique, qui fera venir encore plus de touristes curieux, pensa Brunetti.

« Il mentionne que la ville est pratiquement exempte de crimes, s'enorgueillit Patta. Donc, il ne faut pas que l'incident sur le vaporetto s'ébruite davantage, Brunetti. Il n'en est absolument pas question.

— Si ce fait divers ne figure toujours pas dans nos quotidiens, il y a des chances pour qu'une autre actualité vienne lui faire de l'ombre, suggéra Brunetti pour le rassurer, puis il ajouta, ignorant le degré de familiarité de son supérieur avec la loi : « Et puis, techniquement, les journalistes ne peuvent pas nommer la personne impliquée.

— Pensez-vous que cela empêcherait la presse locale de le faire ? rétorqua Patta. Ils ne demandent qu'à raconter ce genre d'histoire, advenue en présence de témoins, qui plus est. Imaginez comme ils se délecteraient à décrire l'état psychologique de cette femme, à rapporter ses mots. Et sans dissimuler le moins du monde son identité. »

L'espace d'une seconde, Brunetti ne comprit pas de quelle femme parlait Patta, la voleuse ou la victime. « Croyez-vous vraiment que ce soit si important, dottore ? »

Au lieu de répondre à la question, Patta s'exclama : « Je vais les faire disparaître de la circulation !

— Pardon ? fit Brunetti, en pensant aux journalistes.

— Je veux que ces filles disparaissent de la circulation pendant quelques jours. Et il me faut un magistrato pour mettre en place cette décision.

— Jusqu'à quand, signore ?

— Ne faites pas l'idiot, Brunetti ! Jusqu'à ce que cette revue soit publiée. Lue. Et oubliée. Les gens se souviennent des choses un jour ou deux, pas plus. C'est tout le temps qu'il nous faut. Pendant cette période, les journaux ne doivent présenter aucune affaire de pickpockets ou de criminalité de rue. Aucune.

— Mais qui est au courant de ces faits ? » demanda Brunetti, en évitant de l'interroger sur ce "nous" nécessitant que s'écoule ce laps de temps. Il pouvait au moins exiger cette information.

« Je vous l'ai dit : elle était sur le vaporetto.

— Et puis ?

— Quand elle a senti la voleuse introduire la main dans son sac, elle l'a attrapée et a crié au *marinaio* de venir l'aider. C'est d'ailleurs ce qu'aurait fait tout un chacun, précisa-t-il d'un ton plus calme.

— Certainement, dottore », approuva Brunetti, sans lui rappeler qu'elle avait menacé ce pauvre homme de lui faire perdre son emploi.

Patta soupira soudain d'épuisement et assena : « C'était la femme du maire, Brunetti. »

Le vaporetto n° 1, rempli de Vénitiens, et son mari, le maire, qui interdit aux gens d'en parler ou de le signaler à la presse... *Quelle catastrophe !* songea Brunetti.

« Si cet incident se sait, cela ne me causera que des problèmes, Brunetti. Je suis sur le point d'acheter un appartement et, si la situation échappe à notre contrôle, le maire pourrait inciter mes supérieurs à me muter ailleurs. Il faut étouffer cette affaire. » La voix de Patta n'était plus emplie de colère ; elle avait fait place, comme Brunetti le soupçonna, à la crainte, ou à une sensation similaire. Le commissario tenta de trouver un argument positif ou rassurant à avancer, mais il ne put que se focaliser sur cette révélation : si Patta s'apprêtait à acheter un appartement, c'est qu'il avait donc l'intention, voire même le désir de rester à Venise.

Le vice-questeur avait gardé son poste année après année ; une situation pratiquement inédite dans le corps de la police et qui laissait une odeur persistante dans son sillage, comme celle d'un fromage fort : du gorgonzola, par exemple. La plupart des officiels étaient mutés de ville en ville au gré de la bureaucratie, sans tenir compte de la scolarité des enfants, de la proximité de la famille, et encore moins des préférences personnelles de ces agents. Et voilà que notre Patta, tel un navire encalminé dans la *laguna* de Venise, était déjà entré dans sa deuxième décennie, avec ses enfants scolarisés ici, diplômés de l'université d'ici, à la recherche d'un emploi ici, alors que son arrivée dans la ville avait été propulsée par tout un système qui n'avait pas réussi à le muter ailleurs ou à le faire revenir à Palerme, la ville magique sur laquelle le vice-questeur ne tarissait jamais d'éloges.

Brunetti fut soudain parcouru d'un frisson et leva la main pour tâter sa gorge. Il était issu d'une famille modeste qui restait patiente face au climat local et s'y était adaptée tout au long de sa vie. Ils passaient leurs étés aux Alberoni[1], où la mer était propre et où il y avait des dunes pour s'amuser, des digues transformées en terrains de jeu et la possibilité de se promener sur la plage avec les amis, de dénicher des crabes

1. Localité située au sud du Lido, connue pour ses grandes plages publiques et ses dunes de sable.

dans les rochers ou encore de creuser l'estran à marée basse pour y pêcher les palourdes. À la maison, il suffisait de laisser toutes les fenêtres ouvertes, de se cacher sous les couvertures pour échapper aux moustiques et d'attendre les premières pluies du mois d'août pour ne plus subir la chaleur écrasante.

L'air conditionné était réservé aux hôtels de bord de mer où l'on entrait en douce pour aller aux toilettes, et où l'on cherchait sous les planchers en caillebotis des *capanne*[1] les pièces de monnaie tombées dans le sable. Les vaporetti n'étaient pas équipés non plus en climatisation, mais les taxis et les bateaux privés, qui empruntaient les mêmes chenaux en direction du Lido, l'étaient, bien évidemment. Aujourd'hui encore, l'appartement de Brunetti n'était pas climatisé : les résidents de l'immeuble se rafraîchissaient en ouvrant toutes les fenêtres et luttaient contre les moustiques en laissant des VAPE[2] se diffuser toute la nuit.

Les pensées de Brunetti lui firent ressentir plus fortement encore la puissance de l'air conditionné pulsé dans cette pièce. Il se plaqua contre le dossier de son fauteuil et ferma sa veste. Il aurait aimé avoir un foulard pour l'enrouler autour de son cou.

« À quoi pensez-vous ? demanda Patta d'un ton redevenu étonnamment courtois.

— Ces voleuses, elles ont été arrêtées à Trévise, n'est-ce pas, dottore ? » s'informa Brunetti.

Patta acquiesca.

« Si leur casier judiciaire est autant rempli, il se peut que la police de Trévise souhaite procéder à leur interrogatoire. »

1. Cabines de plage qu'il est de bon ton de louer de juin à septembre pour la haute société vénitienne.

2. Diffuseur de produit antimoustique très répandu en Italie.

Patta regarda par la fenêtre de son bureau. Le voyant si captivé, Brunetti se rendit compte qu'au cours de toutes ces années, Patta avait semblé indifférent à cette vue. Brunetti restait assis calmement, en pensant à la chaleur qu'il faisait dehors afin d'apprécier davantage cette fraîcheur.

Il jeta un coup d'œil en coin à son supérieur et s'aperçut à quel point Patta tenait à voir ces pickpockets s'éclipser momentanément. Le vice-questeur avait le visage moins tendu. Les deux hommes échangèrent un regard de connivence.

« C'est une idée intéressante, Brunetti, énonça Patta lentement. Laissez-moi la prendre en considération. » Puis, d'un ton plus animé, il ajouta : « Vous pouvez vous remettre à votre travail.

— Merci, dottore », dit Brunetti en se levant.

L'expérience, la sagesse et l'instinct de survie l'empêchèrent d'en dire plus long, et il quitta le bureau, glacé jusqu'aux os.

Il retourna voir la signorina Elettra, qui enleva un petit écouteur blanc de son oreille gauche et le suspendit au-dessus de son clavier.

« Dès que vous m'aurez communiqué le nom de la clinique, monsieur, je me pencherai sur cet établissement.

— Ah oui, fit Brunetti, distrait par sa conversation avec Patta. Je reviens vers vous au plus vite. »

Elle glissa son oreillette et le cordon sous une pile de papiers et alluma son ordinateur.

Il s'assit à son bureau et chassa cette affaire de pickpockets de son esprit. *« First things first*[1] *»*, marmonna-t-il en anglais,

1. « Commençons par le commencement. »

puis il sourit au souvenir de cette phrase fétiche empruntée à Paola, qu'elle terminait toujours par une citation de Dickens, relative au méchant roi Richard et à une histoire de bébés dans une tour[1]. Brunetti ignorait complètement cette référence littéraire, mais il aimait frissonner d'effroi à la sensation de menace qu'elle dégageait.

Avant de passer son premier coup de fil, il examina – comme chaque fois qu'il était contraint de réfléchir à ses différentes possibilités d'interprétation – *la « legge sulla privacy*[2] ». Pourquoi une législation européenne, entrée de force dans la République italienne, devait-elle recourir à un mot étranger dans son intitulé ? Il était de l'avis que le concept était aussi étranger que cet anglicisme injustifié. Les décisions gouvernementales prises à huis clos paraissaient dans les journaux dès le lendemain et étaient postées en ligne même plus tôt ; des photos de moments intimes de la vie d'acteurs et d'actrices étaient disponibles à tout-va sur Internet ; l'orientation sexuelle d'un certain nombre de prélats et de ministres du gouvernement était de notoriété publique, même si elle n'avait jamais été proclamée officiellement. Dans ces circonstances, que pouvait bien signifier le terme de « *privacy* » ?

Il refréna son élan philosophique et s'obligea à se concentrer sur la dimension pragmatique de la situation. L'hôpital avait le droit, vu son obligation de protéger la « *privacy* » de ses patients, de refuser de divulguer toute information sur Benedetta. Donc, s'il téléphonait à l'hôpital et déclinait son identité en expliquant le but de son appel, il était fort

1. Allusion au roman *Les Papiers posthumes du Pickwick Club* de Charles Dickens.

2. La loi sur la confidentialité.

probable que sa requête soit déboutée jusqu'à ce qu'elle soit autorisée par une instance supérieure. La signorina Elettra se verrait alors contrainte de passer du temps à infiltrer leur système, afin de découvrir le nom de la clinique d'où la signora Toso avait été transférée.

Il trouva en ligne le numéro de l'hôpital et appela. Un homme répondit au téléphone et Brunetti se mit à parler dans un vénitien des plus marqué. « Ciao, c'est Piero à l'appareil. Je suis un ami de Domingo et j'ai besoin de lui parler. » Sans laisser le temps à son correspondant de lui poser une question, Brunetti poursuivit : « Je suis son voisin d'à côté et les flics veulent que je déplace son bateau. » Sa voix était imprégnée d'une profonde exaspération, comme s'il peinait à contrôler sa colère.

« Ils disent que l'anneau de Domingo appartient à quelqu'un d'autre. Je peux lui parler ? » Il couvrit partiellement le micro de sa main et précisa, d'un ton moins irrité : « Attendez juste une minute, s'il vous plaît, monsieur l'officier. J'ai la clef, donc tout ce qu'il a à faire, c'est de m'autoriser à déplacer sa barque. » Il marmonna quelques obscénités et revint à son interlocuteur : « Avez-vous réussi à le joindre ? »

L'homme répondit d'emblée : « Il vient de passer. Je vais le chercher. Peut-il vous rappeler ?

— Ces policiers n'apprécieront pas du tout. Moi, j'ai juste à déplacer ce maudit bateau.

— D'accord, d'accord », fit l'homme. Brunetti entendit des bruits de pas et une voix appelant « Domingo », puis la question : « *Sì*, qui est-ce ?

— Hello, Domingo, c'est le commissario Brunetti, répondit-il d'une voix normale, en s'efforçant de garder son calme. Je suis désolé de vous déranger, mais je veux vous demander quelque chose.

— Bien sûr, de quoi s'agit-il ? répliqua le jeune homme.

— Pourriez-vous me dire où était la signora Toso avant d'être admise dans votre hôpital ?

— C'est tout ?

— Oui.

— D'après le gars qui m'a passé l'appel, on aurait dit que le ciel lui était tombé sur la tête. »

Brunetti rit à ces mots, de ce rire que l'on se permet entre bons amis. « Non, juste cette information.

— Elle était à l'Istituto Rovere, qui se trouve à Noale. Ils disposent de moyens bien plus importants que les nôtres, ajouta-t-il.

— Comment ça ? demanda Brunetti, intéressé par ce point.

— Ils proposent des séances de rééducation, ont une piscine couverte, et peuvent même héberger les familles des patients si besoin.

— Acceptent-ils les chiens lors des visites ?

— Non, je ne crois pas, répondit Domingo après un moment de réflexion.

— Alors, elle est mieux chez vous, à mon avis.

— Mais elle n'a pas de chien, répliqua Domingo, visiblement confus.

— Cela n'a aucune importance », déclara Brunetti en le remerciant et il raccrocha.

7

Brunetti retourna dans le bureau de la signorina Elettra, frappa à la porte et attendit cette fois qu'elle lui dise « *Avanti*[1] » avant d'entrer.

Elle était immobile face à son ordinateur, apparemment en contemplation devant l'écran. Pour ne pas la déranger, il alla à la fenêtre regarder le *campo* et se balança sur la pointe des pieds, comme s'il guettait le prochain vaporetto.

Le seul bruit dans la pièce était le crissement de ses chaussures. À l'extérieur, les gens, en sueur, traversaient lentement le pont menant à l'église désacralisée, où il n'y avait rien à voir hormis la façade, et encore, elle n'était pas très intéressante. Certains n'avaient même pas le courage d'aller jusqu'au pont ; ils se contentaient de regarder l'édifice de loin, puis se traînaient péniblement vers l'église des Grecs et finissaient par emprunter le pont du même nom pour franchir le canal. D'autres entraient dans l'église ; d'autres encore disparaissaient dans la *calle*[2] étroite qui partait du pied de ce pont.

Pourquoi les gens viennent-ils à Venise en juillet et en août ? se demanda-t-il. Tout Vénitien qui le pouvait s'en échappait. Ceux qui n'avaient pas le choix ne s'aventuraient pas

1. « Entrez. »
2. Nom donné aux rues à Venise.

à sortir pendant que le soleil était à son zénith. Ils faisaient leurs courses aux premières heures du jour et passaient le reste de la journée à l'intérieur, avec ou sans air conditionné : d'ailleurs plutôt sans, et en comptant sur l'efficacité du tuyau d'évacuation d'un petit dispositif de refroidissement dénommé Pinguino, qui rejetait l'air chaud à travers un trou spécialement aménagé dans une de leurs fenêtres.

Cette forme de confort n'était pas accessible aux personnes âgées, ni à ceux dont les faibles revenus ne permettaient pas de s'acheter le fameux Pinguino, voire, dans certains cas, de payer l'électricité nécessaire à son fonctionnement. Brunetti se refusait à installer un appareil de climatisation parce qu'il avait été élevé pour supporter la chaleur. Pour supporter beaucoup de choses, en fait. C'était trop tard maintenant pour changer d'avis, de toute façon ; surtout avec une fille dont les principes écologiques en abhorraient l'usage.

Il s'étonna toutefois que cette pièce parvînt à rester fraîche : pas aussi fraîche que le bureau du vice-questeur, bien sûr, mais tout de même. Il recula pour observer les fenêtres, mais il ne perçut aucune trace de tuyaux de sortie et il n'y avait pas non plus d'unité de conditionnement d'air à l'extérieur, sur le balcon. Il leva les yeux et se tourna pour vérifier le plafond dans son ensemble, et là, juste au-dessus de la porte du bureau du vice-questeur, il vit la barre horizontale d'une durite de refroidissement. Il s'en approcha et se tint en dessous, et sentit effectivement le flux d'air frais pénétrant dans la pièce.

Brunetti se tourna vers la signorina Elettra et, voyant que l'enchantement avait été brisé, il lui demanda, en agitant la main dans le courant d'air : « Quand ces travaux ont-ils été réalisés ?

— J'ai appelé les techniciens le mois dernier, au moment où le vice-questeur et vous-même étiez en vacances.

— Sans le lui dire ? »

Elle posa son coude sur le bureau et enfouit le menton dans sa main. « Cela lui aurait causé des problèmes, si je lui avais fait part de mon intention.

— Pour quelle raison ? s'enquit Brunetti. Parce que personne d'autre n'a ce genre d'installation dans le bâtiment ? »

Son visage afficha un air de surprise, puis de détresse, comme si cette question l'avait déçue. « Non. Pas du tout. Il n'avait pas le cran d'appeler ni de déléguer cette tâche, et encore moins de chercher le moyen de payer ces frais.

— Et vous avez trouvé une solution ?

— Bien sûr, répliqua-t-elle. Le responsable du bureau des marchés publics à Mestre a acheté tous nos ordinateurs au magasin de son cousin pendant des années. Je l'ai appelé pour le prévenir qu'il recevrait une facture pour une révision du système de chauffage.

— En juillet ? »

Elle sourit. « Il m'a posé la même question. Je lui ai répondu que c'était le meilleur moment pour faire ces travaux puisque l'installation était éteinte. » Elle laissa le temps à Brunetti d'intégrer ce raisonnement, puis elle enchaîna : « Lorsque les ouvriers sont arrivés, je leur ai dit que cette pièce était aussi concernée par ces rénovations.

— Je ne peux pas y croire.

— Comme bon vous plaît, commissario. Y a-t-il quelque chose que je puisse faire pour vous ? ajouta-t-elle, le sourire aux lèvres.

— Oui, confirma-t-il, ravi de changer de sujet. La clinique s'appelle Istituto Rovere.

— Elle se trouve où ?

— À Noale.

— Voulez-vous des renseignements sur la clinique elle-même, ou sur les paiements de la patiente ?

— Seulement sur les paiements, pour l'instant, signorina.

— Parfait. Je fais au plus vite. J'ai d'abord quelques affaires à régler pour le dottor Patta. »

Étonné que Patta puisse encore être dans son bureau, Brunetti ne put s'empêcher de demander : « Est-il encore là ?

— Non, commissario, il est rentré chez lui il y a une heure environ.

— Ah, quelle bonne idée ! » s'exclama-t-il en jetant un coup d'œil à sa montre.

Quelle splendide idée, même. Raffi était à Mazzorbo, dans la résidence d'été d'un de ses camarades de classe dont le père leur apprenait à faire de la voile ; Brunetti dîna donc sur la terrasse avec Chiara et Paola. Par cette chaleur, ils ne purent avaler qu'une énorme *insalata caprese*[1] avec de la mozzarella qu'un ami de Paola avait rapportée de Naples.

Comme Paola savait qu'ils auraient besoin de pain pour saucer l'huile d'olive, elle avait envoyé Chiara au marché bio de Santa Marta pour qu'elle y achète à la fois des tomates et un énorme pain rond, Paola étant d'avis que ce marché proposait le seul pain mangeable de tout Venise et que seules leurs tomates avaient un goût de tomates.

Lorsque son premier morceau de mozzarella commença à fondre sur sa langue, Brunetti posa sa fourchette et déclara : « On déménage à Naples. » Habituée aux envolées lyriques

1. Salade composée de mozzarella, tomates et basilic, assaisonnée à l'huile d'olive et agrémentée d'origan.

de son père, Chiara leva les yeux mais, avant même qu'elle puisse lui répondre, il lui dit : « Tu te feras de nouveaux amis, Chiara ; je t'achèterai un scooter et tu n'auras même pas besoin de porter un casque.

— Si tu m'aides à obtenir une titularisation à l'université, j'y vais de ce pas », décréta Paola, après avoir goûté le fromage.

Brunetti choisit quelques tranches de tomate, puis les enfila, avec la mozzarella et quelques feuilles de basilic, sur une brochette. « Ce qui est fou, déclara-t-il en tenant en l'air sa composition patriotique, c'est que Giulio pourrait sans doute t'en obtenir une. Il suffirait de demander.

— Je préférerais y parvenir de manière honnête », rétorqua Paola.

Une fois sa bouchée avalée, Brunetti la taquina : « Ton honnêteté te perdra.

— Je suis diplômée d'Oxford, je te rappelle, spécifia-t-elle d'un ton exagérément condescendant.

— C'est plus une question de relations, ma chérie, rectifia Brunetti en rompant un morceau de pain en deux pour le tremper dans l'huile d'olive. La famille de Giulio était à Naples avant l'arrivée des Bourbon, précisa-t-il en portant le pain à ses lèvres. Et ils sont encore au pouvoir. »

Chiara, trouvant soudain de l'intérêt à la conversation, demanda : « C'est vraiment comme ça, papa ? »

Brunetti, pris de court par sa propre plaisanterie, but une gorgée de pinot bianco pour se donner le temps de formuler une réponse.

« Je ne sais pas vraiment, mon ange, admit-il. J'ai entendu des histoires dans ce sens et des histoires dans le sens contraire.

— Il a aussi entendu mes histoires, qui prouvent que la situation n'est pas bien différente ici», intervint Paola.

Chiara tournait la tête de l'un à l'autre.

«Mais alors, qui croire?» s'enquit-elle en regardant cette fois ses deux parents.

Brunetti décida d'attendre avant de se resservir et continua par gourmandise à se ruer sur le pain, qu'il perfora avec sa fourchette pour mieux faire pénétrer l'huile. «Je dirais que c'est un mélange des trois. Une personne cherchant un poste à l'université de sa ville natale a probablement déjà des contacts dans l'établissement: de la famille, des amis, des amis de la famille… qui y enseignent ou détiennent des postes clés ou qui ont le bon carnet d'adresses, donc ils bénéficient de cet avantage.

— À t'écouter, on dirait qu'il y a d'autres éléments qui entrent en jeu, nota Chiara.

— La piètre opinion qu'a ton père des gens du Sud y est pour beaucoup, répondit Paola. Même si, étonnamment, je ne l'ai jamais vu – depuis qu'on se connaît – agir selon son ressenti. Il s'en tient aux mots.

— C'est déjà pas mal», constata Brunetti, vexé.

Paola tourna délibérément la tête avec la lenteur d'un phare. «Tu ne vas pas dire que ce n'est pas vrai, Guido? s'enquit-elle.

— Je ne pense pas avoir déjà dit du mal d'un Méridional qui m'est proche, confirma Brunetti qui s'empressa de nuancer: Je veux dire, du fait de son origine méridionale.

— À l'exception de zio Giulio», déclara Chiara en mentionnant un vieux camarade de classe de son père. Vu les fréquentes allusions de ses parents à ce personnage, elle posa sa fourchette et s'informa: «Fait-il partie de la Mafia?

— Son père, oui, admit Brunetti après un moment d'hésitation.

— Tu es policier, rétorqua-t-elle instantanément. Cela signifie-t-il que Raffi et moi sommes condamnés à exercer le même métier ? »

Brunetti n'apprécia guère le verbe employé par sa fille, mais il était résolu à n'en rien laisser paraître. Il s'apprêtait à lui répondre lorsqu'elle lui posa une autre question : « A-t-il fait de la prison, son père ? » Elle était complètement émoustillée à l'idée de cette forte probabilité.

« Il y a des années de cela. C'est à ce moment-là que la famille a envoyé Giulio chez un cousin ici, de manière qu'il puisse continuer sa scolarité, et que nous sommes devenus amis.

— Même si son père était un mafieux ? »

Le père de Brunetti était manœuvre au port, affecté au chargement et déchargement des navires. C'était un homme d'une honnêteté à toute épreuve, qui lisait Marx et Thomas d'Aquin. Il levait parfois trop le coude, mais il était capable de réciter de très longs passages de Foscolo et de Leopardi. Toutes ses initiatives ayant été misérablement vouées à l'échec, il ne fut jamais en mesure de subvenir aux besoins de sa femme et de ses deux enfants, mais il n'avait jamais volé une miette de pain et avait toujours payé ses cigarettes, même si elles contribuèrent à sa mort prématurée.

En songeant à son père, Brunetti explicita : « Mon ange, je ne suis pas sûr que nous marchions dans les pas de nos parents. Et je ne sais pas si l'allégeance à la Mafia est un trait héréditaire. » Il n'était pas certain de ce qu'il avançait, mais il y croyait. Et surtout, il garda cette pensée pour lui.

Il se recula sur sa chaise, marqua une pause pour vérifier si Chiara écoutait toujours et continua : « Il y a des années, j'ai lu un article – je ne me souviens plus où – qui disait que nous venons tous au monde avec une sorte de thermostat interne. Si nous naissons dans un pays chaud, notre thermostat se régule à la chaleur et nous ne pourrons jamais vraiment nous adapter à une température différente. Nous nous sentirons bien quand il fera chaud et nous détesterons le froid. Même chose si nous naissons dans un pays froid. Le thermostat se réglera sur cette basse température et nous n'aimerons pas la chaleur, même si nous partions dans un pays de grand soleil et que nous y vivions un long moment.

— Et donc ? s'enquit-elle lorsqu'elle prit conscience qu'il avait fini.

— Eh bien, c'est ce qui se passe avec la Mafia. Si tu nais dans un endroit où elle est installée, ton thermostat s'adapte à elle. Ce n'est pas le cas pour tout le monde, mais pour beaucoup de gens.

— C'est donc une sorte de thermostat moral ? » conclut Chiara.

Il jeta un coup d'œil à Paola, craignant qu'elle ne voie dans son raisonnement une source de corruption pour leur enfant, mais elle le regarda depuis l'autre bout de la table le plus calmement du monde.

« Si je comprends bien, ce serait comme une maladie dans l'air que l'on peut attraper en respirant, remarqua Chiara.

— Elle est résolument dans l'air, approuva Brunetti. Mais tout le monde ne la contracte pas.

— Zio Giulio l'a-t-il attrapée ? » insista Chiara.

Comment lui parler de Giulio et de son entregent, de son cabinet d'avocats et des clients qu'il défendait, et de ce qu'il pouvait obtenir sur un simple de coup de fil ? Brunetti y réfléchit un long moment, puis il finit par avouer : « Je ne sais pas, Chiara.

— Puis-je faire une autre comparaison ? » intervint Paola.

Ils tournèrent tous deux la tête vers elle, comme si son silence leur avait fait oublier en quelque sorte sa présence.

Brunetti fit un geste de la main en direction de Chiara. C'était elle qui avait lancé cette conversation, après tout, donc c'était à elle de décider qui pouvait ou ne pouvait pas entrer dans la danse.

« Avec quoi, mamma ?

— La maladie. Si tu as la grippe, tu as de la fièvre, mais si tu as de la fièvre, cela ne signifie pas forcément que tu as la grippe.

— Où veux-tu en venir ? » s'enquit Chiara. Brunetti la soupçonna de le savoir, mais supposa qu'elle préférait qu'on le lui énonce explicitement.

« Je veux dire que bien que zio Giulio ait pu montrer les symptômes… », commença Paola, mais Chiara lui coupa la parole : « Comme quoi ? demanda-t-elle instamment.

— Le fait de savoir à l'avance qui gagnera les élections ou obtiendra un marché public ; le fait d'être nommé au conseil d'administration de sociétés variées ou d'acheter un certain nombre de propriétés à un prix incroyablement raisonnable. » Paola cessa son énumération, même si Brunetti lui avait certainement donné, au fil des années, d'autres exemples de la chance extraordinaire dont Giulio avait bénéficié dans le monde des affaires.

Pour clarifier sa comparaison, elle continua : « Bien que ce soient des symptômes, cela ne prouve pas qu'il a contracté la grippe. »

Chiara, qui avait rencontré la fille de Giulio, âgée d'un an de moins qu'elle, et qui avait aussitôt éprouvé de la sympathie à son égard, s'informa : « Et Raffaella ? Qu'est-ce que cela implique, pour elle ?

— Cela implique, principalement, intervint Brunetti pour donner son explication, qu'elle mène une vie fort privilégiée et qu'elle est inscrite dans une école anglaise en Suisse.

— Et qu'elle fera probablement des études de droit et qu'elle travaillera dans le cabinet de son père, ajouta Paola.

— Mais ce n'est pas juste ! » s'écria Chiara spontanément.

Le silence se fit au moment où Paola leur servit à tous de l'eau minérale. Puis elle demanda à sa fille : « Pourquoi ?

— Parce que, répondit Chiara sans hésitation ni explications.

— Pas juste pour qui ? insista Paola.

— Pour tout le monde, rétorqua Chiara. Elle grandit dans ce système et elle sait dès le départ qu'elle en sortira gagnante. Qu'elle travaille ou non, elle réussira et obtiendra tout ce qu'elle voudra. »

Brunetti regarda sa fille, fier au possible qu'elle n'ait toujours pas pris conscience qu'elle jouissait de la même situation privilégiée : grâce au nom de son grand-père, tous les bateaux qu'elle prendra dans sa vie auront le vent en poupe, tandis que les autres demeureront immobilisés en l'absence de vent ou seront ralentis par des courants trop faibles.

Paola se leva, peut-être parce qu'elle voyait poindre les récifs vers lesquels s'acheminait la conversation. « Cette discussion est très intéressante, affirma-t-elle d'un ton qui laissait deviner qu'elle n'en croyait pas un mot, mais il me faut encore préparer ma réunion du comité de demain matin. » Elle empila leurs assiettes, rassembla les couverts, les emporta de l'autre côté de la cuisine et les mit dans l'évier. Chiara prit les verres et les posa sur le plan de travail, puis retourna dans sa chambre. Brunetti, qui ne supportait pas le gaspillage, se chargea du plat où il restait encore de l'huile d'olive.

« Quel comité ? » demanda-t-il. Paola assistait rarement aux réunions de comité et il ne l'avait jamais vue en préparer une seule.

Elle se tourna vers lui avec le sourire qu'elle réservait aux cas exemplaires de mauvaise conduite. « Nous sommes en train de choisir entre trois candidatures pour le poste d'enseignement de littérature postcoloniale.

— Tu t'y connais ? s'enquit Brunetti, qui ne savait jamais trop ce qu'elle se mettait à lire, quand elle regagnait son bureau.

— Non, mais j'ai lu beaucoup de livres sur le théâtre Kabuki.

— Pardon ?

— C'est très proche de ce qui va se passer demain. Tous les personnages parlent d'une manière extrêmement réglée ; la pièce commence lentement, dure cinq actes ; elle est parfois entrecoupée par une bataille et la fin convient à la plupart des personnages, comme au public.

— Tu parles bien d'une réunion de comité ?

— Nous autres, membres du comité, sommes des personnages codifiés et nous jouons le texte canonique. Ce sera houleux et il y aura un affrontement un peu après le milieu de la pièce, mais je peux te dire dès à présent qui gagnera et que la victoire sera satisfaisante pour nous tous. »

Brunetti vit à son expression combien elle était fière de sa métaphore et observa : « Comme on dit, "les dés étaient pipés".

— Tu n'es pas bête, toi », répliqua-t-elle en lui caressant la joue.

Tandis qu'elle lavait la vaisselle et que Brunetti en essuyait une partie, en faisant tout un cinéma, il lui raconta sa visite aux soins palliatifs, mais sans parvenir à garder un ton aussi calme qu'il l'aurait voulu. Lorsqu'ils eurent tous deux terminé, elle hocha la tête sans souffler mot et il retourna dans sa chambre pour reprendre sa lecture de *Lysistrata*. Il avait décidé de se plonger dans cette pièce pour se distraire momentanément des tragédies grecques auxquelles il s'était consacré les derniers mois : quelle heureuse perspective que la compagnie d'un homme doué du sens de l'humour.

8

Ce serait mentir que d'affirmer que le commissario Brunetti tarda le lendemain matin à se rendre à la questure. Dans son emploi du temps hebdomadaire, il avait inscrit son rendez-vous chez le dentiste sous la mention «interrogatoire de témoin». Cela dit, le dottor Ruffini, chez qui il allait depuis vingt ans, avait inéluctablement été témoin de l'état des dents de son patient, sur lequel Brunetti le consultait de temps à autre.

Lorsqu'il sortit du cabinet à 10h30, l'idée de l'affluence inévitable de passagers sur le vaporetto lui fit changer d'avis: au lieu d'aller prendre son bateau à l'arrêt de San Silvestro, il préféra s'arrêter au Caffè del Doge, un des rares endroits qui servaient encore un excellent café, puis il resta un moment à savourer sa boisson avant de s'enfoncer de nouveau dans la chaleur et d'affronter la foule à Rialto.

Ce chaos lui rappela les films de guerre où les habitants de villes fortifiées s'échappaient en se ruant sur le peu de portes de sortie construites, et où les hommes, les femmes et les enfants, victimes de la défaite et de la reddition, n'avaient pour seul choix que de suivre le mouvement. Ces gens ne marchaient pas, ils piétinaient; beaucoup portaient leurs enfants sur leurs épaules, dans cette fuite en avant. De temps en temps, ils s'éloignaient du troupeau et se poussaient sur le côté, le temps de boire une gorgée d'eau, mais ils regagnaient rapidement les rangs pour continuer leur chemin vers un havre de paix, inconnu et impossible à imaginer.

Comme ils se déplaçaient sans destination, et en suivant aveuglément la personne devant eux, ils ne nécessitaient ni de gardes ni de chiens sur leurs talons. Le soleil dardait ses rayons sur leurs visages déjà brûlés, la sueur coulait le long de leurs épaules et de leur échine ; l'épuisement les attaquait par-derrière. Cependant, ils continuaient à marcher : misérables, perdus, ils remarquaient à peine les étapes franchies, censées jalonner leur marche. La chaleur, la déshydratation, la faim leur anesthésiaient la vue. Seul le fait d'aller de l'avant leur procurait une sensation de paix. Bientôt, très bientôt, ils trouveraient de l'eau ou de la nourriture, ou encore un endroit où se reposer, mais avant cela il fallait avancer, pas après pas, vers un but qu'ils peinaient à envisager.

Une fois arrivé sur le campo Santa Marina, où la cohue diminua et où il put marcher sans devoir esquiver les passants, le calvaire de Brunetti cessa enfin. Il avait enlevé sa veste entre-temps et la portait sur son épaule, humide et lourde de sueur. Quatre personnes âgées étaient déjà mortes chez elles cet été-là et avaient été découvertes le lendemain, voire après plusieurs jours, par les voisins ou la famille.

Il s'arrêta boire un verre d'eau qu'on lui fit payer 1 euro. De toute évidence, la formule « *l'acqua non si paga* » n'existait pas au campo Santa Maria Formosa.

À son arrivée à la questure, il était fin prêt pour une douche ou une sieste. Il monta dans le bureau de la signorina Elettra ; celui-ci étant vide, il frappa à la porte de Patta, qui, comme à son habitude, lui dit d'entrer.

Le vice-questeur était à son bureau ; face à lui était assis un homme robuste qui semblait s'être évanoui dans son fauteuil, mais l'arrivée bruyante de Brunetti le fit se retourner.

Face à leur réaction – la surprise dans les yeux de Patta et la forte émotion lisible sur le visage de cet homme –, Brunetti activa son radar interne qui, en fonction de la posture et de l'expression de la personne face à lui, l'informait sur la teneur de la scène à laquelle il assistait.

Patta était manifestement très content de lui : Brunetti connaissait par cœur l'air qui s'était substitué à l'étonnement premier du vice-questeur. Patta était incapable de masquer sa joie, perceptible dans la lueur de son regard, chaque fois qu'il parvenait à imposer sa volonté à quelqu'un : en l'occurrence, il s'agissait du magistrato Salvatore Pascalicchio, un collègue beaucoup plus jeune avec lequel Brunetti avait travaillé à l'époque où il était en poste à Naples. Ils avaient collaboré plusieurs années ensemble puis, après la mutation de Brunetti à Venise et le succès des enquêtes de Pascalicchio qui lui avait valu d'être expédié à Sassari, ils avaient perdu le contact.

Et voilà qu'il réapparaissait, encore juvénile malgré son embonpoint, regardant Brunetti comme une personne en train de sombrer en eaux dangereuses, entraînée par le poids de ses propres bottes. Ses yeux marron foncé lui firent toujours penser à un golden retriever, et il portait encore le genre de costume qui marquait le moindre pli et se froissait facilement. En revanche, il avait les cheveux courts maintenant, comme s'il espérait cacher combien sa tête s'était dégarnie au fil des ans.

Lorsqu'il aperçut Brunetti, Pascalicchio prit appui sur les bras de son fauteuil, comme pour se lever et lui serrer la main, mais il se contenta de croiser les jambes, et de reporter son regard sur le vice-questeur Patta.

« Ah, commissario », dit Patta du ton le plus aimable. Il joignit les mains, comme pour les frotter avec délectation, mais il renonça à ce geste et les laissa retomber sur son bureau. « Le magistrato Pascalucchio et moi étions justement en train de discuter des jeunes femmes qui ont été arrêtées hier. »

Pascalicchio n'était pas Pascalucchio, mais il était inutile de corriger Patta : Brunetti le savait et cette rectification risquait de se transformer en incident diplomatique, donc il se contenta de hocher la tête.

« Asseyez-vous, commissario, voyons comment traiter cette affaire », lui proposa-t-il en désignant de la main l'autre fauteuil en face de son bureau.

Brunetti s'exécuta, tout en se faisant un point d'honneur à serrer la main du magistrato en passant devant lui. « Magistrato », dit-il d'un ton neutre en le gratifiant d'une ferme poignée de main qu'il retint une fraction de seconde, en signe d'amitié et de reconnaissance.

Pascalicchio répondit simplement : « Commissario », d'une froideur formelle propre à ce type d'entretien. Mais il esquissa un sourire aussi chaleureux que la poignée de main du commissario.

Une fois Brunetti installé devant lui, Patta commença : « Je suis ravi que vous soyez tous les deux ici, messieurs. » Son affabilité mit immédiatement Brunetti sur ses gardes. « Il est temps de trouver une solution au problème de ces filles pickpockets. »

Brunetti se sentit complètement perdu. Il ignorait dans quel tribunal travaillait Pascalicchio et pourquoi, s'il n'exerçait pas loin de Venise, il ne l'avait pas contacté. Dans l'attente de ces éclaircissements, le commissario estima plus sage de ne pas se prononcer.

Comme si Pascalicchio avait lu dans les pensées de Brunetti, il s'éclaircit la gorge avant d'annoncer: «Du fait que je travaille à Trévise, monsieur le vice-questeur, je suis en mesure de pouvoir vous apporter mon aide.»

Patta marqua une pause, puis il précisa: «Avant de vous laisser continuer, magistrato, je voudrais vous rappeler à tous deux que j'ai bien l'intention de faire appliquer la loi avec soin, pour ne pas dire rigoureusement.» Sans attendre leurs commentaires, il poursuivit, comme s'il s'adressait à un plus ample public, invisible aux yeux des deux hommes assis devant lui: «J'ai jeté un coup d'œil à la longue liste de leurs arrestations – et Brunetti se demanda combien de temps la signorina Elettra avait dû passer à l'établir. Et lorsque j'ai vu que toutes deux ont été arrêtées pour la première fois à Trévise, j'en suis venu à la décision que c'est à nos collègues affectés à ce lieu qu'il incombe de lancer l'enquête qui s'impose, de parler à leur avocat de la défense ou de leur en assigner un, autrement dit de commencer à reprendre le contrôle du navire!»

Pascalicchio profita de la pause souriante du vice-questeur pour déclarer: «Dottore, je ne saurais vous assurer de ma plus complète et plus forte approbation.» Son accent était bien là, comme le distingua Brunetti, avec ses voyelles aux sonorités différentes et ses consonnes plus douces.

«Parfait, décréta Patta. Mes collègues de Trévise ont le droit légal, mais aussi la responsabilité, de veiller à ce que les délinquants de ce genre – récidivistes bien connus des services de police – soient traités avec le plus grand sérieux afin qu'ils soient mis hors d'état de nuire à l'image de leur ville.» Bon, pensa Brunetti, au moins il n'a pas dit «notre ville».

Patta laissa tomber son masque le temps de demander au magistrato: «Pensez-vous que vous puissiez faire cela, je veux dire, transférer ce dossier à la police de Trévise?»

Pascalicchio ralentit le rythme de son élocution et prit un ton plus grave, comme s'il cherchait la manière appropriée d'exprimer ses pensées les plus profondes. «Je crois que oui, monsieur le vice-questeur.»

Brunetti vit Patta s'apprêter à parler, mais Pascalicchio regarda ses mains, les croisa soigneusement sur ses genoux et poursuivit: «Je ne vois aucun obstacle légal à notre action.»

Oh, songea Brunetti, il est vraiment très fin. C'est apparemment sa première intervention à la questure, et il recourt déjà à ce terme de «notre» comme si l'utilisation incidente de ce pluriel lui attribuait un rôle d'oracle auprès du vice-questeur.

Brunetti fit un signe d'assentiment et imprégna son regard de la plus grande sagesse, ce qui incita Patta à lui demander: «Et vous, commissario?»

Brunetti décida de profiter de la bénédiction que constituait, dans la bouche de Patta, l'énonciation de son titre pour répliquer: «Je m'en remets à l'expertise légale du magistrato, dottore.

— Bien, alors c'est décidé, conclut Patta et, s'adressant à Pascalicchio, il déclara: Je vous confie l'affaire.»

Ah, se dit Brunetti en entendant ce «je vous confie», s'il y avait un slogan à brandir, à l'instar de la devise «*Deus vult*» exhibée sur les drapeaux des croisés en marche vers leur destin, c'est bien cette phrase de Patta. Il reprit le fil de la conversation et vit ainsi Patta tirer une pile de papiers vers lui, tel un officiel ployant sous le poids de la sécurité de la cité, placée entre ses mains.

Brunetti et le magistrato se levèrent, remercièrent Patta pour le temps qu'il leur avait accordé et sortirent de son bureau.

9

Une fois sorti de chez Patta, Brunetti s'aperçut que la signorina Elettra n'était pas encore revenue. « Pouvons-nous aller parler dans ton bureau ? » suggéra Pascalicchio. Étant donné qu'il s'adressa à lui d'un ton tout à fait normal, comme on le ferait entre collègues et sans l'intention d'en imposer, Brunetti fut frappé, comme il l'avait déjà été des années auparavant, par le riche timbre de sa voix, profonde et sonore, surprenante chez un homme aussi peu avenant. Par ailleurs, son ton chaleureux faisait oublier la persistance de son accent et le manque de clarté de ses voyelles.

« En haut. Troisième étage. Il n'a rien de spécial, si ce n'est que ça me fait faire pas mal d'exercice de monter et de descendre les marches », expliqua Brunetti. Il n'avait pas plus tôt énoncé ce commentaire qu'il songea que le magistrato n'était peut-être pas intéressé par ce genre d'effort physique.

« En toute franchise, j'aurais préféré qu'il soit au premier étage, répliqua Pascalicchio.

— C'est le manque d'ascenseur qui bouleverse l'ordre des choses, à mon avis », nota Brunetti.

Le magistrato s'arrêta à la moitié de la première volée de marches. « Comment ? Je suis désolé, mais je ne comprends pas. » Il esquissa son premier sourire, qui le rajeunit de quelques années.

Brunetti recommença à monter, mais lentement, de manière que son collègue puisse lui emboîter le pas sans difficulté. « Pratiquement partout, expliqua-t-il, les gens haut placés ont leur bureau au dernier étage, avec terrasse et vue sur la ville et sur les toits. Bon, du moins dans les films.

— Mais ici ? demanda Pascalicchio.

— Ici, les abeilles industrieuses ont leur ruche tout en haut et, comme il n'y a pas d'ascenseur, c'est aux gens importants qu'on attribue les bureaux situés aux étages inférieurs.

— Évidemment, » confirma Pascalicchio avec un sourire de compréhension. Il s'arrêta sur le palier pour retrouver son souffle. « Il n'en reste plus qu'un, c'est ça ? » s'informa-t-il.

Brunetti opina du chef et lui dit, en lui tapotant l'épaule : « *Coraggio* [1] », et ils reprirent leur ascension. Arrivé au troisième étage, Brunetti se dirigea vers son bureau mais, entendant la lourde respiration de Pascalicchio derrière lui, il s'arrêta à la troisième porte, puis l'ouvrit. Le magistrato le rejoignit et regarda la pièce. Fort surpris, il tourna la tête vers Brunetti et lui demanda : « Qu'est-ce que c'est ?

— Une partie des archives. Ces trois pièces, expliqua-t-il en indiquant les portes successives donnant sur le long couloir, contiennent trois décennies de documents avant qu'ils n'aient été informatisés. »

Le magistrato regarda fixement les étagères couvertes de chemise en papier kraft du sol au plafond. « C'est incroyable, murmura-t-il.

— Quoi donc ? » s'enquit Brunetti, sincèrement confus.

Tel un enfant le matin de Noël, Pascalicchio déclara : « La façon dont elles sont conservées. C'est comme à Trévise. Tout est si bien rangé. Les dossiers sont soigneusement ficelés

1. « Courage. »

et classés, en suivant plus ou moins l'ordre chronologique, avec le nom de la personne concernée inscrit sur une étiquette collée à l'angle droit, en haut de la chemise.»

Brunetti s'apprêtait à demander s'il y avait une autre manière de conserver les dossiers, mais à la place il s'enquit: «Est-ce surprenant?»

Pascalicchio lui répondit: «J'ai été dans des questures et des palais de justice où les dossiers étaient empilés le long des couloirs, avec des papiers éparpillés partout.» Il leva un bras pour désigner un endroit sur le mur, à hauteur de hanche. «Sans aucun ordre, ni alphabétique ni chronologique. Cela revient à chercher une aiguille dans une botte de foin. Et n'importe qui, si ça lui chante, peut s'emparer d'un de ces dossiers et le sortir du tribunal pour le consulter ou le détruire. Et ainsi..., ajouta-t-il en frappant des mains devant lui, puis en les séparant d'un coup sec et en agitant les doigts en l'air pour simuler le vide... il ne reste plus une seule trace de l'enquête. Les déclarations des témoins, les entretiens avec les suspects, les notes prises par la police: tout disparaît et c'est comme s'il ne s'était rien passé.»

Brunetti fit la grimace puis acquiesça d'un air résigné. Il se rappela, mais sans l'évoquer, l'état de l'entrepôt du rez-de-chaussée le lendemain d'une *acqua alta* où le niveau des eaux était monté particulièrement haut, une dizaine d'années auparavant: les registres et les papiers conservés sur les deux étagères du bas étaient devenus de la bouillie; des lambeaux de plâtre pendaient, déchiquetés, au bas des murs; certaines prises électriques étaient restées des semaines entières sans fonctionner: il avait fallu que les maçons et les électriciens viennent tout arracher et recâbler l'étage entier. Il se souvint, aussi, des files d'officiers qui, telles des fourmis, descendaient et remontaient l'escalier jusqu'au troisième étage, où chacun déposait la pleine brassée de dossiers sauvés *in extremis*.

« C'est tout au bout », annonça-t-il en empruntant le couloir. Une fois dans son bureau, il comprit que même si les fenêtres étaient ouvertes, elles ne pouvaient lutter contre la chaleur qui régnait, en souveraine, dans son bureau.

Le magistrato alla à la fenêtre située sur la droite et observa le canal.

« L'église est désacralisée, lui apprit Brunetti. Elle est louée pour des manifestations culturelles, maintenant. »

Pascalicchio accepta cette explication, puis indiqua le bâtiment situé sur l'autre rive du canal. « Qu'est-ce que c'est ? Ça a l'air abandonné.

— Je pense que ça l'est, répondit Brunetti. Ils attendent probablement de le transformer en hôtel. » Il s'éloigna de la fenêtre et vint s'asseoir à son bureau.

« Est-ce une si mauvaise idée ? s'enquit le magistrato qui s'installa en face de lui. Au moins, cela sauve le bâtiment. »

Brunetti répliqua spontanément : « Je préférerais le voir complètement pourri et en ruine. »

Pascalicchio ne parvint pas à masquer sa surprise. « Je pensais que vous autres Vénitiens aimiez votre ville. »

Brunetti, qui ne regrettait aucunement sa réaction, lui explicita en ignorant sa remarque : « Si cela pouvait éviter un énième hôtel, eh bien, qu'il s'écroule.

— Tu plaisantes ?

— Tu as déjà entendu ce refrain des milliers de fois. Inutile de te rebattre les oreilles une fois de plus.

— Les touristes ? »

Brunetti haussa les épaules : « Eh oui, toujours la même rengaine !

— Décidément, je ne vous comprends pas, vous autres du Nord. »

Brunetti se mit à rire. « C'est exactement ce que nous pensons de vous, les gens du Sud. »

Pascalicchio sourit en haussant les épaules. « Laissons de côté cet argument pour l'instant et revenons à nos moutons. » Il se redressa dans son fauteuil et Brunetti se remémora l'époque – il devait avoir quatorze ans – où il avait été envoyé dans le Frioul pour rendre visite à son oncle Claudio, le frère de sa mère, qui l'avait emmené à la chasse. Brunetti avait détesté cette expérience de bout en bout : le fait de devoir forcer le passage à travers d'épais buissons, la main rugueuse de son oncle qui lui comprimait l'épaule quand il faisait trop de bruit, le froid, et l'idée qu'ils étaient là pour tuer.

Diana, la chienne de son oncle, un setter anglais élancé au pelage noir et blanc, qui n'avait de cesse de lécher la main de Brunetti, s'amusait à se faufiler entre les arbres et dans le sous-bois en silence. À un moment donné, elle se retrouva devant Brunetti ; elle se figea, leva le museau et balança sa tête d'un côté et de l'autre, et il la vit alors devenir tout autre : son corps tremblait d'excitation ; elle leva sa patte antérieure droite et s'immobilisa, pétrifiée.

Pascalicchio ne tremblait pas, il ne leva pas non plus la patte, mais son corps s'était raidi et il s'était départi de son doux regard de Méridional. À l'instar de Diana, il n'était plus là pour s'amuser : c'était, désormais, un chasseur.

Curieux, Brunetti répliqua d'un ton neutre : « Oui, parlons de ces deux femmes. » Il s'enfonça dans son fauteuil et croisa les bras. « Comment t'a-t-il impliqué dans cette affaire ?

— On ne m'a pas donné grand-chose à faire après mon arrivée à Trévise, il y a un mois environ, expliqua

Pascalicchio avec calme, et, lorsque le dottor Patta m'a téléphoné et m'a dit qu'il était enfin temps de mettre un terme à ce qu'il appelait "la scandaleuse affaire des pickpockets", je n'avais aucune idée de la situation.

— Tu n'étais pas au courant des agissements de ces filles ?

— Si, mais je ne comprenais pas pourquoi elles représentaient, tout à coup, un tel problème. »

Brunetti envisagea les diverses options possibles, se demandant combien d'informations Pascalicchio avait réussi à obtenir sur la situation à Venise depuis sa prise de fonction à Trévise. Il s'interrogea aussi sur la différence entre cette questure et toutes les autres questures de son pays. Les personnages sont les mêmes, que ce soit du côté des policiers ou de celui des criminels. Les membres de la police, indépendamment de leur échelon, passent leur vie en quête d'avancement et leurs amitiés sont régies par ces promotions, car les informations ne sont jamais gratuites, et la confiance et les confidences ne servent que de monnaie d'échange.

« Le vice-questeur veut qu'elles déguerpissent quelques jours, spécifia-t-il. Une fois ce délai passé, elles seront libres de revenir ici et de vaquer à leurs occupations.

— En faisant les poches, vraisemblablement ? » s'enquit Pascalicchio.

Brunetti hocha la tête et mentionna le nom du magazine dans lequel devait paraître l'article évoquant l'absence de criminalité à Venise. Il lui raconta ensuite l'incident dans lequel avait été impliquée l'épouse du maire.

« Donc cet article élogieux ne peut pas sortir en même temps que le journal censé relayer l'histoire du vol dont a été victime la femme du maire, et le comportement de cette dernière, conclut Brunetti.

— Comme cette histoire aurait pu être délicieuse», répliqua Pascalicchio. Brunetti songea qu'il avait eu raison de lui faire confiance.

«Donc, j'ai été choisi pour être le fidèle acolyte de Patta et pour assurer le transfert de ces pickpockets à Trévise, de manière à les garder quelques jours à l'écart de votre ville. Et des médias. Puis pour porter une accusation contre elles et lancer ainsi la machine judiciaire qui ne mènera nulle part. Et tout ce temps, toute cette énergie gaspillés afin que monsieur le maire ne soit pas pénalisé?

— On ne saurait faire d'analyse plus claire de la situation», constata Brunetti. Il observa le visage de Pascalicchio, mais n'y décela aucun signe d'indignation, ni même de colère, face à cet énorme gâchis, pour ne pas parler de l'insulte personnelle que constituait pour lui cette mission.

Le magistrato lui sourit. «Ce sont ces situations qui font que l'on se sent chez soi, même quand on change d'emploi.» Puis il se mit à rire aux larmes.

Lorsque Pascalicchio se ressaisit, Brunetti suggéra: «Avant de prendre toute décision au sujet de ces filles, nous devrions étudier leurs dossiers. Je suis certain que la signorina Elettra pourra nous les procurer.

— Elettra Zorzi? demanda Pascalicchio, comme à l'invocation de Pallas Athéna. On parle d'elle, à la questure de Trévise.

— Comment est-ce possible?

— Aucune idée. Mais elle a tout de la légende, du moins à la questure.

— Alors, pourquoi ne descendons-nous pas voir les informations qu'elle pourrait nous dénicher?» proposa Brunetti.

Pascalicchio se leva. «J'en serais ravi.» Puis il ajouta, avec une joie espiègle: «Et peut-être que je pourrai témoigner, en rentrant, de la véritable nature de la Zorzi.»

Comme l'air chaud montait le long de la cage d'escalier, aspiré par les fenêtres ouvertes du dernier étage, ils restèrent un moment à se prélasser dans la brise et à savourer la sensation de fraîcheur. Pascalicchio se tenait immobile; Brunetti l'encouragea en disant: «Elle ne mord pas. Il faut juste un peu de temps pour apprendre à la connaître.» Il vaut mieux prévenir le magistrato, songea-t-il, qu'elle n'accorde pas facilement sa confiance. N'avait-il pas mis des années à la conquérir?

Lorsqu'ils commencèrent à descendre les marches, Brunetti s'aperçut que le magistrato restait à la traîne. «Salvatore!» s'écria-t-il en l'appelant par son prénom pour la première fois, puis il ajouta, avec l'esprit de camaraderie qu'il ressentait envers son jeune collègue: «*Forza! Avanti!*[1]» Il attendit le temps que Pascalicchio le rattrape et lui tapota l'épaule en lui suggérant: «Nous allons la voir, maintenant.» Était-ce un encouragement? un ordre?

Brunetti le guida le long du couloir, puis frappa et entendit l'habituel «*Si'*» impersonnel, provenant de l'intérieur. Il ouvrit la porte.

La signorina Elettra était en train d'extraire les fleurs d'un vase rempli à moitié et de les placer, une par une, sur les pages ouvertes du *Gazzettino* qu'il reconnut à l'en-tête. Assortie aux dahlias, elle rendait honneur à leur débauche de couleurs: elle portait en effet une jupe crème et un chemisier écarlate en lin. Ses sandales étaient d'un jaune qui choqua tout d'abord Brunetti, puis le ravit. Il pouvait presque entendre les fleurs haleter lorsqu'elle les sortait d'un vase de

1. «Allez! Courage!»

la taille d'une petite bouche d'incendie. Lorsqu'elles furent toutes posées à côté de ce vase, elle le saisit – trop rapidement pour que les deux hommes puissent lui offrir leur aide – et elle se dirigea vers la porte. Le magistrato la lui tint ouverte.

Elle le remercia d'un sourire et lui lança : « *Scusi*[1] », en passant devant lui.

Pascalicchio resta debout un moment, puis gagna le seuil, comme pour bloquer de son corps la sortie d'air frais. Les deux hommes restèrent un moment en suspens, ne sachant trop que faire.

Quelques minutes s'écoulèrent, la pièce gagna quelques degrés, puis la signorina Elettra réapparut au bout du couloir, portant à bras-le-corps le vase rempli d'eau fraîche. Pascalicchio alla à sa rencontre et le lui prit des mains, puis il s'écarta sur le côté pour lui permettre d'entrer la première dans la pièce.

« Vous pouvez l'apporter ici, magistrato », proposa-t-elle une fois arrivée près du rebord de la fenêtre. Il sortit un mouchoir en lin blanc de la poche de sa veste, pressa le vase contre sa poitrine et le nettoya un peu avant de le poser quelques instants, afin d'aller fermer la porte tout doucement.

La signorina Elettra disposa les fleurs une à une dans le vase, en le tournant de temps à autre pour voir ce que donnait sa composition florale, puis elle en déplaçait une ou deux pour les adapter à ses envies.

Une fois cette opération terminée, Pascalicchio prit le *Gazzettino* ; il le plia en deux, puis en quatre, et jeta le papier dans la corbeille appropriée. Il retourna à côté d'Elettra et, d'un geste spontané, il souleva le vase. « Où voudriez-vous que je le pose, signorina ? » demanda-t-il.

1. « Excusez-moi. »

Elle alla vers la fenêtre attenante et pointa du doigt l'emplacement habituel de ses fleurs : « Ici, ce serait parfait. »

Lorsqu'il posa le vase et recula pour admirer le bouquet, elle lui dit : « Merci infiniment, magistrato. Les pauvres, elles souffraient de la chaleur. Je ne supportais pas de les voir dans cet état. » Elle lui sourit et Brunetti sentit la température monter de nouveau dans la pièce.

Pascalicchio plia son mouchoir, puis le replia différemment. Le triple point avait disparu, à cause du dépliage et de l'eau, mais aussi de ses tentatives manquées de lui redonner sa forme d'origine : il n'était qu'un amateur en la matière. Il enfouit le rectangle humide dans sa poche en le laissant pendre.

Brunetti pensa qu'il était temps d'intervenir. « Vous connaissez donc le magistrato Pascalicchio, signorina ? » demanda-t-il.

Elle lui sourit, ainsi qu'au magistrato. « Sans avoir été présentés, en fait. » Puis elle se tourna vers le magistrato pour lui tendre la main. « J'ai vu votre photo dans le *Gazzettino* lors de votre prise de fonction à Trévise et, quand j'ai lu que vous aviez été en poste à Naples, j'ai vérifié l'époque et découvert que vous y étiez en même temps que le commissario Brunetti. »

Bien bien bien, se dit Brunetti avec satisfaction, mais il se contenta d'expliquer : « Le vice-questeur a demandé au magistrato de l'aider dans l'affaire des jeunes pickpockets qui ont été transférées à Trévise. »

Elle lança à Pascalicchio un regard étonnamment sérieux, mais elle s'adressa à Brunetti de son ton habituellement badin : « C'est si aimable au vice-questeur d'avoir allégé notre tâche en les envoyant ailleurs.

— Effectivement, se permit de dire Pascalicchio.

— Si vous avez besoin d'informations, il vous suffit de m'en préciser la nature et je jetterai un coup d'œil pour voir ce que je peux faire pour vous. » Elle retourna à son bureau, rapprocha son bloc-notes et l'ouvrit rapidement, en spécifiant : « Je me suis déjà procuré leurs rapports conservés dans nos archives, mais je n'ai pas eu le temps de les lire. »

À ces mots, Brunetti déclara : « Je n'ai vu que le rapport de Trévise où a eu lieu leur première arrestation ; il mentionne leur date et leur lieu de naissance, et c'est Trévise, dans les deux cas.

— Avez-vous en tête l'année où nous les avons arrêtées pour la première fois, commissario ? s'enquit-elle, en levant les yeux de ses notes.

— Il y a quatre ou cinq ans, je suppose. Et depuis, leurs arrestations ont été… assez fréquentes. »

La signorina Elettra acquiesça, puis Brunetti demanda : « Savez-vous quelle est leur nationalité ?

— Non, les dossiers ne l'indiquent pas. »

Dans un monde idéal – ou simplement dans un pays mieux organisé –, leurs dossiers contiendraient divers documents précisant leur naissance, leurs noms, la nationalité de leurs parents, ainsi que les casiers judiciaires de la famille, s'il y en avait. Brunetti pensa aux pièces situées à son étage et se demanda combien de temps il faudrait pour assurer la saisie informatique de tous les dossiers qui y étaient empilés. Vu le nombre impressionnant de papiers manquants ou mal classés, que pouvait bien signifier l'expression « absence d'informations » ?

« Il doit y avoir des dossiers au tribunal pour mineurs, à mon avis », affirma la signorina Elettra.

Brunetti regarda furtivement Pascalicchio. C'était un magistrato, après tout ; il était donc tenu, lui aussi, de veiller à ce que la loi ne soit pas enfreinte.

« Si vous pouviez nous donner une idée de leur comportement passé, signorina, cela nous serait bien utile. Mais si elles ont été arrêtées ailleurs, le dossier pourrait ne pas avoir été transféré et donc ne pas se trouver ici, observa Pascalicchio en désignant l'ordinateur de la signorina.

— Vous avez bien raison, magistrato, répliqua la signorina Elettra – et, comme pour le féliciter de s'être aventuré à répondre autrement que par de simples monosyllabes, elle le récompensa d'un sourire rayonnant. Je suis sûre qu'il y a une manière de contourner cet écueil et de pouvoir ainsi vous procurer les informations nécessaires.

— Et quelle est donc cette manière ? » demanda Pascalicchio, incapable de masquer sa curiosité.

Brunetti observa l'expression de sa collègue et détecta le moment précis où elle décida de mentir au magistrato. Elle sourit, se détendit et atteignit un véritable état d'ataraxie, comme en compagnie d'un ami cher, digne de la plus haute confiance. « J'avais pensé consulter la liste des avis de recherche d'enfants. Si cette liste confirme que ces filles ont été portées disparues, je peux demander si elles figurent dans les rapports établis à l'échelle nationale. Mais si cette démarche n'aboutit pas, magistrato, je ne suis pas certaine d'être en mesure de vous renseigner davantage sur leur parcours. » Son visage était l'incarnation même de la déception.

« Si j'étais en quête des mêmes informations…, commença Pascalicchio, puis il s'interrompit, comme s'il n'osait pas, par modestie, donner des conseils à une pareille experte en la matière.

— Que feriez-*vous*, magistrato ? s'enquit-elle du bout des lèvres.

— Je piraterais le système central du ministère de l'Intérieur afin d'accéder aux fichiers relatifs aux crimes commis par les mineurs, placés sous cyberprotection. »

Brunetti vit un éclair de surprise traverser le visage d'Elettra, auquel se substitua immédiatement une expression de ravissement, proche de l'extase céleste.

Pascalicchio, resté près de la fenêtre, dit à voix haute, mais à la cantonade : « Le moment est-il venu pour moi de m'absenter discrètement, afin de ne pas être témoin d'un possible échange incriminant ?

— Oh, magistrato Pascalicchio, comme c'est courtois de votre part d'émettre cette suggestion ! » s'exclama la signorina Elettra. Cependant, je n'en vois pas la raison. » Elle marqua une brève pause, puis lui demanda : « Pourriez-vous me rendre un service ?

— Certainement, signorina.

— Ils ont ajouté récemment un nouveau mot de passe et quelques méandres supplémentaires, si bien que je ne suis pas sûre de pouvoir encore m'y faufiler en douce et faire mon marché sans qu'ils se rendent compte de ma “visite”. »

Les joues de Pascalicchio rosirent de plaisir. « Eh oui, ces nouvelles mesures de sécurité sont très fâcheuses. J'ai passé une soirée à travailler sur cette question ; au point d'annuler une soirée cinéma avec des amis.

— Et êtes-vous parvenu à vos fins ?

— Une fois sur leur site, il faut cliquer sur l'onglet “candidature à un poste”, puis descendre en bas de page, là où on vous demande de donner un numéro de téléphone où l'on puisse vous joindre. Il suffit de mettre le numéro de leur standard et leur base de données entière s'ouvre sous vos yeux. Vous pouvez alors en disposer comme bon vous semble. »

Telle Nausicaa écoutant, à la cour de son père, les récits de voyage d'Ulysse, la signorina Elettra était captivée par la découverte de Pascalicchio. « Comme c'est astucieux ! s'écria-t-elle à la fin de son explication. Pensez-vous que ce soit voulu ? »

Pascalicchio, sincèrement surpris par sa question, s'accorda un temps de réflexion avant d'y répondre. « Oh, si seulement il en était ainsi », répliqua-t-il, et il fixa le mur, le visage baissé et l'air vacant, en passant en revue toutes les hypothèses possibles. Au bout d'un long moment, il la regarda de nouveau et déclara : « Je ne pense pas. J'ai passé énormément de temps à chercher le contrôle d'intégrité de fichiers qu'ils auraient pu installer pour détecter tout visiteur éventuel, mais je n'en ai pas trouvé. » Il secoua la tête en signe de réelle détresse : « J'ai bien peur que ce site ait été pensé par des équipes incompétentes, déplora-t-il.

— Quelle terrible déception », soupira la signorina Elettra. À vaincre sans péril, on triomphe sans gloire…

10

Brunetti prétexta un rendez-vous dans l'après-midi pour laisser la signorina Elettra et Pascalicchio finaliser leur plan stratégique. Comme il n'avait aucune raison de parler au magistrato de la signora Toso, il décida d'attendre de se retrouver seul avec la signorina Elettra pour lui demander les résultats de ses recherches. La discrétion était une qualité aussi rigoureusement ancrée en lui que les compartiments étanches d'un navire. Ces cloisons devaient exister, sinon les liquides risquaient de passer d'un secteur à l'autre, et de ne créer que contamination et ruine autour d'eux.

Il monta au bureau de Griffoni, mais la porte était fermée à clef. Était-elle déjà sur le terrain ? Les gens du Sud avaient-ils une intuition plus développée que les autres ? Il tenta de l'appeler, mais il tomba sur sa messagerie. Il lui expliqua qu'il était en route pour Fatebenefratelli et raccrocha.

Au rez-de-chaussée, il vit l'agent de sécurité dans sa cabine vitrée, en compagnie de Foa. Ce dernier effectuait des flexions en position assise sous le regard de l'agent de sécurité.

Brunetti ouvrit la porte et entendit son ami pilote compter : « … quarante-sept, quarante-huit, quarante-neuf, cinquante », puis Foa s'enfonça dans son fauteuil après ce chiffre. « Ce n'est pas aussi facile que ça en a l'air, dottore, déclara Foa, essoufflé.

— Surtout par cette chaleur, approuva Brunetti au bord de l'évanouissement, à la simple idée de devoir en faire autant. Je voudrais retourner au Fatebenefratelli », lui annonça-t-il.

Foa se leva et laissa sa veste sur le dossier de la chaise. « Eh bien, dit l'autre officier – qui devait s'appeler Giusti, songea Brunetti –, si tu avais continué plus longtemps, j'aurais fini par tomber dans les pommes.

— Tu ne comprends pas, Luca, répondit Foa. Je ne suis qu'un chauffeur de taxi : je ne bouge jamais, je suis assis toute la journée, à attendre qu'on me demande d'aller ici ou là. Puis, le temps d'arriver à destination, je suis debout au gouvernail, mais après je me rassois jusqu'à l'heure du départ. Vous autres, les gars, qui marchez toute la journée, vous ne connaissez pas votre bonheur. »

Foa se tourna à ces mots et tint la porte pour Brunetti, puis il lui emboîta le pas. Foa traversa la *riva*, sauta sur le pont, attendit que Brunetti le rejoigne et mit le contact.

L'impression de chaleur s'accompagna chez le commissario d'une brusque sensation de faim et, en montant dans le bateau, Brunetti lui dit : « Emmène-moi au bar, s'il te plaît. Il faut que je grignote quelque chose. » Foa avança jusqu'au pont et s'arrêta sur le côté. « Je vais faire demi-tour dans le *Bacino*[1], le temps que vous mangiez, signore.

— Non, non, j'en ai pour une minute », répondit Brunetti. Fidèle à ses propos, il fut vite de retour, un sac de papier blanc dans une main, deux bouteilles d'eau minérale dans l'autre. Une fois sorti du *Bacino* et de retour sur le canal,

1. Le bassin de Saint-Marc.

Brunetti ouvrit le sac et tendit un *tramezzino*[1] au pilote et en prit un pour lui. Les deux hommes mangèrent en un silence complice. Brunetti songea à la remarque de Foa : il était chauffeur de taxi, certes, mais aurait-il vraiment préféré patrouiller à pied, en se frayant un chemin au milieu de hordes de gens et en passant devant des vitrines remplies de gondoles en plastique ? Brunetti s'était toujours vu comme quelqu'un d'incapable de saisir en profondeur les aspirations ou les actions des gens, et en voilà la preuve : décidément, tout lui échappait.

Foa s'amarra en face de l'hôpital. « Merci pour ce tour de bateau, Foa, dit Brunetti en montant sur le quai.

— Merci pour le déjeuner, monsieur. Dois-je vous attendre ?

— Non. Je rentrerai en vaporetto. »

Foa le salua, actionna un levier, fit rapidement demi-tour en trois coups : un véritable exploit en matière de précision que peu de gens seraient capables d'accomplir, et il prit le chemin inverse. Au moment où Brunetti se dirigeait vers l'accueil, son téléphone sonna. Il vit s'afficher le numéro de Griffoni et répondit.

« *Sì ?* dit-il.

— J'ai eu ton message. Je suis en route.

— Où es-tu ?

— Le bateau est en train d'amarrer à Sant'Alvise.

— Je viens juste d'arriver. Je voulais reparler avec Domingo et voir s'il a quelque chose à me dire.

— À quel sujet ?

1. Petit sandwich typique de Venise, de forme triangulaire (d'où son nom), à base de pain de mie et garni de jambon, œufs, crudités, fromage, thon ou fruits de mer.

— Savoir comment elle va. Qui est allé la voir. Si elle lui a parlé.

— Bien. Je te rejoins. »

Il mit fin à la conversation en grommelant.

Brunetti partit à la recherche de Domingo et le trouva au bureau de l'infirmière, la tête penchée sur une petite pile de chemises en carton. « Domingo... », l'appela-t-il en s'approchant.

Le jeune homme leva les yeux, reconnut Brunetti et sourit. « Ah, vous êtes revenu. J'en suis ravi.

— Comment va la signora Toso ? » s'informa le commissario.

Domingo prit la parole d'une voix douce, néanmoins hésitante. « Pas vraiment bien, monsieur. » Puis, après une longue pause, il ajouta : « Cela lui fait du bien de voir ses filles, mais elles ne viennent pas, aujourd'hui.

— Qui les amène ?

— Sa sœur. Elles vivent avec..., commença-t-il, et il se corrigea rapidement en nuançant : ... les filles sont chez elle, comme si – pour lui, chaque mot avait une incidence sur la réalité.

— Elles viennent tous les combien ?

— Leur tante essaie de les amener un jour sur deux, mais parfois nous devons l'appeler pour lui dire de ne pas venir. C'est ce qui s'est passé aujourd'hui, expliqua Domingo, perturbé de toute évidence de devoir énoncer cette vérité.

— Pourquoi ? » demanda Brunetti, certain que sa première visite en était la raison. Domingo haussa les épaules en signe d'impuissance. « Ce n'est pas votre faute, signore, si c'est ce que vous êtes en train de penser.

— En êtes-vous sûr ? s'enquit Brunetti, au souvenir de ses mains retenant la femme pour l'empêcher de tomber.

— La signora Toso était si faible ce matin que le docteur craignait que la venue de ses filles ne soit trop fatigante pour elle, et elle-même était d'accord avec la médecin. Leur visite l'épuise toujours, parce qu'elle doit faire semblant d'être... » Domingo n'acheva pas sa phrase, mais il ajouta : « Elle a dit toutefois qu'elle voulait revoir votre collègue. Le docteur a cédé et a déclaré qu'elle n'y voyait pas d'inconvénient.

— La dottoressa ne nous a pas appelés, observa Brunetti.

— Nous avons été très pris, commissario : un de nos patients nous a quittés ce matin et la dottoressa a dû s'occuper de ce décès. Il est possible qu'elle ait oublié de vous téléphoner. » Il marqua une pause, comme pour évaluer jusqu'où il pouvait pousser ses confidences, puis poursuivit : « C'est différent, ici, quand nous perdons quelqu'un. »

Domingo eut un moment de gêne face à ses propres révélations. « On pourrait imaginer que ce soit plus facile dans notre service, parce que nous connaissons tous la suite des événements. » Il secoua la tête avant d'assener : « Ou peut-être est-ce précisément pour cette raison que c'est si particulier. » Brunetti put lire sur le visage du jeune homme ce que signifiait perdre un patient pour le personnel de cette institution. Il attendit que Domingo reprenne la parole.

« Comme nous savons qu'ils vont bientôt mourir, et qu'ils le savent aussi, nous tissons des liens très forts. Pas besoin de faire semblant ou d'espérer, des deux côtés. Ni de mentir. »

Il regarda Brunetti droit dans les yeux. « Êtes-vous quelqu'un de spirituel, commissario ?

— Voulez-vous dire religieux ?

— Non. Spirituel.

— Je ne sais pas, avoua Brunetti.

— Je ne l'étais pas non plus, quand j'ai commencé à travailler ici. Mais lorsque vous côtoyez tout le temps la mort dans votre travail, soit vous devenez spirituel, soit vous arrêtez. Je n'arrive pas bien à l'expliquer, je le sais. Mais quand leur fin approche, vous pouvez sentir leur esprit ; ou sentir qu'il est là. Eux aussi. Et ça les aide, comme nous.

— Pourquoi cet épanchement soudain, Domingo ?

— Car ainsi, vous ne vous sentirez pas coupable à cause d'hier, quand elle était bouleversée. C'est fréquent, chez eux. Lorsqu'ils sont proches de la fin, ils ont besoin de se confier, ou de réaliser certaines actions. » Il hocha la tête, comme pour raffermir cette conviction.

« J'ai observé ce phénomène pendant des années. Une fois qu'ils se sont libérés de cette urgence, ils se sentent apaisés et sont plus calmes. Ils sont alors libres de cesser de lutter et de se laisser aller.

— Voulez-vous dire qu'ils peuvent donc mourir ? »

Domingo resta silencieux un long moment avant d'expliquer : « C'est ce qu'il se passe habituellement, mais, auparavant, vous pouvez remarquer un changement en eux. Ils n'ont plus ni colère ni peur et semblent avoir accepté la situation. Il est clair que la signora Toso a une dernière chose à régler. Et ensuite... » Sa voix ne fut plus qu'un filet ; avant même qu'il puisse terminer sa phrase, les portes de l'ascenseur s'ouvrirent et Griffoni apparut.

« Ah, dottoressa ! s'exclama Domingo, sans chercher à masquer son plaisir de la voir. La signora Toso vous a demandée. »

Le visage de Griffoni était rouge et perlé de sueur ; ses cheveux, sous l'effet de l'humidité, entouraient sa tête d'un nimbus doré.

Brunetti la vit prendre quelques brèves inspirations. «Je sais, confirma-t-elle. La dottoressa m'a appelée sur le chemin pour me prévenir, je me suis donc dépêchée.» Brunetti fut ravi de l'apprendre, car ce coup de fil du médecin légitimait en quelque sorte leur visite.

Domingo les conduisit en silence dans la chambre de la signora Toso. Sentant que Griffoni ne les suivait pas, Brunetti se retourna et il constata qu'elle était bien derrière eux, les yeux rivés sur son *telefonino*.

«Qu'est-ce que tu fais ? lui demanda-t-il.

— Je veux enregistrer notre conversation. Je n'y ai pas pensé hier.» Elle actionna d'autres touches et observa l'écran en décrétant : «Bien», puis elle glissa le téléphone dans la poche de sa jupe.

Elle posa une main sur le bras de Brunetti et lui annonça : «J'ai trouvé le rapport de l'accident. Une situation classique : des éraflures et des bosses sur le côté gauche de la moto, avec des traces de peinture de différentes couleurs. Aucun témoin. Vittorio Fadalto a été éjecté et a atterri dans un fossé. Il est mort par noyade. Le corps n'a été retrouvé qu'au moment où quelqu'un a remarqué le feu arrière sortir de l'eau et a descendu le talus pour voir ce que c'était. Le rapport n'en dit pas plus», conclut-elle.

Domingo frappa à la porte et, à son signal, ils entrèrent tous dans la chambre. Par-dessus l'épaule de l'infirmier, Brunetti aperçut la signora Toso allongée dans la même position que la veille, mais son état n'était plus le même.

Comme par le maléfice de quelque mauvaise fée, elle avait vieilli en une seule nuit. Ses cheveux courts, imprégnés d'une sueur grasse, collaient à sa tête par plaques. Son nez s'était rétracté et ressemblait désormais à un bec crochu ; ses cernes et le creux de ses joues s'étaient obscurcis davantage encore. Et pourtant, elle dégageait une sensation de calme malgré cette vision de déréliction. Elle avait le regard clair et même si elle pinçait les lèvres, comme pour contrer une vague de douleur, elle hocha la tête à la vue des commissaires.

Domingo quitta la pièce en toute discrétion, en refermant la porte derrière lui.

« Nous voici de retour, Benedetta », dit Griffoni, en s'asseyant sur la même chaise qu'hier et en se penchant vers le lit. Puis elle continua, sans ambages : « Vous nous avez parlé de Vittorio. » Elle posa la main sur son bras et expliqua : « Mais vous vous êtes endormie avant la fin. C'est pourquoi nous sommes revenus. »

La femme alitée déclara : « Il est mort. »

Ses yeux étaient encore capables de verser des larmes, et elle les laissa couler le long de ses joues et se nicher dans ses cheveux.

« Vous avez dit hier qu'ils l'avaient tué, Benedetta », commença Griffoni. La patiente acquiesça de manière si imperceptible que ce mouvement aurait pu rester inaperçu. « Savez-vous qui c'était ? » Cette fois, la signora Toso inclina la tête d'un côté, mais sembla manquer d'énergie pour la pencher de l'autre.

« Comment Vittorio s'est-il procuré l'argent ? » demanda Griffoni, d'un ton calme et posé, comme si c'était le genre de sujet que l'on abordait tout naturellement lors d'une visite à un proche hospitalisé, histoire de passer le temps.

La signora Toso prit une profonde inspiration, retint son souffle quelques instants, puis expira. Elle réitéra cette opération à plusieurs reprises et Brunetti regardait sa poitrine monter et descendre, étonné que cette femme ait encore autant de force dans les poumons.

Au bout d'un moment, sa respiration redevint normale. Elle ferma les yeux pour se reposer un instant, puis elle les ouvrit et regarda Griffoni. « A pris les résultats. »

À cette révélation, Brunetti réfléchit à sa prochaine question et se demanda si Griffoni songeait à la même. Trouver où ils sont, absolument trouver où ils sont. Si elle les a mentionnés, c'est qu'ils sont importants, et il ne faut pas demander en quoi ils consistent, mais seulement où on peut se les procurer.

« Les avez-vous, Benedetta ? » s'enquit Griffoni.

La signora Toso mit du temps à répondre, mais, lorsque le mot sortit, ce fut « Non ».

« Pouvez-vous me dire où ils sont ? » demanda la commissario calmement, comme si elle vérifiait un détail sans importance.

Brunetti vit la signora Toso prendre la question en considération. Elle regarda par les fenêtres de l'autre côté de son lit. Celle sur la gauche laissait entrevoir une bande étroite de *laguna*. Il vit de petites vagues rider la surface de l'eau, mais il se rendit compte que, depuis son lit, Benedetta ne pouvait apercevoir que le ciel, où des nuages se croisaient au gré des brises qui jouaient avec les vaguelettes. Le temps était suspendu. Au loin disparut le sommet du mât d'un bateau à voile, avalé par la mer au moment où l'embarcation sombra au-delà de la ligne d'horizon. Il regarda de nouveau la femme mourante et se sentit parcouru d'un frisson à la pensée qu'elle était en train de vivre un voyage comparable. Il espérait que quelqu'un, sur le rivage opposé, verrait le sommet du mât s'élever lentement, au fur et à mesure que le bateau approchait. Il repensa à sa conversation avec Domingo, et se sentit stupide.

Il entendit derrière lui le bruit d'une poignée de porte et le grincement d'une charnière. La signora Toso fixa la porte un certain temps, puis regarda Griffoni et s'écria, d'une voix claire : « Les filles ! Les filles ! »

Brunetti se tourna, s'attendant à voir ses enfants et curieux d'apprendre pourquoi elles avaient désobéi à la requête de leur mère de ne pas venir la voir.

Mais, lorsque la porte s'ouvrit, il n'aperçut que la dottoressa Donato.

Brunetti observa anxieusement la signora Toso, espérant qu'elle ne s'agite pas trop sous l'effet de la déception, mais elle lui sembla calme, voire contente, à l'arrivée du médecin. Cette dernière fit un signe de tête aux visiteurs assis au chevet de la malade et s'approcha d'elle en lui demandant : « Comment allez-vous aujourd'hui, Benedetta ?

— Toujours vivante », répliqua-t-elle instantanément, avec un sourire qui se moquait de sa réponse, de la question, de la situation, et peut-être même du cosmos. Brunetti trouvait de bon aloi que les mourants se sentent pleinement libres de parler comme ils l'entendaient. « Et toi ? demanda-t-elle au docteur en la tutoyant familièrement.

— Toujours aussi grosse », répondit-elle, au grand étonnement de Brunetti et de Griffoni. En revanche, ce trait d'esprit sembla égayer la femme alitée qui en rit furtivement. « Mais heureuse, continua la médecin, de voir que vous avez meilleure mine qu'hier. » Après ce mensonge, la médecin s'adressa aux deux visiteurs : « Je voudrais examiner ma patiente. Si vous voulez bien attendre dehors... » Même si la demande était formulée de manière polie, c'était un ordre et ils obéirent.

Dans le couloir, Griffoni observa : « Elle doit avoir oublié.

— D'avoir dit qu'elle ne voulait pas que ses filles viennent ?» précisa Brunetti.

Griffoni fit un signe d'assentiment. « Elle a dû penser qu'elles viendraient quand même. Mais ce n'étaient pas elles. Pauvre femme. »

Brunetti se surprit lui-même à demander à brûle-pourpoint : « Que sommes-nous venus faire ici ? »

Il nota que sa collègue était au comble de la confusion. «Je ne comprends pas, Guido. Tu ne crois pas à sa... Je ne veux pas appeler cela une histoire, parce que ce n'est pas une histoire. C'est elle qui soupçonne qu'il s'est produit quelque chose de mal. Elle a dit qu'il avait de "l'argent sale" et qu'ils l'ont tué. Peu importe qui sont ces "ils".

— Comment vois-tu toute cette affaire ? Cet argent considéré comme "sale", le fait que Vittorio ait été tué ?

— C'est une femme à l'article de la mort, ce sont ses derniers jours. Elle est bourrée d'antinévralgiques.

— Tu ne la crois pas ? s'enquit-il, mais, avant que Griffoni ne puisse répondre, il poursuivit : Ce n'est pas que je ne la crois pas. Disons que je ne sais pas ce qu'elle veut qu'on croie.

— C'est-à-dire ?

— Quand tu as demandé comment il avait obtenu cet argent, elle a dit qu'il s'était procuré les résultats », expliqua Brunetti. Il chercha à reformuler plus clairement ses pensées. « C'est comme si nous avions pris un film à moitié. Nous sommes en train d'essayer de reconstituer les faits à partir de ce que nous entendons, mais elle n'est pas tout le temps lucide. Ou en tout cas, elle ne semble pas l'être entièrement.

— Nous devrions donc tirer un trait sur toute la situation et rentrer à la questure ? » Comme Brunetti se refusait à répondre, Griffoni spécifia : « Guido, ce n'est pas ce que je voulais dire. Simplement je ne comprends pas pourquoi, tout à coup, tout te semble étrange. Ou pas crédible. »

Se remémorant le lieu où ils étaient, Brunetti baissa la voix et s'éloigna de quelques pas de la porte. Il s'en voulut d'avoir été aussi abrupt avec Griffoni ; il savait qu'il aurait dû se montrer plus discret et suggéra de revenir sur leurs pas et de réévaluer les propos qu'ils avaient entendus. Il regrettait le choix de ses mots – mais pas ses doutes.

Un bruit très fort résonna dans la pièce : peut-être une voix, ou peut-être un objet traîné par terre, immédiatement suivi d'un bruit encore plus fort, un claquement métallique. Ils se regardèrent ; Brunetti passa devant elle rapidement pour aller ouvrir la porte.

Brunetti vit la dottoressa Donato penchée au-dessus de sa patiente, en train de pratiquer le bouche-à-bouche et de comprimer d'une main le milieu de la poitrine de la signora Toso. En trois enjambées géantes, il fut de l'autre côté du lit et plaça ses deux mains près de celles de la dottoressa Donato, en renfort. Elle accepta son aide, posa ses mains au-dessus des siennes et pressa, relâcha, pressa de nouveau, puis relâcha, pressa encore une fois en soufflant dans la bouche de la malade.

Brunetti sentait la présence de Griffoni tout près de lui, prête à le relayer en cas de besoin. Il ne cessa d'exercer cette pression, guidé par la main du médecin, encore et encore. Il restait focalisé sur le massage cardiaque, ne pouvant se résoudre à regarder la femme. Finalement, après un long silence, le docteur retira ses mains de la poitrine de la signora Toso et se redressa.

« Vous pouvez arrêter, commissario, déclara-t-elle. Elle est décédée. »

Brunetti s'arrêta net et s'écarta de la défunte. Il sentit la sueur perler dans son cou, enfouit les mains dans ses poches et se força à reporter son regard sur elle.

Le docteur avait raison : Benedetta Toso s'était éteinte, mais elle avait recouvré une partie de son être. Sa bouche était de nouveau détendue et les traits de son visage avaient retrouvé leur harmonie. C'était comme si, en mourant, elle avait payé son dû et qu'on lui avait restitué son apparence d'autrefois. Tout en élaborant ces pensées, Brunetti se rendait compte de leur caractère étrange et probablement erroné. Mais il l'avait sentie mourir à l'instant sous ses doigts et il était bouleversé par cette expérience insoutenable.

Il pensa à Paola. Elle comprendrait combien ce vécu avait été terrible pour lui. Et hautement spirituel. Lorsque ce terme lui revint à l'esprit, il ne put garder plus longtemps le silence et demanda au médecin : « Que s'est-il passé ? »

La dottoressa Donato ne joua pas la carte du détachement clinique : elle pleura à chaudes larmes, puis s'essuya le visage avec les mains. Elle prit quelques profondes inspirations afin de se calmer. « Je pense qu'elle a été victime d'une crise cardiaque. Ou d'un AVC. Cela arrive parfois, lorsqu'on est proche de la fin. »

Elle se pencha au-dessus du lit et remonta le drap pour couvrir le visage de sa patiente, mais seulement après avoir fermé les yeux de la signora Toso. Brunetti vit que la grande potence de lit où étaient suspendues les poches de liquide était tombée ou avait été renversée, ce qui avait brusquement sorti le bras de la signora Toso des draps et tendu les tubes en plastique qui restaient prisonniers de sa chair par le ruban adhésif maintenant les aiguilles en place. Il se pencha et redressa spontanément le support, ce qui relâcha la tension.

Il regarda par la fenêtre. Le voilier avait disparu. Il sentit une pression sur son bras. Griffoni le tirait doucement par la main.

«Viens avec moi, Guido. Nous devrions laisser le docteur avec elle, suggéra-t-elle en se dirigeant vers la porte.

Brunetti la suivit et se demanda s'ils veilleraient à procéder à une autopsie. Avaient-ils besoin de déterminer la cause de la mort? Le cancer était la cause latente, mais il y a eu autre chose. Une crise cardiaque? un AVC? Il se demanda également si elle avait été fumeuse: ce serait ainsi une énième victime du tabac. Et si elle n'avait jamais fumé? Il se serait alors glissé une autre erreur dans les dossiers, mais quelle importance ces détails pouvaient-ils bien avoir désormais?

Il fut traversé d'un nouvel éclair de lucidité au moment où il jeta un œil par la fenêtre dans le couloir et aperçut la profusion de couleurs dans le jardin. Griffoni parlait d'une voix douce à Domingo juste à côté. Brunetti jeta un coup d'œil à sa montre, mais sans comprendre ce que signifiaient les chiffres. Il regarda de nouveau par la fenêtre et la lumière du jour lui indiqua qu'il s'était écoulé peu de temps depuis leur arrivée à l'hôpital.

Griffoni, sentant que Brunetti s'était un peu calmé, lui demanda: «Es-tu prêt, Guido?

— Oui, répondit-il, sans savoir ce qu'elle avait en tête. Qu'allons-nous faire?

— Rentrer chez nous», proposa-t-elle.

Brunetti opina du chef. «Bonne idée.»

11

Une fois dehors, Griffoni eut l'élégance de ne pas lui demander s'il allait bien ni s'il voulait qu'elle l'accompagne. Elle lui dit au revoir et lui assura qu'elle le verrait le lendemain matin, puis partit, probablement en direction de l'arrêt de bateau de Sant'Alvise.

Brunetti s'arrêta brièvement dans le premier bar sur son chemin, où il but deux verres d'eau, puis il se remit en route, avec pour seul objectif de rentrer à la maison. La chaleur l'assaillit.

À proximité de la Strada Nuova, il se blinda et appliqua sa propre méthode en cas de foule : fixer un point devant soi, ne jamais se focaliser sur un visage ou une personne, ne penser qu'à doubler les gens en se faufilant dans les moindres recoins. Les éviter du regard ; ne pas engager de conversation ; se limiter à louvoyer entre eux et gagner son chez-soi.

Il sentit sa respiration changer au fur et à mesure qu'il avançait : il retenait chaque inspiration le plus longtemps possible, expirait l'air par la bouche, puis inspirait de nouveau. Au bout d'un long moment, il se retrouva à Rialto ; il gravit péniblement le pont, les yeux rivés sur le bout de ses pieds. Au sommet, il se sentit encerclé d'étrangers, auxquels il se mélangea en descendant les marches et en fixant la marée humaine qu'il ne parvenait plus à supporter ni à traverser. Il vit une bijouterie sur la gauche ; il se glissa à l'intérieur du commerce.

« Puis-je rester ici quelques minutes ? Je ne me sens pas bien », demanda-t-il expressément en vénitien au vendeur, un homme grand, au visage fin.

Le bijoutier, qui avait l'âge de Brunetti, ou était peut-être légèrement plus âgé, lui répondit en dialecte : « Venez par ici, signore. » Il portait d'épaisses lunettes et avait pratiquement perdu tous ses cheveux, mais il avait un sourire affable et parlait doucement, comme l'exigeait l'état de Brunetti. Il fit signe au commissario de se rapprocher et sortit de derrière le comptoir, avec une chaise en bois à l'assise cannée, qu'il posa dans le minuscule espace entre eux. « Voilà, signore ; reposez-vous un moment ; ça ira mieux. »

Brunetti s'installa sur la chaise et s'appuya contre le dossier. « Je vous apporte de l'eau », lui proposa le commerçant. Il passa par le rideau tendu derrière le comptoir et revint rapidement avec un verre d'eau. Il le tendit à Brunetti en lui disant : « N'hésitez pas, si vous en voulez un autre. »

Le bijoutier attendit, les bras croisés, que Brunetti finisse son verre. « J'espère que vous vous sentez moins mal.

— Oui, merci », confirma Brunetti, empli d'une sensation de soulagement. Était-ce dû à leur solitude partagée dans cette boutique, ou simplement à la gentillesse du bijoutier ? Il n'aurait su le dire, mais Brunetti se sentait mieux, résolument.

Il regarda les bijoux disposés dans la vitrine en verre. C'étaient les trucs habituels, plaqués or et réalisés en série, dont étaient friands les touristes. Des souvenirs de Venise, bons à offrir à votre petite amie ou à votre épouse. « Vous ne devriez pas laisser les gens sans surveillance, quand vous partez dans l'arrière-boutique, signore, lui conseilla Brunetti en désignant le rideau.

— Oh, il n'y a aucun problème, répliqua le marchand.

— Pourquoi en êtes-vous si sûr?

— Parce que cela fait des années que je vous vois passer. Et puis, j'ai fait installer une caméra, là-haut, expliqua-t-il en indiquant le plafond.

— Ah, je vois», fit Brunetti en essuyant de la main le dessous de son verre avant de le reposer sur le comptoir. Il se leva et se sentit beaucoup plus ferme sur ses jambes qu'à son arrivée. «Je vais bien mieux, maintenant. Merci pour l'eau.

— C'est ce que nous avons de meilleur, déclara le bijoutier. Soyez prudent en sortant. C'est comme si l'on se faisait emporter par le courant d'une rivière!» Il secoua la tête, tel un oiseau de mauvais augure.

«Merci. Je n'y manquerai pas, lui assura Brunetti en lui tendant la main.

— Tout le plaisir était pour moi. C'est rare d'avoir l'occasion d'aider les gens.» Brunetti attendit qu'il s'étende davantage, qu'il ajoute peut-être un détail laissant entendre que sa remarque était ironique, mais il parlait le plus sérieusement du monde et Brunetti se sentit étrangement ému par cet acte de pure bonté.

Il sortit du magasin, réintégra le flot des passants qui descendaient les marches et reprit le chemin de la maison. En peu de temps, il fut au pied de son palais, ses clefs à la main, désespérément soulagé à l'idée de pouvoir entrer, fermer la porte et être seul dans l'édifice, puis de grimper les quatre volées de marches et de se retrouver enfin entre les murs de son chez-soi.

Paola se tourna lors de son arrivée dans la cuisine et lui sourit, mais elle changea d'expression à sa vue et laissa même tomber son couteau par terre. « Qu'est-ce qui ne va pas, Guido ? demanda-t-elle en allant vers lui et en lui caressant la joue.

— La femme de Fatebenefratelli est morte, expliqua-t-il, sensible au réconfort que lui procurait la main de Paola.

— Ah, soupira-t-elle. La pauvre. Et ses filles... » Elle ne souffla mot, ne posa aucune question.

« J'étais là, lui apprit-il.

— Ah, répéta-t-elle. C'est probablement mieux pour elle, mais pas pour toi.

— Oui. Ç'a été terrible. » Il songea que ce n'était pas le moment d'en dire plus long ; il ignorait si l'occasion se présenterait à un moment ou à un autre ; certainement pas, mais c'était sans importance.

Il regarda sa montre et vit qu'il était 17 heures passées.

« Pourquoi n'irais-tu pas lire un moment, Guido ? J'ai juste à décortiquer et à blanchir les *scampis* et nous pourrons ensuite aller nous promener. » Par cette chaleur, ils ne dînaient jamais avant 21 heures : la terrasse était alors suffisamment fraîche pour en profiter agréablement.

Il hocha la tête, ravi de sa proposition, mais observa : « Je crois que je vais arrêter de lire *Lysistrata.*

— Pourquoi ?

— Parce que je m'aperçois que, malgré tous ses efforts, cette comédie n'est pas vraiment amusante.

— Alors, prends-toi quelque chose de véritablement drôle et léger.

— Comme quoi ? » s'enquit-il.

Elle ramassa le couteau, le rinça rapidement et recommença à peler les crevettes. Elle déposa ensuite les croissants rose pâle dans la casserole d'eau froide et Brunetti se demanda si elle attendait des suggestions de leur part.

« Tu as plutôt un bon niveau d'anglais. Pourquoi ne commencerais-tu pas *The Importance of Being Earnest* ?

— Je crois que je ne l'ai jamais lu.

— Voilà, raison de plus !

— Tu es sûre ?

— C'est un livre qui m'a toujours fait rire.

— Mais tu en aimes la langue, toi. » Brunetti s'aperçut alors qu'il aurait voulu prolonger indéfiniment cette conversation, rester à parler de livres avec l'élue de son cœur et savourer en toute conscience ce moment comme un des grands cadeaux que la vie lui offrait.

« Eh bien, tente le coup. Commence-le, et tu verras bien.

— Et après, nous irons nous promener ?

— Quelle excellente idée ! » Puis elle lui précisa : « Il est sur la troisième étagère à partir du bas, sur la droite. »

Une demi-heure plus tard, Paola entra dans le salon. Brunetti était debout, près de la fenêtre. Sur la table basse, elle aperçut un livre fermé qui, détail significatif, n'était pas posé à l'envers comme il le faisait habituellement avec les ouvrages qu'il était en train de lire.

« Ça n'a pas marché ? » demanda-t-elle.

Brunetti se tourna à sa question. « Comment ?

— Ça n'a pas marché avec *Earnest* ? »

Il secoua la tête et tenta de sourire. « Je pense que je vais reprendre mon Eschyle.

— Même si c'est une lecture sérieuse ?

— Oui. »

Ils allèrent ensuite se promener vers San Giacomo dell'Orio où ils dégustèrent une glace, après s'être promis mutuellement de ne pas dire aux enfants qu'ils avaient mangé du sucré juste avant de dîner, puis ils flânèrent sans but. Ils traversèrent le campo San Boldo et le campo Sant'Agostin, puis se dirigèrent vers le campo San Polo pour rentrer à la maison. Jusqu'à cette dernière place, ils n'avaient croisé que de rares passants, mais, une fois arrivés dans une *calle* plus importante, la situation changea et gâcha leur calme vespéral.

Ce fut un dîner morose : Brunetti ne parvint pas à se libérer l'esprit des événements de la journée, à se mêler à la conversation, ni même à y trouver suffisamment d'intérêt pour avoir simplement envie de la suivre.

Il y avait un récipient débordant de crevettes froides, un saladier de carottes et de poivrons rouges et une surprise : Chiara avait rapporté un kilo de glace provenant de la *gelateria*[1] de leur sortie secrète. Brunetti et Paola se proclamèrent tellement rassasiés qu'une seule boule de glace leur suffirait ; bon, deux, à la limite. Le reste fut partagé entre Raffi, revenu de Mazzorbo, et Chiara qui, vu la quantité encore disponible, n'eut pas à pinailler cette fois sur qui en avait eu le plus. Les enfants finirent entièrement leur dessert, sous les yeux horrifiés de leurs parents.

Brunetti se réveilla souvent dans la nuit et se retrouva deux fois les mains plaquées contre le dos de Paola. Heureusement, en championne olympique du sommeil profond, elle ne bougea pas d'un pouce, mais les deux fois il eut du mal à se rendormir. Il finit par se lever avant 7 heures et alla dans la cuisine se faire son café. Il le but sur le seuil de la terrasse, puis franchit la porte-fenêtre restée ouverte, souhaitant jouir encore un peu des dernières bribes de fraîcheur nocturne. Mais la chaleur était sournoisement revenue au petit matin, anéantissant sans rémission tous les espoirs qu'avait permis la douce température de la soirée.

1. Marchand de glace.

Il décida de revenir dans l'appartement et de prendre une douche.

L'homme qui sortit une demi-heure plus tard de leur palais était rasé de près et portait un costume de lin gris qu'il avait acheté un mois plus tôt et n'avait encore jamais mis. Il descendit au Caffè del Doge où il prit un autre café et un de leurs mini-croissants, puis un autre, fourré cette fois de *crema pasticciera*[1].

Le temps d'arriver au pont, il regretta le choix de sa tenue. Malgré la largeur de son pantalon et l'ampleur de sa veste, il se sentait serré au niveau des jambes, gêné aux entournures, et il était loin de ressentir la sensation de fraîcheur que le marchand lui avait garantie avec un lin de cette qualité.

Il traversa le pont, passa sans s'arrêter devant le kiosque du campo Santa Marina où il achetait habituellement ses journaux et imagina le résultat s'il les coinçait tous deux sous le bras en allant à la questure. Il ne voulait pas que ces exemplaires tout juste imprimés frottent contre son lin gris clair, mais il avait encore moins envie de les garder à la main pour éviter tout contact avec son corps. *Est-ce la raison pour laquelle les hommes portent des sacoches ?* se demanda-t-il.

En chemin, il essaya d'envisager ce que serait sa journée sans la lecture de la presse. Il ignorerait le renversement de certaines mesures gouvernementales récemment adoptées, tout comme l'arrestation, la veille, d'hommes d'affaires ou d'hommes politiques. Il n'aurait pas mieux compris le pacte censé avoir été scellé des années auparavant entre le gouvernement et la Mafia, ni ne saurait quelle énième preuve de cette union aurait été détruite sur l'ordre de la Cour de

1. Crème pâtissière.

justice. Dans ce contexte, Brunetti décida de renoncer à lire les quotidiens de la journée. Comme son *telefonino*, par ailleurs, pouvait lui fournir le bulletin météorologique, que demander de plus ?

Il arriva à la questure à 8 h 30, monta dans son bureau et accrocha sa veste dans la grande armoire en bois qu'avait laissée son prédécesseur. Il vérifia sa table de travail et y trouva un exemplaire du rapport que la Polizia Stradale[1] avait établi sur l'accident dans lequel Vittorio Fadalto avait trouvé la mort. Le compte rendu de Griffoni, malgré sa brièveté, était fort circonstancié : aucune trace de tentative de freinage sur la route, ni de voiture ni de moto ; des égratignures de peinture de différentes couleurs ; pas de témoins ; mort de la victime par noyade. L'enquête était « en cours ». Je me demande bien où ? dit Brunetti tout haut, et il alluma son ordinateur pour lire son courrier. Rien.

Il ouvrit la fenêtre, posa les mains sur le rebord et se pencha à l'extérieur. Ce nouveau bureau était exposé à l'est et le soleil rendait la pièce incandescente. Il se courba pour laisser les volets à peine entrouverts, afin qu'un seul rai de lumière puisse filtrer du sol jusqu'à sa table.

Fidèle à son optimisme foncier, Brunetti pensa que fermer les contrevents permettrait d'améliorer la situation.

Il descendit l'escalier en espérant que la signorina Elettra était arrivée. Effectivement, elle était bien là et déjà au travail. Il remarqua qu'elle portait une robe en coton bleu marine à manches longues, ce qui l'étonna sur le moment, mais très vite il constata de nouveau la différence de température dans la pièce.

1. Police routière.

«J'ai vu Foa en entrant, dit-elle avant qu'il n'ouvre la bouche. Il m'a appris le décès de la signora Toso. Je suis désolée.»

Gêné par la banalité de ses propos, Brunetti se força à répliquer: «Au moins, elle ne souffre plus.»

La signorina Elettra garda le silence. Ils laissèrent tous deux s'écouler un certain temps avant de reprendre la parole et de changer de sujet.

«Merci pour le rapport sur l'accident.

— L'accident», répéta-t-elle avec une neutralité à toute épreuve.

Il était encore trop tôt pour lui pour passer à l'attaque; il ignora donc la réflexion et se limita à demander: «Avez-vous eu le temps d'examiner plus en profondeur le dossier de Fadalto?

— Je dispose maintenant de ses dossiers scolaires et médicaux, ainsi que de ses relevés bancaires; j'ai également accès à son compte Facebook – qu'il avait ouvert et utilisé deux fois – et je détiens aussi les évaluations professionnelles de son employeur.

— Qui est-ce?

— Une société appelée Spattuto Acqua.

— Où est-elle basée?

— À Quarto d'Altino.

— C'est l'endroit où a eu lieu l'accident, n'est-ce pas?» s'enquit Brunetti.

Elle acquiesça. «Quel emploi occupait-il au sein de cette société?

— Il était technicien, affecté à la distribution de l'eau.

— Je ne vois pas trop ce que cela signifie, avoua Brunetti d'un ton aimable.

— C'est comme pour leur site Web, répliqua-t-elle avec un sourire. Tout ce que j'ai réussi à comprendre, c'est que cette société est impliquée dans l'approvisionnement et la distribution de l'eau en Vénétie, mais on n'y explique pas clairement sa fonction.

— Ils pourraient très bien vendre de l'eau minérale, nota Brunetti.

— C'est exactement ce que je me suis dit, commissario, mais apparemment ils la distribuent par tout un système de conduites et de robinets qui, d'après leur site, nécessite des opérations de surveillance et de maintenance, de manière que l'eau afflue avec la plus grande fluidité possible et en toute sécurité, et ainsi leurs techniciens hautement qualifiés et dotés d'une grande expérience… » Elle n'acheva pas sa phrase, afin de faire comprendre ce que lui inspirait cette terminologie bureaucratique.

« Donc, son rôle était d'assurer l'écoulement de l'eau.

— C'est ce que j'en ai inféré, signore. »

Brunetti opina du chef. « D'autres éléments ?

— Ses relevés bancaires ne manquent pas d'intérêt. » Elle parlait d'un ton neutre, comme si elle n'entendait pas consacrer davantage de temps à cette triste histoire, où le père avait été tué dans un accident de moto, suivi de près par la mère qui était morte avant l'âge de 40 ans, en laissant deux orphelines.

Ce n'était pas non plus, à dire vrai, l'intention de Brunetti, mais il se remémora ensuite avoir promis à la signora Toso de faire tout ce qui serait en son pouvoir pour retrouver le coupable. Il songea que les promesses faites aux mourants étaient investies de plus de poids que celles faites à des gens en bonne santé, dans la force de l'âge. Si l'on promet de la nourriture à quelqu'un qui a faim, il est plus important de la lui donner qu'à une personne bien en chair, à qui l'on aurait fait la même promesse. Il se rendit compte que sa comparaison accusait des failles sur le plan de la logique, mais il n'y prêta guère attention. Son raisonnement semblait tenir et cela suffisait pour l'instant.

Il reporta son attention sur la signorina Elettra et lui demanda : « Pourriez-vous m'envoyer à présent ces documents, pour que je puisse y jeter un coup d'œil ? »

Peut-être fut-elle surprise par cette question, mais elle n'en laissa rien paraître et lui répondit qu'elle les lui enverrait immédiatement.

Les documents l'attendaient déjà à son retour dans son bureau. Il alluma son ordinateur et apprit que Vittorio Fadalto était allé à la même école primaire et au même CES que lui, même si c'était bien des années après, et qu'il était bon élève. Vittorio Fadalto avait continué ses études et était diplômé en chimie à l'université de Venise ; il avait ensuite travaillé pour l'université de Bologne pendant huit ans sur un projet traitant de la contamination du sol, avant d'être embauché à Quarto d'Altino. Vénitien, il était retourné vivre dans sa ville d'origine et faisait la navette chaque jour. Il avait épousé Benedetta Toso quinze ans plus tôt et deux filles étaient nées de cette union.

Côté travail, il s'était distingué dans les deux postes : ses supérieurs ne tarissaient pas d'éloges sur lui et son salaire augmentait d'année en année. Bref, c'était un employé modèle.

La signorina Elettra avait réussi à se procurer la copie de ses relevés bancaires, comme des factures de la clinique privée où Benedetta Toso avait été soignée pendant deux mois. Au début de la maladie de sa femme, il avait un peu plus de 15 000 euros sur son compte en banque. Lors de ses premiers mois d'hospitalisation, il procéda à deux virements bancaires de 6 000 euros de son compte personnel sur celui de l'Istituto Rovere, puis, au cours de la dernière semaine que sa femme passa dans la clinique privée, trois versements en espèces d'un montant de 1 000 euros chacun furent effectués sur son compte bancaire. Brunetti supposa que Fadalto avait réussi à emprunter cet argent à des amis ou à la famille, mais sans parvenir à couvrir les frais médicaux pour le mois tout entier.

Le commissario étudia ces différentes données, afin de reconstituer au mieux toute l'histoire. Atteinte d'un cancer et consciente de son infime espoir de survie, pour ne pas dire de sa mort inéluctable, la signora Toso fut transférée dans une clinique privée et y était restée jusqu'à l'épuisement de leurs ressources. Est-ce lors des derniers jours d'hospitalisation de son épouse, une fois tout son argent dépensé et son compte quasiment à sec, que Vittorio Fadalto recourut à de l'argent sale pour pouvoir la garder dans cette institution ? Et quand il ne put plus payer l'Istituto Rovere – et que sa femme refusa en bloc toute aide financière malhonnête –, elle avait été transférée à l'hôpital Fatebenefratelli, dénué de luxe, certes, mais où les chiens pouvaient venir rendre visite aux malades qui les aimaient et où les gens qui s'occupaient d'elle étaient un infirmier à longue natte, doté de la plus profonde empathie face à la souffrance d'autrui, et un médecin qui s'amusait à s'appeler « la grosse » et qui pleura toutes les larmes de son corps à la mort de sa patiente.

12

Par pure et simple curiosité, Brunetti fit des recherches sur Internet sur « Spattuto Acqua, Veneto » et trouva leur site Web. Il parcourut leur page d'accueil et en déduisit que c'était l'une des nombreuses sociétés privées « se préoccupant d'approvisionner en eau potable, et en toute sécurité, les villes et agglomérations de la province de Venise, ainsi que d'autres provinces ». Le texte de présentation était accompagné d'une carte indiquant leurs bureaux et leurs stations d'épuration, leurs conduites principales et leurs projets de renouvellement des tuyaux et des infrastructures.

Il revint à la section consacrée aux articles de presse. Le premier article mentionnait que la société Spattuto avait remporté, trois ans plus tôt, l'appel d'offres pour fournir en eau et en services d'assainissement une importante zone urbaine en Vénétie. La décision d'attribuer ce contrat à une société privée fut contestée auprès des tribunaux par une ONG dénommée Acqua Santissima, qui appuya son objection sur le référendum de 2011 qui s'était opposé à la privatisation de l'eau courante. D'autres articles présentaient des offres d'emploi au sein de cette société et donnaient des informations sur les campagnes de sensibilisation qu'elle avait menées dans les écoles afin d'inciter les enfants à économiser l'eau dans les foyers. Brunetti regarda leur spot publicitaire montrant une petite fille qui demandait à sa mère en train de faire la vaisselle pourquoi elle laissait couler l'eau chaude en permanence et ne remplissait pas simplement une bonne fois le bac de l'évier pour ne pas faire de gaspillage.

La petite fille ne ressemblait absolument pas à Chiara au même âge, mais elle partageait son sérieux et son désir de préserver l'eau, et posait le même genre de questions ; à l'époque où Chiara la lui avait posée, Brunetti s'était mis à l'appeler « la police de l'eau » pour s'amuser, mais face au changement climatique ce surnom avait perdu, avec le temps, toute sa dose d'humour et Brunetti avait cessé de faire cette blague depuis bien des années.

Il se souvint des référendums organisés sur deux jours et lancés presque dix ans plus tôt, où il s'était rallié aux 95 % de la population nationale qui avaient voté contre la privatisation de l'eau. Il se souvint aussi du second vote qui avait abrogé un règlement du gouvernement autorisant les sociétés privées à tirer profit de la vente de l'eau.

Si les deux référendums – où pratiquement chaque électeur s'était opposé à la privatisation de l'eau – avaient obtenu gain de cause, d'où sortait Spattuto Acqua et comment cette société avait-elle obtenu le droit de vendre de l'eau ? Et où allait l'argent ?

Comme à son habitude, il coupa la connexion et éteignit son ordinateur avant de descendre parler à Vianello, qui leva les yeux à son arrivée et lui fit signe de s'approcher. Vianello se leva en déclarant : « J'ai appris que la femme en soins palliatifs était décédée.

— C'est Griffoni qui te l'a dit ?

— Oui, et elle m'a semblé complètement bouleversée par cette nouvelle. » Comme Vianello avait rendu hommage à la défunte en se levant, il se sentit en droit de se rasseoir dans son fauteuil.

Brunetti prit place sur une chaise à côté de son bureau. « C'est bizarre, tu sais, commença-t-il. J'ai toujours entendu dire que c'était bien que les gens ne meurent pas seuls ou dans un hôpital, entourés d'étrangers, et qu'il valait mieux que ça se passe chez eux ou qu'il y ait avec eux au moins une personne qu'ils aiment et qui les aime. » Il marqua une pause un moment, puis cracha les mots qui le hantaient : « Elle est morte entourée d'officiers de police. »

Brunetti et son frère avaient été auprès de leurs parents au moment de leur dernier soupir, mais c'était une autre époque. Brunetti savait que cette expérience avait enrichi son existence, même s'il était incapable d'expliquer ce processus.

La voix de Vianello le tira des derniers souvenirs liés à ses parents. « Penses-tu que ta présence l'a aidée ? »

Brunetti dut prendre cette réflexion en considération un certain temps avant de répondre : « Oui. Probablement. Elle n'était pas seule. Et le docteur l'aimait beaucoup. » Il s'éclaircit la gorge avant de continuer : « Ça l'a aidée à... partir. »

Vianello estima toute réplique inutile.

Comme il souhaitait vivement changer de sujet, Brunetti déclara : « Nous n'avons rien de spécial à faire ici. » Au hochement de tête de l'inspecteur, il poursuivit : « J'aimerais aller à Quarto d'Altino pour glaner d'autres informations sur le mari de la signora Toso. Voudrais-tu venir avec moi ? »

L'inspecteur accepta.

Brunetti chercha sur l'ordinateur de Vianello le site Internet de Spattuto Acqua, et les appela. Il se présenta et leur expliqua qu'il souhaitait discuter avec un membre du personnel de l'un de leurs employés décédé récemment, Vittorio

Fadalto. On le mit en attente un certain temps, puis on lui passa Antonio Riotto, l'assistant du directeur des ressources humaines, qui prit une voix grave à l'évocation du nom de Fadalto. Riotto proposa à Brunetti de venir dans l'après-midi pour un entretien avec un représentant de l'entreprise, aux alentours de 15 heures, ce que le commissario accepta. Après avoir raccroché, Brunetti se tourna vers Vianello. « Allons manger et je te raconte tout », lui suggéra-t-il.

Il s'avéra que les bureaux de Spattuto Acqua ne se trouvaient pas au cœur, mais à la périphérie de Quarto d'Altino, dans un des nombreux immeubles à plusieurs étages situés le long de la route pour Trévise.

Lorqu'ils quittèrent le centre pour se diriger vers le nord – c'était plus une agglomération qu'une ville –, ils passèrent devant les habituels garages automobiles, stations-service, magasins de meubles à prix réduits, restaurants thaïs avec leurs plats à emporter, salons de manucure et immeubles de bureaux que l'on reconnaissait à leurs façades plus propres et à leurs places de parking mieux ordonnées. « Mon Dieu, quand tout cela a-t-il été construit ? » demanda Vianello.

Ne disposant d'aucune réponse toute prête, le chauffeur garda le silence et laissa le soin à Brunetti d'en fournir une. « Cela relève du système urbain axé sur le donnant-donnant. Nous, nous avons trente millions de touristes et eux, ils ont ça. Les autoroutes de notre province ressemblent presque toutes à celle-ci : bordées de terrains vagues, de champs ou d'horribles magasins qui vendent de la camelote. »

Le chauffeur, que Brunetti ne connaissait pas car il faisait partie de la patrouille de Mestre, toussa à quelques reprises avant de demander : « Puis-je apporter une petite correction, commissario ?

— Mais certainement !

— Ce n'est pas *presque toutes* les autoroutes, monsieur, dit-il, en gardant les yeux rivés sur la chaussée et sans le regarder dans le rétroviseur. *Toutes* les autoroutes sont comme ça.

— Merci, officier. C'est toujours appréciable d'avoir le témoignage d'un expert. »

Dix minutes plus tard, ils entrèrent dans un vaste parking s'étendant à perte de vue.

Tout au bout se dressait un immeuble à deux étages doté d'une façade en verre. Le nom de « Spattuto » était écrit en doré au-dessus de l'entrée. Le chauffeur les laissa devant et leur annonça qu'il allait garer la voiture à l'ombre. Il griffonna son numéro de téléphone sur un morceau de papier et le remit à Brunetti, en lui disant de l'appeler quand ils auraient fini.

Brunetti enfouit le mot dans la poche de sa veste et se dirigea vers la porte principale. Vianello lui emboîta le pas.

Au milieu d'un hall au sol recouvert de marbre, une jeune femme était assise derrière un bureau en métal. C'était une blonde naturelle, aux yeux bleu clair ; elle portait un chemisier blanc et une veste bleu foncé qui s'apparentaient à une tenue militaire austère, même si son visage exprima une réaction très aimable à la vue des deux officiers.

« *Buongiorno signori* », dit-elle en les regardant tour à tour. Puis elle reporta rapidement les yeux sur Brunetti : elle n'était pas inquiète, mais elle n'était pas non plus entièrement à son aise.

Brunetti sourit et lui répondit « *Bondì* » sur le ton le plus amical qui soit. Il ajouta ensuite, en déformant quelque peu la vérité : « Nous sommes venus de Venise sur la suggestion du signor Riotto. Il m'a certifié que nous pourrions parler à un représentant de l'établissement. » Ses propos étant partiellement vrais, ils finiraient probablement par dissiper le malaise manifesté au départ par la jeune femme.

«À quelle heure aviez-vous rendez-vous, signore?» s'enquit-elle, en tapotant sur le clavier.

Brunetti regarda sa montre et répondit: «À 15 heures.»

Les yeux fixés sur l'écran, elle appuya sur une touche, puis une autre encore. Elle demanda à Brunetti, avec une réelle inquiétude dans la voix: «Votre rendez-vous n'était-il pas à l'heure du déjeuner, signore?

— Non, j'ai dit au signor Riotto que je ne savais pas combien de temps nous mettrions pour venir ici, mais que ce serait de toute façon après le déjeuner, probablement autour de 15 heures. Il m'a assuré qu'il y aurait ici quelqu'un pour nous parler.»

Elle regarda de nouveau son écran attentivement. «Ah oui, voilà: la supérieure hiérarchique du signor Riotto, la dottoressa Ricciardi, pourra vous recevoir.» Puis, au cas où cette déclaration nécessiterait des explications, elle précisa: «C'est la directrice des ressources humaines.»

Brunetti opina du chef, comme si c'était exactement la réponse qu'il attendait. La jeune femme se leva et Brunetti fut surpris de constater qu'elle était plus grande que lui. Il baissa les yeux et nota qu'elle portait un jean élégamment étroit et percé de trous tout aussi stylés, ainsi que des talons aiguilles, diktats d'une mode qui était à mille lieues de ses premiers fantasmes de mâle conquérant.

«Si vous voulez bien me suivre, messieurs, je vais vous conduire à son bureau.»

Ce n'est qu'après que la jeune femme se fut légèrement éloignée que Brunetti osa regarder Vianello, affichant un sourire détendu. Ils descendirent le couloir, s'arrêtèrent devant une porte à laquelle elle frappa et, au bruit provenant de l'intérieur, elle l'ouvrit et avança d'un pas dans la pièce.

« Il y a deux messieurs qui souhaiteraient vous voir, dottoressa », annonça-t-elle en se mettant sur le côté pour permettre aux deux hommes d'entrer.

Une femme, proche de la quarantaine, était assise derrière un bureau où se trouvaient un ordinateur et une pile de dossiers. La plupart, ouverts, gisaient sur une partie de la table. Elle fit un sourire amical à ses visiteurs et leur dit, avec le rythme caractéristique de la langue de Vénétie : « Je suppose que vous êtes les policiers de Venise dont le signor Riotto m'a parlé. Je vous en prie, entrez », leur proposa-t-elle en indiquant d'un geste les fauteuils devant son bureau.

Elle avait les yeux verts et des cheveux bouclés châtain clair coupés très court, presque à la garçonne. Ce côté masculin, cependant, contrastait avec les quelques formes généreuses que Brunetti réussissait à percevoir et sa bouche, parfaitement dessinée.

« Oui, dottoressa, c'est bien nous », confirma Brunetti en se dirigeant vers elle. Elle se leva avec peine pour leur serrer la main, puis ils s'installèrent dans leurs fauteuils et attendirent qu'elle prenne la parole.

« Antonio m'a dit que vous souhaitiez des informations sur Vittorio Fadalto, commença-t-elle en posant la main sur le premier dossier de la pile.

— Oui, approuva Brunetti.

— À cause de sa mort ? s'enquit-elle, sans chercher à dissimuler sa curiosité.

— Oui, acquiesça de nouveau Brunetti, sans s'étendre davantage.

— Ce doit être terrible pour sa femme », affirma-t-elle avec un timbre de voix différent.

Brunetti laissa s'écouler un certain temps avant de déclarer : « Elle est décédée hier. »

La dottoressa Ricciardi porta une main à sa bouche, comme pour empêcher tout son de s'en échapper. « Oh, je suis tellement désolée. » Elle ferma les yeux un moment, puis les rouvrit brusquement en demandant : « Et qu'en est-il de leurs filles ? »

Brunetti croisa les mains et les coinça entre ses genoux. « Elles sont avec sa sœur », expliqua-t-il. Il savait que ce n'était pas une réponse bien détaillée, mais c'était la seule information dont il disposait pour le moment.

La dottoressa Ricciardi secoua la tête trois, quatre, cinq fois et Brunetti se demanda alors si elle était en mesure de mettre un terme à ce mouvement. Il s'enfonça dans son fauteuil.

De toute évidence, elle était encore sous le choc, mais elle fit au mieux pour se calmer et s'exprimer : « Je savais qu'elle était malade, qu'elle était en soins palliatifs... et lui qui est mort dans ce stupide accident...

— Pourquoi "stupide", dottoressa ? » intervint Vianello.

Elle regarda l'inspecteur comme si elle notait sa présence pour la première fois. « Stupide parce qu'il aurait dû rentrer chez lui en train, rétorqua-t-elle sèchement, ayant apparemment trouvé la question impertinente.

— Au lieu de prendre sa moto ? » s'enquit Brunetti.

Elle hocha la tête et soupira : « J'ai vérifié sa fiche : il avait travaillé plus de onze heures ce jour-là. Il avait perdu du poids les derniers mois et était épuisé. Tout le monde l'avait remarqué. » Elle chercha du regard un signe d'assentiment de la part de Brunetti, ce qu'il se hâta de faire. « Il aurait dû prendre le train – il y en a toutes les demi-heures jusqu'à minuit – et éviter de rouler sur ces routes à moto, surtout après une aussi longue journée de travail. »

Brunetti songea que tout homme se rendrait le plus vite possible et par tous les moyens au chevet de sa femme mourante et, à l'idée que Fadalto avait fait autant d'heures supplémentaires, il ne put s'empêcher de demander : « Excusez-moi, dottoressa, mais pourquoi travaillait-il encore ? N'aurait-il pas pu obtenir une autorisation d'absence ou prendre un congé sabbatique ? » Il s'apprêtait à dire que tout employeur aurait tâché de préserver un si bon salarié, mais il se retint à temps pour ne pas révéler qu'il détenait déjà certaines informations sur Fadalto.

Elle baissa les yeux et explicita : « Il avait déjà bénéficié de toutes les formes de congé et des autorisations d'absence prévues. » Elle prit le dossier au sommet de la pile devant elle, l'ouvrit et feuilleta quelques pages, puis elle le tendit à Brunetti. « Comme vous pouvez voir, déclara-t-elle en prenant un crayon pour pointer le document, il avait épuisé tout le temps libre imparti par le règlement : les vacances, les congés pour convenance personnelle, son propre congé maladie, et même le mois sabbatique spécial, qui peut être attribué dans des circonstances exceptionnelles, lui avait été accordé deux fois. »

Brunetti suivait des yeux le crayon qui descendait le long des catégories indiquées sur la liste, vit la durée de chacune de ces absences et se rendit compte combien la société avait été indulgente à l'égard de Fadalto pendant les dernières années, dès l'instant où sa femme était tombée malade.

« Mais dans ces circonstances…, commença-t-il, mais sa voix ne fut plus qu'un filet.

— En toute franchise, répliqua-t-elle d'un air presque embarrassé à l'idée de la révélation qui allait suivre, il avait besoin d'argent. » Comme ni l'un ni l'autre ne souffla mot, elle poursuivit : « Il avait une épouse malade et deux enfants à élever, il lui fallait donc continuer à travailler. » Elle baissa les yeux sur son dossier après ces propos comme pour s'excuser ou, du moins, se distancier de la réalité inscrite sur ces papiers.

Vianello s'éclaircit la gorge puis s'informa : « Pourriez-vous nous expliquer en détail les missions du signor Fadalto, dottoressa ? Je crois avoir lu dans un des rapports qu'il était un technicien affecté à la distribution de l'eau. » Il leva une main, sortit un calepin de la poche de sa veste et le feuilleta rapidement, puis revint aux premières pages. « Oui, oui, dit-il en tapotant la page, une page blanche, comme le constata Brunetti. C'est bien cela : technicien affecté à la distribution de l'eau. » Il garda son carnet ouvert, prit un crayon et regarda la femme droit dans les yeux. « Je ne comprends pas tout à fait les enjeux du poste. Ce qu'il fait. Ce qu'il faisait », rectifia-t-il d'un air gêné.

La dottoressa Ricciardi sourit à Vianello, tel un expert avide d'étaler son savoir à des novices. « Il faisait le travail de terrain, de maintenance, de manière que l'eau reste propre et qu'elle s'écoule bien. Autrement dit, il en testait la propreté, s'assurait qu'elle ne comportait aucun risque pour les consommateurs et veillait à garantir la fluidité de l'eau dans les conduites hors sol, ainsi que l'absence de toute forme de contamination. » Elle parlait lentement et marquait régulièrement des pauses, pour permettre à Vianello de prendre des notes, ce qu'il ne manqua pas de faire.

« Il était également chargé de surveiller les systèmes de membranes, de contrôler le dosage des agents chimiques, de vérifier les équipements et de détecter tout dysfonctionnement dans nos installations ; il lui fallait lire aussi les résultats de toutes sortes d'instruments de mesure, mettre à jour les données quotidiennes… » Elle baissa la voix ; Vianello était arrivé à la fin de la page et il la tourna pour finir d'écrire. Il la regarda et lui fit signe de poursuivre :

« Il y avait d'autres activités encore qui relevaient de son rôle et de son expertise, mais ce sont celles qui me sont venues à l'esprit, précisa-t-elle en laissant mourir sa voix.

— Comment se fait-il que vous soyez si bien informée de l'aspect technique de son travail ? » s'enquit Brunetti.

Elle lui décocha un vif regard et lui demanda, sèchement : « Êtes-vous surpris qu'une femme puisse détenir ce type de savoir ? »

Brunetti leva les mains avec un sourire, en signe de paix. « Non, dottoressa. Je suis simplement étonné qu'une personne occupant un poste de cadre administratif possède une connaissance aussi approfondie des missions techniques d'une société de cette taille, au point de pouvoir répondre aux questions de la police. Ou, en tout cas, être la personne désignée pour le faire. »

Son visage se glaça ; elle aurait souhaité, visiblement, rétorquer par une remarque aussi provocante que celle du commissario, mais elle manqua d'à-propos. Brunetti s'abstint de l'aider à sortir de ce marasme et attendit tout bonnement sa réponse.

La dottoressa Ricciardi récupéra le dossier de Fadalto et le ferma. Elle le remit au sommet de la pile et le tapota sur les côtés jusqu'à ce qu'il soit parfaitement aligné avec ceux d'en dessous. Brunetti pouvait presque entendre les rouages de son cerveau s'efforçant de trouver la bonne manière de réagir à son commentaire.

Il n'avait même pas vraiment posé une question ; il avait simplement formulé une observation, mais qui visiblement lui avait fait perdre tous ses moyens. Brunetti se demanda si elle avait coutume d'invoquer la misogynie dans tout débat où un interlocuteur mettait en cause son autorité.

Elle continuait à ranger sa pile de documents des deux mains, comme si elle seule pouvait les empêcher de tomber d'un côté ou de l'autre. Ses yeux demeuraient rivés sur la couverture du dossier du haut, celui avec « Fadalto, Vittorio » imprimé sur une étiquette.

« Dottoressa, je voudrais vous poser encore quelques questions », annonça Brunetti.

Il s'écoula au moins une demi-minute avant qu'elle ne le regarde en face pour lui dire, comme si elle avait oublié sa remarque : « Mais je vous en prie.

— Le dernier mois de sa vie, avez-vous noté, ou quelqu'un ici a-t-il noté quelque chose d'étrange dans le comportement du signor Fadalto ?

— D'étrange ? s'enquit-elle. Ou d'étrange pour un homme dont la femme est en train de mourir ? » Elle parlait d'un ton si calme et si posé que Brunetti ne sut discerner si sa question était sincère ou sarcastique.

Il s'abstint de la provoquer de nouveau et répondit, d'une voix douce : « Étrange, dans tous les sens du terme.

— Pourriez-vous me citer des exemples ?

— Avait-il des problèmes avec ses collègues ? Ou commis des fautes professionnelles graves ? » Il s'apprêtait à lui demander si Fadalto avait accusé des signes de grande fatigue nerveuse, mais, comme cela lui aurait donné l'occasion de remettre sur le tapis l'agonie de son épouse, il changea de question : « Avait-il l'air particulièrement préoccupé par son travail, voire inquiet à ce sujet ?

— Pas que je sache. Et pas suffisamment pour qu'un de ses collègues vienne nous en faire part.

— "Nous" ?

— Les ressources humaines, précisa-t-elle. C'est l'endroit où nos employés peuvent venir exposer leurs problèmes liés au travail ou aux relations avec leurs collègues.

— Et le font-ils ? » s'enquit Vianello, à la grande surprise du commissario et de la directrice.

Elle se tourna vers l'inspecteur et déclara : « Oui, souvent, même si cette pratique peut paraître étonnante. » Comme Vianello évita tout commentaire, elle précisa : « Il nous a fallu du temps pour gagner leur confiance et établir que jamais nous ne trahirions le secret professionnel. Désormais, cette politique est admise par toute l'entreprise et nous sommes au courant de nombreuses... comment les appellerais-je, situations... avant qu'elles ne deviennent problématiques. »

À ces mots, Brunetti imagina ce qu'il se produirait à la questure si celle-ci mettait en place un tel système. Il se demanda si ses employés feraient confiance aux gens nommés pour écouter leurs doléances ou recueillir leurs commentaires, et il écarta cette hypothèse comme inenvisageable. Ils étaient tous convaincus, et Brunetti le premier, que l'institution elle-même ne pouvait susciter la moindre once de confiance : seuls les collègues dont ils avaient pu observer et juger le comportement au fil des années en étaient dignes et valaient la peine que l'on se risque à leur faire des confidences.

« Et est-ce à vous qu'ils s'adressent, dottoressa ? »

Elle fit un signe d'assentiment et lâcha la pile de dossiers. Elle se saisit machinalement d'un crayon, qu'elle passa dans l'autre main. « Ou au signor Riotto, s'ils préfèrent, ajouta-t-elle.

— Avez-vous entendu parler du signor Fadalto ? s'enquit Vianello.

— En quels termes ? demanda-t-elle d'un ton neutre.

— Comme quelqu'un de potentiellement problématique. »

Elle regarda par l'une des fenêtres de son bureau, qui donnait sur des champs de blé s'étendant à perte de vue. Après un certain temps de réflexion, elle répondit : « Pas que je me souvienne.

— La société garde-t-elle des traces de ces conversations avec ses employés ? Je veux dire, précisa Brunetti avant même qu'elle ne réponde, si le nom d'une personne revient de manière récurrente et que cette dernière est perçue comme une source éventuelle de difficultés, disposez-vous d'un système d'intervention ? » Il ne se sentit pas peu fier de s'être exprimé dans le langage sophistiqué dont le monde des affaires enveloppe les conflits.

La dottoressa Ricciardi sourit, soit parce que le commissario avait parfaitement saisi tous les codes de ce langage, soit parce qu'il avait senti tout le halo de délicatesse censé enrober le processus de remontrances. « Nous rédigeons de brèves synthèses de nos entretiens avec les employés, oui.

— Et qui, si vous me permettez cette question, a accès à ces synthèses ? » s'informa Brunetti. Du coin de l'œil, il remarqua que Vianello tenait son calepin sur un genou et continuait à prendre des notes.

Elle sembla surprise par sa question. « Le signor Riotto et moi, bien sûr, et puis, si l'un d'entre nous pense que le problème pourrait s'aggraver, nous en référons au responsable de la personne concernée.

— Avez-vous recueilli des plaintes au sujet du signor Fadalto ?

— Moi personnellement, jamais, répliqua-t-elle. Et le signor Riotto me l'aurait certainement dit s'il en avait reçu.

— Aviez-vous un intérêt particulier à protéger le signor Fadalto, demanda Brunetti, qui finit sa phrase par l'expression parfaitement appropriée, "de par ses compétences professionnelles" ? »

Elle regarda Vianello, son bloc-notes, puis de nouveau Brunetti, et finit par répondre : « Non, commissario. C'était un employé et un collègue modèle, et il aurait donc été fort surprenant que quelqu'un se plaigne de son travail ou de son attitude. J'étais au courant de la maladie de sa femme. Il m'en parlait et je l'aidais à remplir les formulaires de demande d'absence ou de congé sabbatique.

— Est-il possible que des salariés y aient vu une forme de favoritisme ? »

Elle laissa s'écouler un long moment avant de parler et sembla confuse, comme si l'incapacité de Brunetti à comprendre ses derniers propos était la preuve de son inhumanité foncière. « Certaines personnes, peut-être, si elles étaient enclines à l'interpréter ainsi, commença-t-elle et, après une longue pause, elle continua : Mais personne ne m'en a jamais rien dit. D'ailleurs, au moment de son décès, le directeur était en train de prendre en considération la requête qu'il lui avait formulée, à savoir s'il pouvait l'autoriser à demander à ses collègues de renoncer à un certain nombre de jours de congé en sa faveur.

— Cela aurait-il été possible ? s'enquit Brunetti, qui trouvait cette idée intéressante.

— Le directeur n'avait pas encore pris sa décision lorsque le signor Fadalto a eu son accident.

— Je vois », fit Brunetti qui s'abstint délibérément de demander quelle aurait pu en être l'issue.

Elle poussa brusquement les piles de dossiers de l'autre côté de la table, pour créer davantage d'espace entre eux. « Si je puis ajouter ceci, commissario, dit-elle doucement, et d'une voix calme et claire, au cours des dernières semaines, nous avons cherché quelqu'un pour occuper le poste du signor Fadalto. » Voyant qu'elle avait capté toute l'attention de Brunetti, elle glissa : « Ce qui fait que j'ai lu et relu la liste de ses tâches un certain nombre de fois et que j'en ai discuté en détail jusqu'à aujourd'hui avec... »

Elle se saisit d'une fine chemise posée de l'autre côté de son bureau, la fit glisser vers elle, puis elle l'ouvrit lentement. Elle en sortit une petite pile de papiers, composée de quelques pages éparses et de quelques feuillets agrafés ensemble par des trombones. Puis, à l'instar d'un croupier prié de montrer sa main, elle les étala, doucement, devant elle, en égrenant posément leur nombre : « Un, deux, trois, quatre, cinq, six candidatures. »

Les deux hommes regardèrent les papiers disposés en éventail devant elle. « Ce sont leurs curriculums. J'ai discuté du profil de ce poste avec eux tous. Assez longuement. Peut-être ceci vous expliquera-t-il pourquoi je suis si bien au courant des tâches assignées au signor Fadalto. »

Brunetti resta silencieux un certain temps, tout en regardant les candidatures justifiant le coup de griffe de la dottoressa. Il lui demanda : « Serait-il possible de parler au supérieur du signor Fadalto ? (Et, sans lui laisser le temps de réfléchir, il enchaîna :) De manière que nous puissions avoir l'avis de quelqu'un qui était – pour ainsi dire – directement en contact avec le signor Fadalto et était à même de juger la qualité de son travail... » Cette explication sonnait complètement faux, même à ses propres oreilles, mais il fallait tenter le coup.

« Certainement, acquiesça-t-elle, après avoir mis un long moment à se décider. C'est le directeur du laboratoire. »

Ayant bien en tête la liste des responsabilités de Fadalto, Brunetti nota que la dottoressa Ricciardi n'avait signalé à aucun moment que ce dernier était également impliqué dans le laboratoire ni mentionné les tests qui y étaient effectués. Elle avait parlé de travail sur le terrain. Cette activité évoquait une pratique en extérieur, et certainement pas en laboratoire.

« Cela nous sera d'une grande aide. » Brunetti sourit à la dottoressa, qui décrocha le combiné.

13

Quelques minutes plus tard, un homme en blouse blanche frappa et entra dans le bureau sans en attendre la permission. Il était grand, âgé d'une soixantaine d'années ; avec ses épaules tombant en avant, c'était la caricature du scientifique ayant passé sa vie penché sur son microscope. Cette impression était confortée par sa tignasse blanche ébouriffée et ses lunettes à la monture foncée et aux verres si épais qu'ils déformaient légèrement ses yeux.

« Que se passe-t-il, si je puis me permettre ? s'enquit-il avec une impatience à peine voilée. Je suis assez occupé. » Sa voix, haut perchée sous l'effet de son agacement, faisait songer au son que peuvent émettre les grands oiseaux de la création, comme les grues.

« Moi aussi, répliqua la dottoressa Ricciardi avec une fausse douceur, en faisant un signe en direction des deux hommes assis devant elle. Mais ces deux policiers de Venise veulent parler de Vittorio Fadalto et en savoir plus sur lui, et sur son travail au quotidien.

— Ah, celui qui a été tué ? demanda-t-il, sans montrer grand intérêt.

— Dans un accident de moto, oui, au cas où vous ne vous en souveniez pas.

— Je me souviens qu'il est décédé. Peu importe dans quelles circonstances. »

Cet homme n'aurait clairement pas fait cadeau de ses jours de congé à son collègue dans le besoin, pensa Brunetti.

L'homme se rapprocha et tendit la main d'abord à Vianello, qui était plus près de lui. « Eugenio Veltrini, se présenta-t-il. Je suis le directeur du laboratoire. » Puis il serra la main à Brunetti. « Que voulez-vous savoir ? »

Brunetti se leva et se dirigea vers la porte. « Peut-être pourrions-nous continuer cette conversation dans votre laboratoire, dottor Veltrini ?

— Je n'en vois pas vraiment l'utilité, à dire vrai, rétorqua-t-il.

— Mon frère est technicien de laboratoire à Venise, expliqua Brunetti, jouissant du luxe de pouvoir dire la vérité ; donc je suis toujours curieux de savoir comment on gère et on organise ces lieux ailleurs.

— Quelle sorte de laboratoire ?

— Il est responsable du service de radiologie à l'Ospedale Civile.

— Travaille-t-il avec Lorenzini ? s'informa Veltrini en observant l'expression de Brunetti.

— Oui, il a travaillé avec Marco jusqu'à ce qu'il parte à la retraite », répondit le commissario, sans mentir, encore une fois. Tant d'honnêteté méritait un prix !

« Alors venez, et je vous montre tout ça », proposa Veltrini d'une voix complètement différente.

Brunetti se tourna vers la femme derrière son bureau pour lui dire : « Merci, dottoressa, de nous avoir accordé votre temps et pour les nombreuses informations que vous nous avez données. »

Veltrini les guida le long d'un couloir, d'un pas rapide, comme si le poids de son dos voûté le poussait en avant. Il tourna à droite, puis à gauche, et s'arrêta devant une porte. « Nous y sommes », dit-il en l'ouvrant, et en les invitant à le précéder.

Brunetti connaissant bien le laboratoire de son frère Sergio à l'hôpital, il avait imaginé la disposition rigoureuse de la pièce et ne fut pas déçu par son aspect réel : les murs étaient couverts d'armoires vitrées ; sur deux comptoirs, tout en longueur, étaient posés différents instruments qu'il ne parvint pas à identifier. Deux femmes en blouse blanche étaient assises côte à côte à une table, à la surface en métal ; l'une était absorbée par son microscope et ne daigna pas lever les yeux pour voir qui était entré. L'autre jeta un coup d'œil depuis un portoir en acier hérissé de tubes à essai fermés par des bouchons rouges, mais, à la vue du dottor Veltrini, elle tourna le dos et sortit un de ces tubes. Chacune d'elles avait un ordinateur ouvert sur la table et, comme elles étaient toutes les deux brunes aux cheveux courts, qu'elles avaient l'air d'avoir le même âge et que leur tenue de labo cachait leur silhouette, on aurait dit des clones.

Brunetti esquissa un léger sourire et observa, en jetant un coup d'œil circulaire dans la pièce : « C'est tout à fait comme dans le labo de mon frère, sauf que les machines sont de plus grande taille. » Veltrini lui sourit en retour et Brunetti lui demanda : « Pourriez-vous nous expliquer, dottore, quelles opérations s'effectuent ici ?

— Nous testons l'eau dans notre système pour voir si elle contient des substances qui ne devraient pas s'y trouver. » Comme il s'aperçut que Brunetti et Vianello étaient tous deux en train de regarder les femmes, il leva une main et l'agita amplement comme s'il faisait un tour de magie visant à faire apparaître ses deux collaboratrices. La femme travaillant sur les tubes à essai l'ignora, entra des données dans son ordinateur et remit un tube en place sur son support. Brunetti remarqua en revanche la montre que le geste de Veltrini avait révélée : une IWC en or avec un bracelet en cuir de crocodile.

« Mais ce n'est pas ce qu'elles sont présentement en train de faire, précisa-t-il toujours en réponse à la question de Brunetti. Les premiers tests sur les contaminants sont réalisés de manière automatique, qu'ils soient de nature organique ou chimique. » Il s'écarta de quelques pas de la table et entraîna le commissario et l'inspecteur, avant de poursuivre son explication : « Les différentes formes de transport d'eau – qu'il s'agisse de conduites, de fleuves ou encore de rivières – sont jalonnées tout du long de capteurs, situés à une distance de cinq cents mètres environ, parfois moins, de la source aux points de distribution, et si l'un d'eux détecte une substance nocive ou dangereuse, notre système l'enregistre et un technicien est dépêché sur place pour enlever le capteur en question, le remplacer par un autre et le rapporter en vue d'un nouvel examen. L'eau contenue dans le capteur est soumise à un certain nombre d'analyses afin d'identifier la substance qu'elle recèle, et son taux. Il est parfois possible de déterminer, à partir de ces tests, l'origine de cet agent polluant. »

Vianello demanda, en pointant du doigt les deux femmes : « Que sont donc en train de faire vos collègues ? »

Veltrini se tourna à son tour vers elles, comme s'il avait oublié leur présence. « Elles sont en train d'analyser des échantillons que nous avons prélevés de puits situés dans la zone afin d'établir si l'eau est potable. Ou si on peut en arroser les champs sans risques.

— Pardon ? fit Vianello, très sincèrement surpris. N'est-ce pas la même chose ?

— En fait, nous ne savons jamais ce qu'il se passe sous terre, n'est-ce pas ? » dit Veltrini en allant prendre un des tubes au bouchon rouge, sans veiller à en demander l'autorisation.

Veltrini revint vers Brunetti et lui montra le tube, en pointant l'étiquette écrite à la main. « Vous voyez ? Il y a le nom du propriétaire du terrain, le jour et l'heure où l'échantillon a été prélevé, la profondeur de l'eau dans le puits et la profondeur du puits lui-même. »

Brunetti étudia l'étiquette, puis demanda, en désignant une rangée de chiffres : « À quoi correspondent-ils ?

— Ce sont les coordonnées géographiques. Parfois, le terrain d'un même propriétaire peut être pourvu de plusieurs capteurs. Si son domaine est traversé par une rivière, nous plaçons un capteur tous les cinq cents mètres ; il est donc nécessaire d'avoir un numéro d'identification pour éviter de confondre les échantillons. » Brunetti le remercia pour ces précisions.

Le directeur du laboratoire remit le tube en place dans la fente correspondante, puis il prit un papier sur la table. Lorsqu'il le montra à Brunetti, Vianello les rejoignit cette fois pour voir ce qui était écrit.

« C'est le rapport des substances contenues dans l'eau, expliqua Veltrini.

— Est-ce que ce rapport indique si l'eau peut être bue ou utilisée ? » s'enquit Vianello.

Veltrini le regarda, étonné de constater qu'un policier en uniforme puisse poser une question à la réponse si évidente. « Oui, tout est inscrit ici », déclara-t-il en secouant le papier. Comme Vianello n'était pas convaincu par sa réponse, le directeur descendit son doigt le long de la colonne de gauche. « Voici la liste des substances que nous avons examinées dans ces cinq échantillons », expliqua-t-il. Puis, en suivant la ligne du haut, il précisa : « Et voici les chiffres d'identification de ces cinq échantillons. » Il regarda les policiers pour s'assurer de leur compréhension et ils hochèrent tous deux la tête.

Il passa à la première colonne verticale et, en descendant son doigt le long des chiffres, il poursuivit : « Ces chiffres correspondent aux taux de chaque substance contenue dans cet échantillon. Exprimée en PPM, abréviation de partie par million. C'est la mesure utilisée pour la fraction massique », conclut-il, sans prendre soin de mentionner les autres systèmes possibles.

Vianello pointa du doigt le mot « arsenic ». « Cela signifie-t-il qu'il y a de l'arsenic dans cette eau ? demanda-t-il, comme s'il craignait que le poison ne bondisse de la page et ne vienne lui brûler la main.

— Oui, confirma Veltrini. Mais il ne s'agit que d'une infime quantité : vous pouvez le voir au niveau indiqué. » Il regarda le papier de plus près et énonça : « Cet échantillon en contient seulement 0.003 par million, donc il n'est pas nocif. La limite pour la contamination est de 0.010 pour un million.

— Et ces autres éléments ? » s'informa Vianello, en désignant la colonne.

Veltrini éloigna la feuille de ses yeux pour avoir une vision globale de la liste, puis la posa près de ses collaboratrices et certifia : « Le seul danger, ici, ce sont les nitrates. » La technicienne de laboratoire acquiesça d'un hochement de tête, mais ne souffla mot, ce qui incita sa collègue à confirmer, sans lever la tête de son microscope : « C'est le seul problème que nous ayons dans cette zone. »

Veltrini ignora complètement cette dernière remarque et continua : « Il y a 150 PPM dans un des échantillons, ce qui correspond environ au triple autorisé par la loi européenne.

— Et donc ? demanda Vianello, animé d'une réelle curiosité.

— Donc nous avertissons les propriétaires du terrain de cet état de fait et c'est à eux de prendre les décisions nécessaires, répondit Veltrini en haussant désespérément les épaules.

— Et que se passe-t-il alors ? s'enquit Vianello.

— Comme je vous l'ai dit, c'est à eux de prendre les décisions.

— Le triple ? insista Vianello.

— Oui, répondit le directeur en regardant le nom inscrit en haut du papier. C'est un paysan qui déverse des fertilisants dans ses champs chaque année. Il y a une rivière qui traverse son terrain. Cela fait au moins cinq ans que nous l'informons de la hausse du niveau de nitrates.

— Six, murmura l'une des femmes.

— Et ceci est juste le degré de pollution qu'accuse son propre puits », renchérit la femme occupée aux tubes à essai, qui tapa de nouveau sur son clavier en laissant Brunetti et Vianello sur leur faim : qu'en était-il des terrains voisins ?

Brunetti tapota du pied la cheville de Vianello ; l'ispettore recula alors de la table, en croisant les bras sur sa poitrine.

« Est-ce bien de là que proviennent les nitrates ? s'informa Brunetti. Vous parliez de fertilisants, ou ces substances se trouvent-elles là naturellement ?

— La seule façon d'en être sûr, c'est de tester toute terre avoisinante dépourvue de fertilisants, expliqua Veltrini, qui demanda ensuite de manière rhétorique : Mais où pouvons-nous trouver un tel lopin de terre par ici ? »

Brunetti songea aux champs visibles des deux côtés de l'autoroute en direction du nord, qui semblaient s'étendre jusqu'à la ligne d'horizon. « Nous avons vu le maïs, dit-il.

— Mais ce n'est pas seulement le maïs qui est en cause, répliqua Veltrini, avec un accent de découragement dans la voix. Les paysans déversent des fertilisants sur tout ce qui pousse ; sur les vignes, dans le Frioul, et sur les pommes, dans le Haut-Adige. Si ce sont des plantes qui se développent en pleine terre, ils veulent en accélérer la production et l'augmenter par des nitrates, quel que soit le type de culture. » Il s'emporta tellement qu'il dut fermer les yeux pour se calmer. Brunetti remarqua que l'épaisseur des verres permettait presque de compter ses cils.

D'une voix tout à fait différente, et sur le ton d'une personne plus âgée, Veltrini raconta : « Je les ai entendus l'appeler *medicina*, mais seulement les vieux. Je suppose que pour cette génération, la terre a vraiment besoin de *medicina* : ils en ont épuisé toute la force. D'où le recours aux nitrates. Et cela donne des bébés qui meurent de méthémoglobinémie. »

Veltrini secoua tout le buste, les mains tendues vers le sol, les doigts agités de vibrations comme un chien qui s'ébroue dans un moment d'inconfort. Brunetti avait lu des romans où les personnages adoptaient ce genre de gestuelle, mais il ne l'avait jamais vu faire dans la vraie vie.

Ce geste ne dura que quelques secondes ; une fois ces secousses apaisées, il se tourna vers Brunetti en lui disant : « Mais ce n'est pas de ça que vous vouliez me parler, n'est-ce pas ?

— Effectivement, dottore. »

Veltrini regarda les deux techniciennes qui ne faisaient même plus semblant de s'intéresser à leur activité ; elles écoutaient, assises, les mains posées sur leur paillasse. Brunetti nota que l'une d'elles avait chaussé ses lunettes et observait Veltrini.

« Peut-être pourrions-nous aller prendre un café dans la *cantina*[1] », leur proposa-t-il à la grande surprise du commissario.

Brunetti se retourna avant de sortir pour remercier les techniciennes de leur aide. La femme aux lunettes croisa son regard, pointa le couloir et lui fit signe que non avec son index droit avant de reprendre son travail. Brunetti se demanda un instant ce que signifiait cet avertissement, puis il quitta le laboratoire ; convaincu qu'il ne devrait pas manger dans la *cantina*, il rattrapa rapidement les deux hommes. Ils pénétrèrent en file indienne dans une ample pièce équipée de nombreuses tables, dont seules trois étaient occupées. Une femme âgée, fatiguée, vêtue d'un uniforme blanc – bien moins élégant et bien moins propre que les blouses blanches de Veltrini et de ses assistantes –, se leva de sa chaise, tout en restant derrière le comptoir.

Veltrini les y conduisit et leur demanda : « Un café ? »

Tous deux opinèrent du chef.

« Trois », commanda Veltrini en direction de la serveuse.

Lorsque Brunetti mit la main à sa poche, Veltrini tapota son bras. « Vous êtes mes invités. » Ils le remercièrent et, lorsque les cafés furent prêts, ils les prirent et suivirent Veltrini à la table la plus isolée.

Ils tournèrent le sucre dans leurs tasses comme un seul homme, puis avalèrent tous leur café rapidement. Brunetti s'émerveilla, ravi que cette pièce ne dégageât pas l'horrible froideur habituelle d'un bien grand nombre de bureaux publics et privés, digne du pôle Nord.

---

1. Signifie littéralement « la cave ». Désigne ici leur cafétéria.

Une fois son café terminé, Brunetti déclara : « Maintenant que nous sommes ici, et seuls, dottore, puis-je vous demander ce que vous vouliez nous dire ? » Il poussa sa tasse sur le côté et regarda l'homme droit dans les yeux. « J'ai eu l'impression que vous ne vouliez pas parler devant vos assistantes, ou en présence de la dottoressa Ricciardi. »

Veltrini éclata d'un rire sonore qui attira l'attention des autres tables et qu'il réprima, face à cette réaction. « Cela ne lui ferait pas plaisir d'entendre ces mots.

— Et pourquoi ? s'enquit Brunetti.

— Tous ces discours au sujet de Fadalto, répondit l'homme immédiatement. Comme si je ne savais pas qui est Vittorio. Qui était… » Puis, d'une voix plus calme, il ajouta : « C'était un de mes plus proches collaborateurs, ici. »

Vianello, nota Brunetti, avait eu de nouveau recours à son vieux tour de magie pour devenir invisible. Toute personne ayant vu les hommes assis à cette table ne se souviendrait probablement que de deux d'entre eux et pas de celui vêtu de la version estivale de l'uniforme de la police, consistant en un pantalon bleu et une veste blanche. Il y avait des années que Brunetti observait ce phénomène et qu'il enviait, même, le talent de l'ispettore. Les cheveux de Vianello étaient d'une couleur banale, son visage affichait une expression neutre et il semblait ne faire qu'un avec la chaise sur laquelle il était assis.

Comme pour le conforter dans cette sensation, Veltrini ignora l'inspecteur et ne s'adressa qu'au commissario. « Elle savait parfaitement que je reconnaissais le nom, mais nous devions faire semblant que ce n'était pas le cas.

— Et pourquoi cette mascarade, dottore ?

— À cause de ce qu'il s'est passé entre eux, expliqua Veltrini, en accompagnant ses mots d'une grimace de désapprobation.

— Je ne suis pas sûr de bien vous suivre, dottore. Je ne vois vraiment pas à quoi vous faites allusion.

— Alors, pourquoi êtes-vous ici ? s'enquit Veltrini d'un ton indigné.

— Nous sommes venus, commença Brunetti, tentant par ce "nous" d'intégrer Vianello à la conversation, pour obtenir le plus de renseignements possible sur Vittorio Fadalto. »

Au bout d'un moment de réflexion, Veltrini demanda lentement, comme s'il avait fini par trouver les termes appropriés : « Sur la manière dont il est mort, vous voulez dire ?

— Pas nécessairement, nuança Brunetti, mais sur tout élément, lié à sa personne ou à son comportement les jours ou les semaines ayant précédé sa mort, qui pourrait… sortir de l'ordinaire.

— Eh bien, il tâchait d'échapper à la mainmise de Fulvia. C'est certain. » La voix de Veltrini trahissait une note d'autosatisfaction, comme s'il parvenait enfin à tenir des propos chocs pour son interlocuteur.

Bien qu'il doutât qu'il y eût d'autres collègues dénommées Fulvia, Brunetti demanda tout de même : « La dottoressa Fulvia Ricciardi ?

— Bien sûr, confirma le directeur du laboratoire qui pouffa de nouveau en signe de désapprobation. Elle s'était tellement entichée de lui qu'elle ne voyait pas qu'elle ne l'intéressait pas, ajouta-t-il presque d'un air défiant, comme pour empêcher Brunetti de remettre ses mots en cause.

— Ah, je vois, fit le commissario. Comment l'avez-vous appris, dottore ?

— Parce que je ne laisse pas mes yeux à la maison quand je pars travailler, tous les jours que Dieu fait, répliqua Veltrini en riant à son propre trait d'esprit. Je suis sûr que tout le monde, ici, avait décelé son manège, à l'exception de ce pauvre nigaud de Fadalto. Il était tellement obnubilé par ses problèmes personnels qu'il ne voyait pas le film que Fulvia était en train de se faire.

— Et que pensez-vous qu'elle attendait de Fadalto, dottore ? s'informa Brunetti avec une curiosité qu'il ne chercha nullement à déguiser.

— Elle avait décidé que c'était l'homme qu'il lui fallait, expliqua-t-il, puis il scanda à voix basse, d'un ton maniéré : L'« homme de ses rêves. » Il regarda Brunetti pour épier sa réaction : le sourire du commissario était une claire invitation à en apprendre davantage.

Veltrini jeta un coup d'œil circulaire dans la pièce et, bien que les autres fussent tous partis, il baissa la voix. « J'ai été un des premiers à m'en apercevoir, mais personne ne m'aurait cru si j'avais dit qu'il y avait anguille sous roche. Je vais me chercher un autre café. En voudriez-vous un aussi ? proposa-t-il en se levant.

— Non, merci », répondirent Brunetti et Vianello.

Tandis que Veltrini se dirigeait vers le comptoir, Brunetti demanda à l'inspecteur : « Qu'est-ce que tu en penses ?

— Je pense que c'est un sale type. Que faisons-nous ici ?

— Écoutons tout ce qu'il a envie de déverser et nous nous arrangerons ensuite pour vérifier les infos. Dans tous les cas, l'un des deux est en train de jouer un double jeu. » Quand Veltrini fut de retour à leur table, Brunetti s'enquit : « Le niveau de la rivière n'est-il pas toujours aussi bas à cette époque de l'année ? » Puis, feignant d'être surpris de voir Veltrini poser son café sur la table, il observa : « L'ispettore Vianello dit qu'il ne se souvient pas d'avoir vu aussi peu d'eau dans la rivière. »

Veltrini ouvrit son sachet de sucre et le versa dans sa tasse en expliquant : « Nous sommes en juillet, Dieu du ciel. Il en a toujours été ainsi.» Puis, sans leur laisser le temps d'intervenir, il leva sa cuillère et l'agita sous leur nez. «Ne commencez pas avec ces histoires absurdes de réchauffement climatique.»

Brunetti sourit et secoua la tête pour nier une perspective aussi peu probable. Veltrini remit sa cuillère sur la soucoupe et but une gorgée de café. «Quand les autres ont-ils commencé à se rendre compte de ce qui se tramait, dottore?» s'enquit le commissario.

Veltrini posa sa tasse si rapidement que ce geste provoqua un écho dans la salle vide. «Il y a peut-être deux mois. Les gens m'ont dit que sa femme était très malade et, rien qu'à son apparence, on pouvait deviner qu'il était vraiment mal en point.» Il cessa de parler et se mit à siroter son café de manière compulsive.

Lorsque Brunetti ne parvint plus à supporter ce bruit de lapement intermittent, il lui demanda: «Et la dottoressa Ricciardi?»

Veltrini regarda autour de lui. «Elle a commencé par s'asseoir à côté de lui pendant les déjeuners, à lui demander comment allait sa pauvre femme, à lui dire combien elle était désolée de la situation et comme ce devait être difficile pour lui et les filles. Puis elle s'est mise à le rejoindre ici quand il rentrait de ses inspections, prenait un café avec lui et lui répétait, je suppose, la même chanson.» Il battit la mesure avec sa cuillère sur sa soucoupe en énonçant, en une sorte de psalmodie: «Pauvre femme, pauvre Vittorio, pauvres petites.»

Puis il continua: «Ils devinrent très vite les meilleurs amis du monde et déjeunèrent ensemble chaque jour. Le pauvre ne voyait toujours pas, apparemment, ce qu'il se passait.»

Brunetti toussa plusieurs fois et demanda, en espérant sembler légèrement embarrassé et incapable, en même temps, de dominer sa curiosité : « S'était-elle déjà… comportée de cette manière auparavant, dottore ? »

Le dottore Veltrini pinça les lèvres pour esquisser un semblant de sourire et répondit : « Pas que les autres le sachent.

— Mais vous, oui ? » nota Brunetti, du ton le plus admiratif qui soit.

Veltrini posa la cuillère et croisa les mains sur la table. « Eh bien, commença-t-il, puis il hésita, comme pour choisir l'expression la plus appropriée, j'étais impliqué dans cette affaire, voyez-vous. »

Brunetti ne cacha pas son état de confusion. « Je crains de ne pas… »

Vianello devina la suite. « Voulez-vous dire que c'était vous qu'elle… » À l'instar de Brunetti, l'ispettore ne savait trop comment formuler sa question à un homme de science. Ayant fini par trouver le mot neutre adéquat, il acheva sa question : « Que c'était avec vous qu'elle s'était liée d'amitié ? »

La pièce résonna une autre fois du rire de Veltrini. « Liée d'amitié, répéta-t-il. Liée d'amitié. » Il se permit un nouvel éclat de rire avant de déclarer : « Vous pouvez l'énoncer ainsi, même si je suis sûr qu'il y en a qui en parleraient différemment, et d'une manière bien moins jolie.

— J'en suis étonné, constata Brunetti. En fait, elle semble…

— Irréprochable, vouliez-vous dire ? suggéra Veltrini.

— Eh bien, marmonna Brunetti, disons que je la voyais comme une professionnelle, et une conduite si inconvenante… » Malgré ses tentatives, il ne parvint pas à masquer sa déception.

« Cela n'a pas duré longtemps. Je me suis rendu compte de ce qu'elle était en train de manigancer et j'y ai vite mis un terme.

— J'espère que ça n'a pas été…, fit Brunetti.

— Oh non, pas du tout, le rassura Veltrini, du ton d'un homme familier de ce genre de problématique. Un jour, je lui ai dit simplement que je préférais manger tout seul car je passais la journée à régler problème sur problème et que le moment du déjeuner était le seul instant où je pouvais être tranquille. »

Brunetti et Vianello feignirent tous deux de manifester leur empathie face à la situation délicate que Veltrini venait de leur décrire, mais il leur était difficile de masquer leur désapprobation.

Sans crier gare, Veltrini se leva et leur tendit la main. Surpris, Brunetti n'eut d'autre choix que de se lever à son tour et de la lui serrer. Vianello fit de même. «Je suis ravi d'avoir pu vous aider, signori,» conclut le directeur du laboratoire, puis il tourna les talons et partit.

Encore ébahi par la façon dont Veltrini avait ménagé sa sortie, Vianello nota : « En voilà des façons ! » Face au silence de Brunetti, l'ispettore lui demanda : « Et maintenant ? »

Brunetti attendit tranquillement, puis il se pencha, tendit une tasse et une soucoupe à Vianello et prit les autres. « Allons parler à la serveuse », proposa-t-il en se dirigeant vers le comptoir.

14

La femme se leva à leur approche. Brunetti posa les deux tasses sur le comptoir. Vianello le rejoignit rapidement et ajouta la troisième. « Pouvons-nous vous déranger et vous commander deux autres cafés, signora ? demanda Brunetti. Nous devons rentrer à Venise et je veux rester bien éveillé pendant le trajet. La chaleur a tendance à m'endormir. »

Elle s'était mise à ranger les tasses et leurs soucoupes dans l'égouttoir du lave-vaisselle, mais elle leva les yeux au moment où Brunetti lui parla. « N'avez-vous pas l'air conditionné dans la voiture ? » s'enquit-elle étonnée, en fixant Brunetti comme à la vue d'un objet tombant du plafond.

« Bien sûr que oui, signora, répondit-il avec un sourire. Mais je déteste ça ; je préfère garder les fenêtres ouvertes et profiter de la fraîcheur de la brise. »

Rassurée de ne pas avoir affaire à un étrange énergumène, la voix de la femme comme son visage s'adoucirent. « C'est un des aspects agréables de mon travail ici, expliqua-t-elle. Comme ce ne sont pas des obsédés du froid, je n'ai pas besoin de sortir toutes les demi-heures pour me décongeler. »

Vianello s'immisça aisément dans la conversation : « Je vous comprends, signora. Je passe l'été à attraper des rhumes et des maux de tête, sans compter les torticolis, alors que je n'ai jamais rien l'hiver ; juste l'été, à cause de la climatisation ! »

Elle leur apporta leurs cafés. « Alors, vous avez discuté avec le dottor Veltrini ? demanda-t-elle sans parvenir à cacher sa curiosité.

— Un drôle d'oiseau, à mon avis », affirma Brunetti d'un ton badin.

Elle opina du chef.

Brunetti haussa les épaules en se tournant vers Vianello. « Qu'est-ce que tu en penses, Lorenzo ? »

Vianello finit son café d'une traite et posa la tasse sur la soucoupe. « Pas plus bizarre que bien des gens auxquels nous avons eu l'occasion de parler », répondit-il en enfouissant la main dans sa poche. Il posa 3 euros sur le comptoir. « C'est seulement 2 euros, signore », rectifia la dame.

Vianello sourit. « C'est pour compenser la façon dont il vous a parlé », précisa-t-il, en indiquant d'un signe de tête la porte par laquelle Veltrini avait disparu silencieusement.

La serveuse se mit à rire. « Si on m'avait donné un euro chaque fois qu'il a été désagréable avec moi, ou avec d'autres femmes, je serais riche, plaisanta-t-elle. Mais c'est un pauvre homme, en fait, et il faudrait le plaindre plutôt que de se moquer de lui. » Son amabilité transpirait la phrase convenue et ses propos étaient de ceux que l'on tient pour induire, voire provoquer une question. Brunetti remarqua qu'elle avait ramassé les trois pièces et les gardait au creux de la main.

« Un pauvre homme, signora ? s'enquit Brunetti, en montrant une vive curiosité. Je ne le trouvais pas *simpatico*, même si nous lui avons parlé pendant – combien de temps, une demi-heure ?

— Vingt bonnes minutes, en tout cas, nuança-t-elle, précision qui exhorta Brunetti à continuer.

— En fait, vous le connaissez mieux que moi. Je lui ai demandé des informations et sans doute n'a-t-il pas eu le temps de me raconter toute sa vie, répliqua-t-il sur un ton ironique.

— Oh, vous n'obtiendrez pas le moindre mot sur lui-même. En revanche, il est intarissable sur les autres, mais jamais un mot gentil, observa-t-elle en allant rincer rapidement leurs tasses et leurs soucoupes avant de les mettre dans le lave-vaisselle.

— C'est vrai, approuva Brunetti, comme si la perspicacité de la serveuse leur avait ouvert les yeux. Il n'a pas dit grand bien de la dottoressa Ricciardi.

— Évidemment; il ne peut pas la supporter!

— Et pourquoi?» s'enquit Vianello, en regagnant le cercle de la conversation.

Elle eut un moment d'incertitude avant que Vianello ne lui sourie et n'affiche son expression d'homme ordinaire. Son insipide affabilité opéra son charme habituel et la détendit. «Quand elle est arrivée, il y a quelques années, il l'a suivie comme un toutou pendant plusieurs semaines. C'était avant qu'elle se fasse opérer.» Brunetti prit conscience de la position stratégique qu'elle occupait: non seulement elle voyait tout le monde, mais encore elle avait le temps de discuter des ragots avec tout le monde, autour d'une tasse de café.

«Son opération? lança-t-il.

— Pour une hernie discale, expliqua-t-elle. Il s'est produit une erreur au cours de l'intervention, mais personne ne l'a jamais admis. Quoi qu'il en soit, elle marchait encore lorsqu'elle est entrée à l'hôpital, mais elle en est sortie avec des béquilles et, maintenant, elle se déplace avec une canne.

— Ah, la pauvre, déplora Vianello.

— Et lorsqu'elle est revenue au travail? demanda Brunetti en espérant qu'elle ait saisi qu'il l'interrogeait sur le comportement de Veltrini, pas sur celui de la femme.

— Oh, il avait guéri entre-temps. »

Cette fois, ce fut à Vianello de glaner des informations. « Et de quelle manière ? » s'enquit-il.

Réprimant un sourire, elle raconta : « On m'a dit que la dottoressa Ricciardi l'avait guéri avant son intervention en lui disant, sans ambages, de la laisser tranquille. »

Brunetti émit un murmure et se tourna vers Vianello comme pour lui poser une question, mais il se retint juste à temps.

« Que vouliez-vous dire ? » demanda la femme. Elle avait les yeux pétillants et les regardait tour à tour avec la vivacité d'un oiseau. Voyant Brunetti tergiverser, elle se focalisa aussitôt sur Vianello.

Au bout d'un moment volontairement long, l'ispettore finit par répondre, avec une feinte hésitation : « Il nous a dit aujourd'hui que c'était elle qui manifestait de l'intérêt pour lui. » Il n'avait pas terminé sa phrase qu'elle lui coupa la parole : « Bah voyons ! Et moi, je suis Sofia Loren.

— Votre visage me disait bien quelque chose, signora Loren. » Elle éclata de rire à l'humour de Vianello.

« Que vous a-t-il dit d'autre ? demanda-t-elle à Vianello, maintenant que sa curiosité était piquée.

— Que la dottoressa s'intéressait à l'homme qui est mort.

— Vittorio ? s'enquit-elle, puis elle précisa, parce qu'ils n'étaient pas familiers du lieu : Fadalto ? »

Vianello acquiesça.

« Oh, quel serpent », murmura-t-elle du bout des lèvres, sur un ton féroce.

Brunetti répliqua, d'un air faussement surpris, pour ne pas dire choqué par sa véhémence : « Vous y allez fort, signora.

— Pas assez fort », rétorqua-t-elle instantanément. Elle ne put poursuivre sa réflexion car la porte de la *cantina* s'ouvrit et trois hommes entrèrent. Ils allèrent s'asseoir à une table située à l'autre bout de la pièce. Brunetti et Vianello quittèrent le comptoir et s'installèrent à une table à proximité.

La serveuse se dirigea vers les nouveaux clients, échangea quelques mots avec eux et repassa derrière le comptoir leur préparer des cafés. Elle sortit un plateau sur lequel elle posa les boissons chaudes, ainsi que deux morceaux de gâteau, et leur apporta le tout.

En revenant, elle s'arrêta auprès de Brunetti et de Vianello et leur dit : «Je ne vous demanderai pas si vous voulez un autre café, signori.» Tous deux sourirent en signe de soulagement, et Brunetti commanda deux verres d'*acqua minerale.* Lorsqu'elle revint avec leur eau, le commissario se leva et tira une chaise. «Pouvez-vous vous joindre à nous un moment, signora ?» lui suggéra-t-il.

Elle s'assit et posa le plateau vide devant elle, comme pour marquer son territoire, et déclara, d'un ton hâtif: «Tout cela ne me regarde pas, signori. Mais d'après ce que j'ai pu voir, c'est Veltrini qui l'importunait, à mon avis. Fadalto n'était qu'un homme prisonnier de sa tristesse, qui avait trouvé une oreille attentive.» Elle hocha la tête, pour souligner la conviction de ses propos.

La serveuse se tut un certain temps, puis elle ajouta, en parlant lentement cette fois, pour bien formuler ses réflexions : «Quelqu'un m'a dit qu'il passait beaucoup de temps dans le bureau de la dottoressa.» Brunetti la vit réfléchir pour se souvenir, ce qui l'incita à regarder nerveusement sur le côté, comme si elle venait de noter un détail qu'elle avait négligé et qui la faisait hésiter à continuer.

«Et que se passait-il entre eux ? demanda Vianello d'un ton neutre.

— Les pauvres diables : elle avec son dos et sa canne, et Vittorio avec sa femme mourante, et aucune solution ni pour l'un ni pour l'autre. Ils avaient besoin du soutien que pouvait leur apporter leur… "amitié" », finit-elle par affirmer. Elle marqua une pause pour s'assurer que ce dernier mot sonnait juste. Apparemment satisfaite de son choix, elle tira le plateau vers elle. « C'est tout, signori, je dois retourner au travail. »

Elle posa ses mains à plat sur la table, s'apprêtant à se lever. « Avant que vous ne partiez, signora, lança Brunetti, tel un ami s'inquiétant pour sa tranquillité d'esprit, y a-t-il autre chose que vous voudriez nous dire ? » Il n'avait pas plus tôt posé cette question qu'il craignit d'être allé trop loin et de la faire fuir.

Elle le regarda et attendit un peu avant d'expliquer : « Une des filles à la comptabilité m'a dit qu'elle a vu Fadalto sortir du bureau de la dottoressa, une semaine environ avant sa mort, et qu'il avait l'air furieux. Chassez le naturel… Il y avait un certain temps qu'on ne l'avait plus vu dans cet état.

— Quel état, signora ? demanda Brunetti, confus.

— Comme il pouvait l'être, par le passé. Avant que sa femme ne tombe malade. » Au vu de la réaction de Brunetti, elle poursuivit : « Il était soupe au lait, il devait toujours avoir raison. J'ai assisté plusieurs fois à ce genre de scène ; c'était parfois gênant. » Elle marqua une pause pour convoquer ses souvenirs, puis raconta : « Je l'ai vu un jour ici, avec un collègue. Ils étaient assis ensemble pour déjeuner. J'ai vu comment c'est parti. Cet homme – il ne travaille plus ici, il a obtenu un meilleur emploi – et Fadalto ont commencé à se disputer sur je ne sais quel sujet ; mais dès l'instant où vous en saviez plus que lui, Fadalto bondissait ! Cette fois-là aussi, il a remis sa chaise violemment en place et il est parti.

— Comment cette histoire a-t-elle fini ? » s'informa Vianello.

Elle haussa les épaules. «Je ne les ai plus revus ensemble et personne n'a jamais reparlé de cet épisode, mais je suis sûre – vous savez comment c'est quand vous avez les gens tout le temps sous les yeux – que certaines personnes se méfiaient de lui.»

Soudain, comme à l'écho intérieur de son propre discours, elle ajouta: «Mais je dois dire qu'il a changé quand sa femme est tombée malade. Les gens l'ont remarqué aussi, et la situation était devenue plus facile ici, pour lui.

— Pourquoi, à votre avis? s'enquit toujours Vianello.

— Parce qu'il souffrait et que les gens sont toujours compatissants envers ceux qui traversent des difficultés», expliqua-t-elle simplement. Comme elle vit les autres clients prêts à partir, elle se redressa et se dirigea vers leur table, non sans avoir pris son plateau.

Brunetti ne chercha aucunement à la retenir. Elle empila la vaisselle sur le plateau et retourna au comptoir, puis disparut par une ouverture sur la gauche qui devait conduire à la cuisine.

Ils partirent et retrouvèrent l'impitoyable chaleur de Venise.

La température du soir ne fit pas de quartier non plus. L'idée de prendre le n° 1 lui était insupportable: Brunetti décida de rentrer à pied à la maison en passant par les Frari, alors que Vianello, le veinard, emprunterait le 5.2, puis marcherait de San Pietro di Castello à chez lui. Ils se séparèrent en descendant de la voiture où ils avaient discuté pendant tout le trajet – mais sans parvenir à la moindre conclusion – de ce qu'ils avaient appris à la *cantina*.

Brunetti arriva chez lui complètement défait; rien à voir avec l'homme qui était parti le matin. Il exécrait son costume, ses chaussures, sa cravate, tous ces accessoires qui l'avaient comprimé et piégé, et à cause desquels il avait eu encore plus chaud. Il n'avait désormais qu'un seul désir : se doucher, s'enrouler dans une serviette propre et aller s'asseoir sur son balcon avec un verre de vin blanc. *Non*, songea-t-il en arrivant au quatrième étage, *plutôt un verre d'eau, de l'eau plate, sans bulles, mais avec de la buée condensée sur le grand verre.*

À qui Dante avait-il infligé la torture de la soif ? À un faux-monnayeur ? Un Maître dont le nom lui échappait : il se rappelait ce détail, mais se souvenait surtout de cet homme au bord de la folie, implorant désespérément qu'on lui donne à boire, ne serait-ce qu'une seule goutte d'eau.

Il entra dans son appartement et, sans veiller à savoir qui était là, il enleva ses chaussures d'un coup de pied et alla dans sa chambre où il se libéra de sa veste, de sa cravate et de sa chemise trempée, ôta ses chaussettes et pénétra dans la salle de bains.

Quelques minutes plus tard, c'est un homme différent, plus calme et ceint d'une énorme serviette blanche, qui retourna dans sa chambre, sans se soucier de ses vêtements défraîchis, encore dispersés sur le lit. Il enfila un pantalon en lin qu'il noua avec une fine ceinture et une chemise en lin bleu ciel qu'il laissa pendre par-dessus. Il prit sa serviette et regagna la salle de bains, à présent aussi embuée de chaleur humide qu'un sauna. Il étendit la serviette sur un portant et ouvrit la fenêtre en grand, puis il sortit.

Dans la cuisine, il ouvrit une bouteille d'eau minérale et but deux grands verres, puis il emporta la bouteille et le verre dans le salon et les posa sur la table basse. Il envisagea un moment d'aller chercher son exemplaire de Dante dans sa chambre mais, bel et bien convaincu que l'heure était désormais à la sieste et non à la lecture, il renonça à cette idée et s'allongea sur le canapé. Son dernier souvenir fut le constat que la fenêtre du balcon était ouverte, ce qui signifiait qu'il y avait quelqu'un à la maison, mais tout disparut autour de lui et son esprit plongea dans le néant.

Il entendit résonner ensuite différentes voix qu'il écouta. L'une d'elles affirmait : « Guido doit être là quelque part. » Puis deux autres commencèrent à se disputer et Brunetti tendit l'oreille de manière à mieux les entendre, fasciné par leurs sonorités.

Mais son Maître prit ensuite la parole et lui dit combien il se fâcherait s'il restait là, à écouter ces créatures se quereller. Brunetti sortit de sa rêverie, tout en continuant à entendre la voix spectrale de Virgile. Il s'étonna de voir comme ces souvenirs pouvaient être encore si profondément ancrés dans sa mémoire, même après toutes ces années.

Les yeux rivés au plafond, Brunetti se rendit compte à cet instant qu'il était temps de repeindre cette pièce. Cette résolution lui sembla la preuve tangible qu'il était bien conscient ; il tendit le bras droit pour se saisir de la bouteille, mais sans parvenir à l'atteindre. Il se tourna pour la chercher et vit alors Paola, assise dans un fauteuil, en train de l'observer.

« Il y a longtemps que tu es là ? demanda-t-il.

— Dix minutes, pas plus.

— Tu lisais ? »

Elle leva les mains : elles étaient vides.

Paola dans un fauteuil, et sans être en train de lire ? Peut-être qu'il n'avait pas tout à fait retrouvé ses esprits.

« Alors qu'est-ce que tu faisais ?

— Je te regardais dormir.

— Tu l'as gratuitement chaque soir, ce spectacle, lui rappela-t-il.

— Vu comment je dors ? Je ne pourrais en profiter que si tu me secouais et me réveillais, mais alors toi, tu ne serais plus dans les bras de Morphée.

— Et tu as vu quelque chose de spécial ?

— Non. »

Se souvenant qu'il avait laissé sa montre quelque part, Brunetti demanda : « Quelle heure est-il ?

— 20 h 30.

— Cela signifie-t-il que le dîner est prêt ? »

Paola se pencha et enfouit le visage dans ses mains. « Tu n'es qu'un monomaniaque, Guido.

— Pourquoi dis-tu ça ? » s'enquit-il avec la plus limpide des innocences.

Elle rit en secouant la tête. « Je n'ai jamais connu personne qui aime autant manger que toi ! »

Il haussa les épaules, ce qui n'était pas facile, dans sa position couchée. « Pour ma mère, qui disait récompense disait nourriture. »

Elle partit d'un nouvel éclat de rire. « Est-ce ma façon aussi de te récompenser ? demanda-t-elle en plaisantant.

— Mon trésor, répondit Brunetti, ta récompense à toi, c'est de t'asseoir et de me regarder dormir. »

Elle s'enfonça dans son fauteuil et le fixa longuement, d'un air méditatif. « Je ne sais jamais, quand tu tiens de tels propos, si tu les penses vraiment, ou si tu t'exprimes de manière codée.

— Ils veulent dire habituellement que je t'aime, répliqua Brunetti. Mais celui-ci en particulier signifie aussi que j'ai faim. » Et, sans lui laisser le temps d'intervenir, il précisa : « Rien de codé là-dedans. » Sur ces mots, il se leva et se dirigea vers la cuisine.

15

Le lendemain matin, au moment précis où il empruntait la *riva* menant à la questure, Brunetti vit au loin Griffoni sur le ponte dei Greci. Il arriva le premier au bureau et pénétra dans le vestibule. Il sentit le vent chaud s'engouffrer par la porte ouverte, et se dit que cette brise brûlante aurait pu griller un bœuf.

Brunetti fut troublé de remarquer, même à cette distance, que Griffoni n'avait pas du tout l'air en forme. Son visage semblait privé de soleil et ses cheveux, tirés en arrière, donnaient l'impression d'être gras et sans doute poisseux. Lorsqu'elle s'approcha de la porte, il nota que ses yeux étaient bouffis et éteints.

« *Come stai*[1], Claudia ? demanda-t-il, en essayant de cacher son inquiétude.

— Pas très bien », avoua-t-elle en entrant dans la questure. Elle s'arrêta quelques mètres après le gardien et rectifia : « Aujourd'hui, ça va, mais hier, j'ai dû rentrer plus tôt à la maison. » Brunetti hocha la tête en signe de compréhension et elle poursuivit : « J'ai mal dormi ces deux dernières nuits : je continue à me rejouer la scène dans ma tête… elle et toi… et à l'entendre… »

---

1. « Comment vas-tu ? »

Brunetti se demanda s'il avait aussi l'aspect d'un survivant de l'insomnie. Il avait essayé de garder la signora Toso en vie et l'avait perdue, mais il n'avait pas noué de lien particulier avec elle avant son décès, alors que Claudia, oui. Claudia lui avait parlé, lui avait tenu la main, l'appelait « Benedetta », lui caressait le bras pendant les rares confidences que celle-ci leur avait faites. Il avait tâché de maintenir la signora Toso en vie, et n'y était pas parvenu, mais c'était Claudia qui l'avait perdue.

« C'est difficile, affirma-t-elle même s'il était vain de le dire. Je continue à chercher un sens à ses mots et je ne peux pas m'empêcher de penser à ses filles.

— Tu n'aurais pas dû venir aujourd'hui », déclara Brunetti.

Elle émit un soupir, lui laissant le soin d'en interpréter la signification.

« Allons voir ce que la signorina Elettra a trouvé comme informations », suggéra-t-il, dans l'espoir que de nouvelles pistes leur occuperaient l'esprit.

Griffoni le regarda droit dans les yeux, sans cacher son étonnement et sans bouger d'un iota. « L'autre jour, j'ai eu la sensation que tu en avais assez de toute cette histoire, et maintenant ça t'intéresse. »

Brunetti ne tenta ni de se défendre ni de se justifier. Il était gêné d'avouer qu'il avait fait une promesse à la femme mourante ou que le souvenir de ses mains posées sur le cœur de Benedetta au moment de sa mort avait bouleversé tout son monde. Comme il ne comprenait pas lui-même cet état de fait, il ne pouvait guère le lui expliquer.

Face à son silence, Griffoni poursuivit : « Elle savait qu'elle allait mourir, qu'elle n'avait pas beaucoup de temps. Donc pourquoi était-ce si important pour elle de parler à la police ? Qu'avait-elle en tête ? Ou que savait-elle ? Ou encore – et elle marqua une pause comme si elle attendait que les mots appropriés affleurent sur ses lèvres –, que pouvait-elle bien détenir entre les mains ? »

Brunetti ne voulait pas discuter de tout cela dans le hall d'entrée, où n'importe qui pouvait passer et surprendre leur conversation. « Allons voir où en est la signorina Elettra », proposa-t-il de nouveau. C'est au prix d'un énorme effort de volonté qu'il se retint de poser la main sur le bras de sa collègue afin de la calmer.

« Mais auparavant, Guido, rétorqua-t-elle d'un ton manifestement impatient, dis-moi une fois pour toutes si les résultats de ses recherches t'intéressent. Crois-tu que la signorina Elettra a pu obtenir des éléments ? En admettant qu'il y ait quelque chose à examiner. » Elle commença à gravir les marches : Brunetti, désarçonné par sa sévérité, la suivit lentement et ne la rattrapa qu'au premier palier.

« Je suis allé sur le lieu de travail de Fadalto », lui apprit-il dans l'espoir de l'apaiser.

Griffoni se figea à cette nouvelle, qu'elle essayait d'assimiler. Elle s'appuya contre le mur, bras et jambes croisés. Le premier détail que Brunetti remarqua est qu'elle avait bien meilleure mine. Elle avait repris des couleurs et ses yeux avaient retrouvé leur éclat. Soulagé, il lui proposa : « Allons voir ce qu'a pu nous dénicher la signorina Elettra, d'accord ?

— Et si elle n'a rien trouvé qui s'écrie, comme un diable sorti de sa boîte : "Meurtre, meurtre, meurtre", qu'est-ce que tu envisages de faire ?

— De revoir cette affaire de fond en comble, en tenant compte de tous les éléments qu'elle aura découverts entre-temps et de tout ce que les anciens collègues de Fadalto m'ont rapporté.

— Bien, répliqua-t-elle en esquissant un léger sourire qui contribua à les calmer tous deux davantage encore. Allons-y», conclut-elle et elle commença à monter la deuxième volée de marches.

«Ah, bonjour, dit la signorina Elettra, puis elle s'adressa à Griffoni que de toute évidence elle n'avait pas revue depuis la mort de la signora Toso: Je suis terriblement navrée pour ce qu'il s'est passé.»

Griffoni la remercia d'un hochement de tête, sans parvenir à répondre. Elle leva une main et l'ouvrit comme pour libérer l'esprit de la défunte et le laisser flotter dans l'éther.

Tous trois restèrent en silence jusqu'à ce que la signorina Elettra leur annonce: «J'ai obtenu la liste des appels enregistrés sur son téléphone professionnel mais aussi sur son *telefonino*. J'ai pu remonter jusqu'à un an en arrière et retrouver le nom des personnes qu'il a appelées et qui l'ont appelé.» Elle tendit à Brunetti une liasse de papiers.

Au vu de la pile de documents, Griffoni s'exclama: «Mon Dieu, maintenant que nous ne pouvons plus faire un pas sans nos portables, voici le résultat: nous passons notre vie à les utiliser!» Elle s'approcha de Brunetti qui était en train de feuilleter les pages, mais il les tournait trop rapidement pour qu'elle réussisse à en saisir le contenu. Avant même qu'il ait fini, elle demanda à la signorina Elettra: «Avez-vous trouvé le nombre total de coups de fil passés à chacun de ces correspondants?

— Il y a une page récapitulative avec cette information. Mais auparavant, j'ai établi la liste principale par ordre chronologique, avec la date et l'heure de chacun de ses appels, leur durée et le numéro de ses correspondants.» Devançant l'inévitable question suivante, elle précisa : « Les appels entrants sont dans une liste à part. »

Brunetti parcourut les pages finales et y trouva aussi une liste avec les numéros appelés le plus souvent : au premier rang figurait la femme de Fadalto qu'il appelait chaque jour, parfois cinq ou six fois dans la journée. Puis venaient les numéros identifiés comme appels variés passés aux différents établissements où sa femme avait été soignée et ceux des docteurs qui l'avaient examinée. Ces numéros changèrent le jour même où elle changea d'hôpital, même si le nombre de ses coups de fil restait pratiquement invarié. Il y avait aussi les appels passés à sa fille aînée, Daria, et la semaine précédant sa mort il avait téléphoné à la dottoressa Donato au moins deux fois par jour.

Étaient également répertoriés les coups de fil passés régulièrement au numéro fixe de Maria Grazia Toso, la sœur de Benedetta, qui s'occupait désormais des filles.

Brunetti nota, en ordre décroissant, les coups de fil passés à ses différents collègues de Spattuto Acqua que la signorina Elettra avait systématiquement identifiés, en précisant en outre leur titre professionnel. Sans compter les appels quotidiens à l'Ufficio Tecnico[1], plus nombreux certains jours, pour signaler peut-être ses déplacements sur le terrain ; les appels passés au laboratoire au moins une ou deux fois par semaine ; les séries d'appels effectués vers le *telefonino* du dottor Veltrini, dont certains tard le soir. Quant aux dernières pages, elles présentaient les numéros qu'il n'avait pas composés souvent, voire ceux qui avaient fait l'objet d'un seul appel.

1. Le bureau technique.

Brunetti trouva le numéro de la dottoressa Ricciardi vers le bas de la liste : il l'avait appelée six fois en trois mois, l'équivalent des appels passés à sa femme en un seul jour.

« Qui est le dottor Veltrini ? s'informa Griffoni, en apercevant son nom sur les papiers de Brunetti.

— C'est le directeur du laboratoire de la société où travaillait Fadalto.

— Que faisait Fadalto ? s'enquit-elle.

— Il était chargé de tester l'eau pour y détecter la présence d'éventuelles substances contaminantes, de nature bactérienne ou chimique. » Il revint rapidement en arrière et expliqua : « Je pense que c'est l'Ufficio Tecnico qui est responsable du bon écoulement de l'eau, indépendamment de sa qualité.

— C'est pourquoi il était si régulièrement en contact avec eux et avec le laboratoire ?

— Probablement. Quand il était sur le terrain, en train de prélever les échantillons, il pouvait avoir des questions à poser à ces deux secteurs. »

Elle fit un signe d'assentiment, car l'explication lui convenait.

Brunetti tapota un nom sur l'une des dernières pages en se tournant vers la signorina Elettra. « Pourquoi aurait-il appelé le Ministero dell'Ambiente[1] à Rome puis, dans l'heure suivante, quatre autres numéros de ce même ministère ? Il les a joints de son *telefonino*, pas de son téléphone professionnel.

— Je l'avais remarqué, répliqua la signorina Elettra. Il est possible qu'il leur ait demandé des informations pendant qu'il

1. Ministère de l'Environnement.

travaillait en extérieur. » Brunetti lui passa les documents. Elle feuilleta les pages suivantes et s'arrêta sur deux autres listes. « Il a appelé le bureau d'Italia Nostra[1] au cours de ce mois-ci et puis, immédiatement après, continua-t-elle en pointant l'heure de ce coup de fil, il a composé un numéro privé attribué à un homme décédé.

— Pardon ? fit Brunetti.

— Eh bien, la personne à qui ce numéro est attribué – et dont le nom figure sur les factures – est morte il y a trois ans.

— Il pourrait donc s'agir de n'importe qui, conclut Griffoni, comme si elle avait achevé spontanément la phrase de la signorina Elettra. Je pense que les gens ne se soucient plus de changer de nom, sinon ils doivent payer pour la clôture de l'ancienne ligne et payer pour l'ouverture de la nouvelle. Pourquoi s'embêter à le faire ? »

La signorina Elettra, tout comme Brunetti, trouva que cette question ne méritait pas de réponse. « Comment avez-vous réussi à savoir que cette personne était décédée ? » s'enquit le commissario.

Avant de répondre, la signorina Elettra revint s'asseoir dans son fauteuil, comme si la proximité de son ordinateur légitimait davantage la moindre de ses déclarations. « Dans un premier temps, j'ai cherché dans les dossiers de la Telecom pour voir à qui correspondait ce numéro et à quelle adresse il était rattaché, puis j'ai vérifié auprès de l'Ufficio Anagrafe[2] si cet usager était encore domicilié à la même adresse, mais cet homme est mort il y a trois ans.

— Qui habite là maintenant ? demanda Griffoni.

1. Association pour la sauvegarde du patrimoine culturel, artistique et naturel, fondée à Rome en 1955.

2. Bureau de l'état civil.

— Sa femme – sa veuve – et un homme qui pourrait être son fils, Giacomo Braga, qui porte le même nom de famille que le défunt.

— Ce numéro est-il attribué près d'ici ? s'enquit Brunetti.

— Vous voulez dire en ville ?

— Oui.

— À la Giudecca, précisa la signorina Elettra.

— Avez-vous trouvé des informations sur ce…, commença Brunetti, puis il jeta de nouveau un coup d'œil sur le papier en énonçant : "Giacomo Braga" ?

— Il y a sept pages de noms, dottore, répliqua-t-elle, le sourire aux lèvres.

— Bien sûr, bien sûr. Pouvons-nous en avoir une copie ? demanda-t-il en incluant Griffoni.

— Mais certainement, signore. Je l'ai déjà imprimée. »

Elle prit les papiers posés de l'autre côté de son bureau et les tendit à Griffoni.

Brunetti la remercia d'un signe de tête. « Nous allons les examiner.

— Je vous en prie. Dites-moi si je puis faire autre chose pour vous.

— Peut-être pourriez-vous chercher à quels bureaux sont attachés ces numéros, ceux du ministère de l'Environnement ?

— Très volontiers, signore », répondit-elle.

En allant dans son bureau, Brunetti expliqua à Griffoni combien étaient importantes les dates auxquelles Fadalto avait déposé l'argent en espèces, car elles démontraient sa tentative de garder sa femme un mois de plus dans la clinique privée. Une fois arrivé, il commença par déplacer son ordinateur sur le côté et par dégager de l'espace sur la table, puis il dégrafa les papiers et les rangea par ordre chronologique, de gauche à droite.

Griffoni comprit immédiatement sa tactique et l'aida. Tous deux mirent entre crochets les appels passés la semaine précédant les trois virements effectués sur son propre compte bancaire.

« Il a essayé auprès de trois banques, constata Griffoni en descendant le doigt le long des noms des établissements que Fadalto avait appelés.

— La première est sa propre banque, affirma Brunetti, se souvenant du nom inscrit sur les dossiers financiers de Fadalto. Il a dû appeler les autres quand ils lui ont refusé cette opération.

— Et vive la fidélisation de la clientèle de la part de votre cher banquier de quartier ! » ironisa-t-elle.

Embarrassé à l'idée de devoir défendre l'intégrité d'une banque, Brunetti nuança : « Si la personne à qui il a parlé avait ses relevés de compte sous les yeux, il ou elle pouvait voir que Fadalto avait retiré presque toutes ses économies les deux mois précédents. En fait, il est tout à fait possible qu'il leur ait expliqué pourquoi il avait besoin de cet argent. »

Griffoni le regarda dans les yeux en secouant lentement la tête. « Des cœurs de pierre, ces banques, assena-t-elle, et elle reporta son attention sur la période correspondant au transfert de la signora Toso de la clinique aux soins palliatifs. Selon quels critères allons-nous évaluer l'importance de ces appels ?

— Commençons par les appels inhabituels, passés en dehors de la famille ou des amis.

— Dans ce cas, répliqua-t-elle instantanément, ses coups de fil au ministère de l'Environnement en sont un excellent exemple.

— Tout comme celui passé à Italia Nostra », confirma-t-il. Brunetti connaissait mal cette organisation dédiée notamment à la protection de l'environnement, mais le fait qu'un si grand nombre de personnes qu'il n'appréciait guère au plan politique la dénigraient l'avait toujours bien disposé en sa faveur.

Il alla à la fenêtre et s'interrogea sur les indices qui les invitaient tous deux à considérer ces appels particuliers comme sortant de l'ordinaire, alors qu'ils ignoraient ceux que Fadalto aurait qualifiés de cette façon, hormis ceux passés à sa famille ou à la clinique, puis à l'hôpital.

« Combien de temps après son appel à Italia Nostra a-t-il téléphoné à cet homme de la Giudecca ? » demanda-t-il.

Griffoni consulta les listes. « Giacomo Braga, spécifia-t-elle, puis elle ajouta : Une minute après avoir raccroché.

— Cela signifie qu'ils lui ont donné son numéro de téléphone. »

Elle acquiesça en signe d'approbation, sans rien dire. Puis elle se saisit d'un des papiers et lui lança : « Tu veux le numéro ? »

Brunetti revint à son bureau et décrocha son téléphone professionnel : il composa le numéro au fur et à mesure que Griffoni lui dictait les chiffres.

À la septième sonnerie, une voix d'homme répondit : « Braga », sans un mot de plus.

« Signor Braga, je suis le commissario Guido Brunetti, dit-il en vénitien. Je vous appelle au sujet d'un coup de fil passé à ce numéro par un certain Vittorio Fadalto. » Il prit le document que lui tendit Griffoni et précisa : « Le 4 juillet, à 15 h 21.

— S'agit-il d'une menace ? s'enquit son interlocuteur.

— Non, pas du tout, signore. Je vous ai précisé ce détail uniquement pour vous communiquer que nous sommes au courant de cet appel.

— Puisque tout porte à croire que vous êtes de la police, vous devez aussi savoir que le signor Fadalto est mort ?

— Oui, confirma Brunetti d'un ton neutre.

— Je pourrais donc tout bonnement vous raconter qu'il m'a appelé pour me demander de m'abonner au *Gazzettino* ?

— *Oddio*[1] *!* s'exclama Brunetti avec un faux étonnement, quels propos fort désagréables vous tenez là, au sujet d'un homme qui n'est plus là pour se défendre. »

L'homme éclata d'un rire proche d'un aboiement, puis sombra dans un si long silence que Brunetti se sentit obligé d'ajouter : « Je n'avais pas l'intention de manquer de respect au signor Fadalto, si c'était un de vos amis.

— Non, ce n'était pas du tout un de mes amis, rétorqua Braga. Mais il aurait pu en devenir un, ajouta-t-il.

— Alors, je vous prie de m'excuser pour ma remarque, déclara Brunetti avec la plus grande sincérité.

— Vous n'avez pas besoin de vous excuser, commissario. Nous ne nous sommes parlé qu'une fois, et encore pas très longtemps.

— Pouvez-vous me faire part de cette conversation, signor Braga ? »

Après un moment d'hésitation, ce dernier répliqua : « Pas au téléphone.

1. Mon Dieu.

— Dites-moi si vous voulez me rencontrer, et si oui, où et quand.

— N'est-ce pas la police qui donne des ordres aux gens d'habitude et qui leur intime, sous peine de menaces, d'aller à la questure après avoir été sommés de le faire ?

— Je pense que c'est l'image qu'en donne essentiellement la télévision. Ceux d'entre nous qui y travaillent, dans un bâtiment sans air conditionné, cherchent toujours une bonne excuse pour s'échapper.

— Seriez-vous disposé à venir à la Giudecca ?

— Seulement si je peux venir accompagné d'une de mes collègues. Elle est napolitaine et je profite de toutes les occasions pour la mettre en contact avec le dialecte vénitien, pour l'aider à s'intégrer plus facilement.

— Je peux vous retrouver tous les deux à la Palanca dans une demi-heure, proposa Braga, puis, d'une voix plus légère, et s'imaginant peut-être pouvoir jouer un tour à la police, il ajouta : Mais uniquement si elle est grande, blonde et belle.

— Nous sommes là dans une demi-heure », répondit Brunetti du ton le plus sérieux, puis il raccrocha et fit signe à Griffoni qu'ils partaient.

16

Ils prirent le n° 2 sur la Riva degli Schiavoni et arrivèrent à l'arrêt Palanca exactement trente minutes après que Brunetti eut raccroché. Il ne songea pas un seul instant que quelqu'un pouvait venir les chercher, que ce soit à l'*imbarcadero* ou – plus impensable encore – sur la *riva*. Il emmena Griffoni directement à la Palanca.

Cela faisait des mois qu'il n'était pas allé à la Giudecca et des années qu'il n'avait pas mis les pieds dans ce bar mais, au moins, celui-ci n'avait pas changé. Ses *tramezzini*, dont il se souvenait encore, étaient disposés derrière une vitrine et, appuyés au comptoir, des hommes fatigués buvaient du café ou du vin blanc, voire de l'eau.

Quatre femmes, dont une en tablier, étaient assises à une table vers l'arrière ; trois adolescents étaient installés autour d'une petite table ronde, les yeux rivés sur leur smartphone. Ils se donnaient des coups de coude de temps à autre en se montrant réciproquement leurs écrans. Un homme aux cheveux blancs était assis, seul, à une table au fond du bar, avec *Il Gazzettino* plié devant lui.

Ils s'approchèrent de lui et Brunetti lui demanda : « Signor Braga ? »

Braga se leva et lui tendit la main. Rasé de près et très grand, il avait une épaisse moustache grise et portait des lunettes avec une monture ronde en métal presque de la même couleur. Il devait avoir une petite cinquantaine d'années, mais faisait bien plus jeune. « Commissario, dit-il, merci d'être venu me rencontrer. » Il s'exprimait en italien, pas en vénitien, mais il parlait avec la mélodie caractéristique du nord-est.

Griffoni lui tendit la main, en précisant : « Et merci de parler en italien : je pourrai suivre ainsi plus facilement la conversation.

— Et y contribuer, j'espère », répliqua Braga avec un sourire admiratif.

Elle lui sourit en retour et s'exclama : « Comme c'est aimable à vous ! »

Braga se pencha pour tirer une chaise pour Griffoni, tandis que Brunetti en prenait une. Comme dans son souvenir, le service à la Palanca avait conservé son rythme typiquement local et il s'assit en tournant le dos au comptoir, dans l'espoir que cette position retarderait davantage encore la venue du serveur.

« Puis-je commencer ? » demanda Brunetti après avoir laissé passer suffisamment de temps pour entamer la conversation.

Braga approuva d'un signe de la main.

« Vittorio Fadalto a été tué dans un accident de la route près de Quarto d'Altino. Il a perdu le contrôle de sa moto, dont la roue avant s'est retrouvée dans un canal peu profond, longeant la chaussée : le signor Fadalto est tombé à l'eau et s'est noyé. Son corps a été découvert un peu plus tard par quelqu'un qui passait par là en voiture et a aperçu la lueur du phare de sa moto. »

Brunetti marqua une pause pour voir si Braga avait des questions à lui poser. Face à son silence, il poursuivit :

« La police a demandé à toute personne qui aurait pu être témoin de l'accident de se manifester, mais personne ne l'a fait. »

Un serveur s'approcha de leur table afin de prendre leur commande.

Brunetti remarqua que Braga n'avait encore rien consommé. « Peut-être pourrions-nous effectivement prendre quelque chose ? » proposa-t-il. L'heure du déjeuner était proche, mais il avait toujours apprécié les *tramezzini* de ce bar. Griffoni et Braga commandèrent un café, et Brunetti pria le serveur d'apporter un assortiment de *tramezzini* de son choix, une bouteille d'eau minérale et trois verres.

« Que s'est-il passé, à votre avis ? » demanda Braga après que le serveur fut retourné au comptoir.

Brunetti s'écarta de la table et croisa les jambes. « Je n'en ai aucune idée, mais j'envisage différentes possibilités.

— C'est-à-dire ? s'enquit Braga.

— Fadalto était fatigué et il a perdu le contrôle de sa moto. Quelqu'un lui est rentré dedans sans s'en rendre compte. Ou quelqu'un lui est rentré dedans, a paniqué et s'est enfui sans s'arrêter. Ou bien quelqu'un lui est rentré dedans et s'est bien arrêté, mais, à la vue de la moto et de Fadalto dans l'eau – en admettant qu'il ou elle ait pu voir car il faisait nuit –, cette personne a paniqué et s'est échappée. Ou encore, suggéra-t-il, quelqu'un l'a suivi et, une fois Fadalto arrivé dans un endroit isolé, a accéléré, foncé sur lui et provoqué l'accident. »

Braga acquiesça. Griffoni fit de même.

« La dernière hypothèse exige un mobile, nota Braga.

— C'est précisément l'objet de notre recherche, confirma Brunetti.

— Et vous comptiez sur moi pour vous le fournir ? » s'enquit Braga calmement.

Griffoni intervint : « Personne n'espère quoi que ce soit, signore, du moins ni le commissario ni moi.

— Pourquoi ? Cela justifierait votre enquête.

— Il n'y a pas de véritable enquête, en tout cas pas pour le moment, signor Braga, indiqua-t-elle, puis, sans lui laisser le temps de protester, elle ajouta : Il se peut que la conclusion soit tout simplement la perte du contrôle de sa moto. Ce qui est mieux pour ses enfants, d'un côté.

— Je ne comprends pas, dit Braga.

— Parce qu'ainsi ils ne soupçonneront pas, pendant toute leur vie, que quelqu'un a tué leur père puis commis un délit de fuite, ni se demanderont pourquoi quelqu'un a voulu l'assassiner. » Comme il gardait le silence et s'abstenait de tout commentaire, elle conclut : « Et leur vie ne sera pas gâchée par un désir de vengeance. »

Braga fit un geste dans la direction de Brunetti en déclarant : « Votre collègue m'a appris que vous étiez napolitaine. » Elle hocha la tête. « Et on m'a toujours dit que les gens du Sud passaient leur vie assis, à ruminer de vieilles offenses et à ne songer qu'à la vindicte.

— Et j'ai entendu dire qu'ils battaient tous leurs femmes et leurs enfants et qu'ils ne mangeait que des pâtes et de la mozzarella. » Elle se tut quelques secondes avant d'ajouter : « Avec les mains. »

Braga sourit et s'apprêtait à réagir lorsque le serveur arriva avec leur commande sur un grand plateau. Il posa les cafés devant eux deux, mit la bouteille d'eau pour Brunetti et distribua les serviettes, les assiettes et les verres, puis plaça l'assiette de *tramezzini* au milieu de la table. Il partit ensuite vers la table voisine demander au groupe de femmes si elles désiraient autre chose.

Les sandwichs débordaient de jambon, d'œuf, de tomates, de salade de thon, de *radicchio*[1], de *rucola*[2], de crevettes, d'artichaut, d'asperges et d'olives. Brunetti les compta : il y en avait sept. Le sandwich en plus était-il censé jouer le rôle provocateur de la pomme de discorde ou constituait-il une sorte de pourboire à l'envers, étant donné qu'il leur était offert ?

Brunetti remplit les trois verres et en fit glisser un vers Braga. « Comme vous l'avez compris, poursuivit-il, nous avons un dossier avec les appels du signor Fadalto passés depuis son *telefonino*. Il a contacté, ce mois-ci, Italia Nostra et, moins d'une minute après ce coup de fil, il vous a appelé. Je suppose qu'ils lui ont donné votre numéro, ce qui lui a permis de vous appeler directement, sauf s'il vous connaissait déjà et avait donc votre numéro. »

Braga prit son verre et l'entoura des deux mains. « C'est tout à fait cela ; ils lui ont donné mon numéro et il m'a appelé après leur avoir parlé. »

Cette fois, c'est Griffoni qui brisa le silence qui s'ensuivit. « Pourquoi vous a-t-il téléphoné ? »

Braga posa son verre sans y avoir encore touché et se tourna dans sa direction : « Je suis journaliste. Ou, plutôt, j'étais journaliste jusqu'à ces deux dernières années, puis j'ai été licencié. » Il fit un sourire en coin, en nuançant : « Licencié n'est pas le terme exact : disons que mon contrat n'a pas été renouvelé.

— Pour qui écriviez-vous ? » s'enquit-elle.

1. Salade blanche et rouge originaire de Trévise.
2. Roquette.

Braga mentionna un des magazines d'actualités nationaux, connu pour ses opinions de gauche, ses prises de risques et sa tendance à dénoncer les faits.

« Que s'est-il passé ? » s'informa Griffoni.

Braga rapprocha l'assiette de *tramezzini* et en prit un au hasard. Il en mordit un angle et souleva sa serviette pour s'essuyer la bouche, puis il posa sa tasse de café sur le côté et plaça le reste du sandwich sur la soucoupe. « Je les ai surestimés, je crois. Après des années de collaboration, j'aurais dû m'apercevoir combien leurs gros titres étaient choquants par rapport aux histoires racontées. »

Il haussa les épaules. « Mais j'y croyais ferme et je passais outre cet aspect, comme bien d'autres détails. » Il s'apprêtait à se saisir d'un sandwich, mais il retira sa main et recula sur sa chaise.

« J'ai écrit un article sur l'issue négative des poursuites engagées contre la société qui possède l'usine responsable de la pollution des nappes phréatiques près de Vérone : j'ai donné le nom la société, puisqu'il figurait déjà dans les documents judiciaires. » Il but une longue gorgée d'eau et termina son sandwich.

« Deux semaines plus tard, on m'a dit que mon contrat ne serait pas renouvelé parce que mon poste avait été supprimé. »

Comme il se tut après cette révélation, Brunetti demanda : « Je ne vois pas bien le lien de cause à effet. »

Braga fit un sourire radieux. « C'est exactement ce qu'a déclaré mon délégué syndical.

— Savez-vous pourquoi le poste a été supprimé ? » s'informa Griffoni.

Il leva son verre en signe de salut : « J'ai appris plus tard que le conglomérat qui détient l'usine mise en cause possède aussi les trois principaux annonceurs de la revue.» Son sourire flottait toujours sur sa bouche, mais il avait perdu de son intensité.

«Lorsque je l'ai signalé à mon syndicat, ils m'ont dit qu'ils ne voyaient pas où était le lien entre ces faits.» Il pencha alors la tête pour examiner l'assiette de *tramezzini* et en choisit un autre.

Brunetti attendit que Griffoni se soit servie et en prit un pour lui-même. Tous trois mangèrent en silence, puis Griffoni finit par lâcher: «Est-ce que le signor Fadalto vous a appelé au sujet de cet article?

— Il l'avait lu effectivement et m'a demandé si je travaillais toujours sur cette thématique.

— La contamination de l'eau? précisa Brunetti, afin d'éviter toute ambiguïté.

— Oui, confirma Braga. Il voulait savoir si j'envisageais de continuer à écrire sur ce sujet.»

Personne ne souffla mot.

«Je lui ai dit que je ne travaillais plus. Comme nous ne nous étions jamais rencontrés, il n'avait aucune idée de mon âge et m'a demandé si j'avais pris ma retraite. C'était l'explication la plus rationnelle, je suppose. Il s'était passé deux ans, après tout. Je lui ai dit que non, que j'avais été licencié pour avoir écrit cet article et qu'il y avait peu de chances que je puisse en publier un autre après tout ce temps.

— Comment a-t-il réagi? s'enquit Griffoni.

— Au début, il était très fâché, mais je lui ai dit que toute colère était désormais inutile: cela ne servait à rien. Il s'est calmé à ces mots et m'a demandé si je risquais de revenir sur mes positions. Comme je lui ai dit que je n'avais aucune raison de le faire, car rien ne me rendrait mon emploi, il m'a remercié pour le temps que je lui avais accordé et a raccroché.

— Vous a-t-il recontacté ? demanda Griffoni.

— Non.

— Comment avez-vous appris qu'il était mort ? s'enquit Brunetti.

— J'ai beau ne plus être journaliste, je continue à lire les journaux et les revues. Et vous savez combien *Il Gazzettino* raffole de ces histoires sur les potentiels chauffards en délit de fuite. Même s'ils préfèrent généralement celles qui finissent par la mort d'un enfant ou d'une grand-mère.

— Il vous a juste demandé si vous étiez disposé à écrire un autre article ? insista Brunetti.

— Oui.

— Et il ne vous a rien dit sur lui ou sur son activité ?

— Non, rien.

— Bizarre », murmura Griffoni, comme pour elle seule.

Braga secoua la tête. « Ce n'est pas bizarre du tout. » Ayant captivé leur attention par cette remarque, il expliqua : « Il avait un objectif en tête au moment de son coup de fil : susciter mon intérêt pour toute information qu'il détenait sur de l'eau contaminée – sinon, pour quelle autre raison m'aurait-il demandé si j'étais prêt à écrire un nouvel article ? Et lorsque je lui ai dit que non, je ne présentais plus le moindre intérêt à ses yeux car je ne pouvais pas lui être utile. Donc, il a raccroché. » Il but une gorgée de son eau, posa le verre sur la table et assena : « C'est exactement ce que j'ai fait toute ma vie : je cherchais les gens qui pouvaient être utiles pour les histoires que j'étais en train d'écrire et, s'ils ne l'étaient pas, je ne gâchais pas leur temps ni le mien.

— Est-ce une façon subtile de nous faire comprendre que nous devons cesser de vous poser des questions et nous en aller ? » demanda Griffoni d'un ton amical.

Braga éclata de rire. « Dieu merci, non. C'est tout à fait le contraire : j'essayais de vous dire que vous n'avez aucune obligation de rester ici plus longtemps à me parler. Je suis sûr que vous avez des choses plus importantes à régler.

— Parler avec vous est important, répliqua Brunetti. Cette conversation nous a révélé les réflexions ou les potentiels projets de Fadalto. » Il ne vit aucune raison de ne pas afficher la confiance que lui inspirait Braga, d'autant plus qu'il voulait savoir ce que pensait ou soupçonnait ce dernier au sujet de Fadalto.

« Comment avez-vous entendu parler de cette usine ? » s'informa Griffoni.

Braga planta ses coudes sur la table et se frotta les tempes. « La sœur de ma femme vit là-bas et un de ses petits-enfants est une des victimes de cette affaire de PFAS[1]. Quand elle nous en a parlé, il y a des années, elle a dit que l'usine était fermée depuis une éternité, mais que cette substance était encore présente dans le sol et dans l'eau courante. Beaucoup d'enfants de cette région en ont dans le sang. » Il enfouit le menton dans ses mains et se tut.

« Est-il souffrant ? demanda Griffoni.

— On lui a fait faire toute une batterie de tests. Il est sujet aux infections respiratoires. Il tombe souvent malade et manque régulièrement l'école. Mais il n'y a pas vraiment de preuve réelle que le PFAS en soit la cause. »

Baissant les yeux sur la table, il secoua la tête à plusieurs reprises. « On dit que cela affecte les adultes, aussi. Sur le plan des hormones, je crois. Mais vous savez à quel point il est difficile de dénoncer une substance dangereuse : combien

1. Substances per- et polyfluoroalkylées, présentes dans l'eau, les aliments ou les emballages alimentaires.

de temps a-t-il fallu avant que l'on reconnaisse le danger du tabac ? Même si j'ai écrit cet article et lu toute la littérature possible sur la question, je ne peux pas en affirmer la responsabilité. Non, attendez un moment, dit-il en agitant les mains en l'air comme s'il craignait de se faire renverser par une charrette. Je ne peux pas l'affirmer avec des preuves scientifiques concrètes, mais dans cette région il y a tellement d'habitants – pas seulement des enfants – présentant les mêmes problèmes que tout porte à croire que le PFAS en est la cause. Si nous en avions la certitude, ces problèmes seraient considérés comme des "symptômes", mais en l'état actuel des choses, nous ne pouvons que les désigner sous le terme de "problèmes". »

Il déplaça son verre puis posa les mains sur ses genoux. « Que peuvent bien faire les gens vivant dans toutes ces petites villes et tous ces villages ? Quitter leur emploi et abandonner leur maison, pour recommencer une nouvelle vie ailleurs ? » Puis, soudain incapable de réprimer sa colère, il s'écria : « Comment peut-on exiger d'eux de faire semblant d'ignorer qu'on est en train de tuer leurs enfants ? » Il se calma et raconta, d'une voix fatiguée : « Quand j'enquêtais là-bas, les gens me disaient que même leurs chiens étaient atteints. »

Brunetti écarta sa soucoupe : il n'avait plus envie de manger son sandwich ; Griffoni fit de même.

Braga se leva à leur grande surprise. Il se pencha vers eux et leur serra la main d'une manière très formelle. « Merci pour l'attention que vous m'avez prêtée. J'aurais aimé vous en dire davantage sur le signor Fadalto, ce qui vous aurait permis d'établir plus facilement les liens auxquels vous songez, mais je vous ai tout dit de notre très brève conversation. »

Ils se levèrent aussi. Braga n'attendit pas de voir quelle décision ils prendraient ; il alla parler à l'homme derrière le comptoir, puis il se dirigea vers la porte et sortit, sans se retourner pour les regarder.

Brunetti et Griffoni finirent leurs verres d'eau car les sandwichs leur avaient donné soif et se résolurent à partir d'un accord tacite. Brunetti gagna le comptoir et sortit son porte-monnaie, mais le barman leva la main : « C'est déjà réglé, signore.

— Mais ce n'était pas mon intention », protesta Brunetti, confus que Braga les ait invités. Lui qui voyait dans l'avarice le pire des vices avait horreur de ne pas payer l'addition, un principe qu'il tenait de son père qui, tout pauvre qu'il fût, considérait comme un déshonneur de ne pas offrir un café, une boisson ou un repas.

Il revint à la table et glissa un billet de 5 euros sous l'assiette de *tramezzini* qu'ils n'avaient pas terminée. Il n'avait pas pu payer l'addition, mais il pouvait au moins laisser un généreux pourboire.

17

Ils prirent place sur l'*imbarcadero* presque vide pour attendre le n° 2 qui devait les emmener de l'autre côté du canal della Giudecca, puis Brunetti regarda sa montre et vit qu'il était 11 heures passées.

« Est-ce le moment d'aller parler à la sœur de la signora Toso ? » demanda-t-il à Griffoni. Il avait évité cette question jusque-là, sans aucun doute par lâcheté émotionnelle. Ce n'était pas un hasard s'il avait proposé de procéder à cet entretien en présence de Griffoni. Ils avaient partagé des situations de grand danger, mais c'était sa capacité à traiter avec des personnes complètement perdues à la suite d'un deuil ou d'une trahison qui l'impressionnait le plus et lui procurait la plus grande stabilité. Naples avait été assujettie à tellement d'envahisseurs, songea-t-il, que sa collègue pouvait très bien être la descendante d'un guerrier viking, dont la vaillance s'était renforcée au fil des siècles et transformée en une éthique fondée sur le courage.

«J'attendais que tu t'y décides», répondit-elle, les yeux rivés sur les façades des *palazzi* se dressant sur la rive opposée du canal.

Brunetti sortit son calepin, chercha le numéro de Maria Grazia Toso et le composa.

Après seulement quelques sonneries, une voix de femme répondit : « *Pronto.*

— Signora Toso ?

— *Sì.*

— Signora, je suis le commissario Guido Brunetti. J'ai parlé à votre sœur avant sa mort et je voudrais m'entretenir avec vous à ce sujet. » Ces propos semblèrent guindés et artificiels même à ses propres oreilles, et l'expression qu'il nota sur le visage de Griffoni le conforta dans cette sensation.

Comme la femme ne disait rien, Brunetti poursuivit : « J'aimerais clarifier certains de ses propos et j'aimerais aussi vous parler de son défunt mari, Vittorio Fadalto.

— Elle n'est même pas encore enterrée, rétorqua-t-elle durement, qu'il est déjà en train de lui causer des problèmes. C'est le comble ! »

Brunetti attendit qu'elle s'étende davantage sur le sujet, mais elle s'en abstint. « C'est précisément la raison pour laquelle je souhaiterais discuter avec vous, signora, dit-il calmement.

— À quel sujet ?

— Les problèmes que son mari lui causait.

— Comment pouvez-vous affirmer cela ? s'enquit-elle, de la curiosité dans la voix.

— Je l'ai déduit de certains détails, même si votre sœur n'a jamais rien révélé explicitement. »

Elle émit un bruit bizarre que Brunetti interpréta comme une tentative de rire. « Eh bien, c'est du Benedetta tout craché ; loyale, jusqu'au bout.

— Je ne saurais le dire, signora. Je l'ai connue très peu de temps.

— Rappelez-moi dans dix minutes », lui suggéra-t-elle, puis elle raccrocha.

Lorsque Brunetti mit son téléphone dans sa poche, Griffoni détourna son attention des façades et lui demanda : « Alors ?

— Elle m'a dit de la rappeler dans dix minutes. »

Griffoni vit le vaporetto quitter l'arrêt Redentore. « Le temps que le bateau arrive ici et que nous traversions le canal, ce sera le moment de l'appeler », conclut-elle en se levant.

Brunetti fit de même, puis ils montèrent dans le vaporetto. Griffoni, nota-t-il, était de nouveau fascinée par les édifices se dressant sur la rive opposée. « On ne voit jamais rien de tel, déclara-t-elle. On peut apercevoir les bâtiments au bord de l'eau si l'on arrive en bateau, mais ils sont construits le long de routes engorgées de voitures et de plages bondées, ce qui fait qu'on ne les considère jamais comme de vrais appartements, habités par des gens. Alors qu'ici, on dirait des bâtiments dans une rue normale, qui se font pendant de chaque côté, sauf que les rues sont faites d'eau. » Elle secoua la tête, amusée. « Et sans la moindre voiture. »

Elle se tourna vers Brunetti et précisa : « J'y suis habituée, à présent, à cette absence de voitures. Pas de bruit, pas de klaxons, pas de *motorini*[1]. Maintenant, quand je retourne à Naples, je ne supporte plus le bruit et le chaos. » Sans lui laisser le temps de rectifier le tir, elle nuança : « Je sais, je sais, il y a trop de gens ici, mais il n'y a pas de bruit. » Elle le professa, tel un croyant apercevant pour la première fois les tours de Jérusalem.

« Est-ce que tu t'es rendu compte, Claudia, qu'il y a un an, tu aurais dit : quand je rentre chez moi. »

Elle porta la main à sa bouche, puis saisit le bras de Brunetti : « Ne le dis pas à ma mère. »

1. Mobylettes.

Leur vaporetto heurta le ponton sur les Zattere et Griffoni suivit le flot des passagers. Elle attendit sur l'embarcadère que Brunetti descende à son tour. Il sortit son téléphone et appuya sur la touche bis, puis tourna le haut-parleur pour permettre à Griffoni d'entendre.

« Signor Brunetti ? demanda la signora Toso lorsqu'elle décrocha.

— *Sì*.

— J'ai appelé la dottoressa Donato. »

Résistant à la tentation de lui dire qu'il s'en était douté, Brunetti se limita à émettre un doux « Ah ».

— Elle m'a certifié que je pouvais vous faire confiance, ainsi qu'à votre collègue napolitaine.

— C'est très flatteur pour nous, répliqua Brunetti en regardant Griffoni qui leva les pouces en l'air d'avoir gagné le respect d'une telle femme.

— Que voulez-vous savoir ? s'enquit-elle, sur un ton hâtif.

— Signora, je pense que nous ne pouvons pas avoir cette conversation au téléphone. Serait-il possible de venir vous parler chez vous ou de nous rencontrer quelque part, si c'est mieux pour vous ? »

Après une pause, elle s'informa : « Cet entretien pourra-t-il aider les filles ? Quels que soient mes propos ? » Sa voix transpirait l'urgence, l'inquiétude.

« Tout dépend de ce que vous nous direz, signora. Nous n'avons pas exclu l'éventualité que le signor Fadalto ait été tué intentionnellement. Vous seule êtes à même de juger dans quelle mesure cette révélation pourrait affecter ses enfants. »

Elle ne répondit pas. Le silence dura un long moment.

Griffoni alla vers lui et prit le téléphone entre ses mains, à la manière d'un sandwich. « Dis-lui que Fadalto travaillait pour une bonne cause, lui souffla-t-elle à voix basse, puis elle retira ses mains.

— Signora, nous pensons tous deux qu'il s'était lancé dans une entreprise qu'il estimait positive.»

Elle rétorqua immédiatement: «C'est très courant chez les hommes.»

Brunetti fut interloqué. «Pouvons-nous venir vous parler, signora?

— Où êtes-vous?

— À l'arrêt des Zattere.

— J'habite à côté de chez Tonolo, expliqua-t-elle, en désignant la *pasticceria*[1] légendaire. Passez devant, puis traversez le Ponte delle Gomme. C'est la troisième maison sur la gauche, au numéro 42.

— Et je sonne à quel nom?

— Toso», répondit-elle en raccrochant.

Brunetti se tourna vers Griffoni pour avoir son avis, mais il fut surpris par sa question: «Guido, au nom du ciel, comment aurais-je pu trouver cette maison?

— Elle vient de te le dire.»

Griffoni le regarda, puis jeta un œil des deux côtés, à la manière d'un oiseau curieux. «Tonolo, répéta-t-elle. D'accord, je sais où c'est. J'aime leurs gâteaux. Mais je n'ai jamais entendu parler de ce pont des chewing-gums.»

Brunetti le connaissait depuis toujours: c'était le pont qui conduisait de l'université à Piazzale Roma, où les étudiants qui vivaient sur le continent allaient prendre leur bus et sous lequel, semblait-il, beaucoup d'entre eux collaient leurs chewing-gums. Plutôt que d'en expliquer la raison, il se limita à dire: «C'est ainsi que l'on appelle le

---

1. Café-pâtisserie.

pont après Tonolo, celui qui est sur le chemin de Piazzale Roma. »

Griffoni sortit de l'*imbarcadero* et il la suivit dans la lumière violente du soleil. Une fois sur le quai, elle regarda du côté de San Basilio. « J'imagine que c'est par là, suggéra-t-elle en indiquant le port.

— Oui, mais ne prenons pas la *riva*, pas à cette heure-ci, dit-il. Nous allons mourir de chaud. »

Il l'emmena vers le pont, tourna à droite le long du canal en direction d'un deuxième pont, puis prit une rue étroite bordée d'un canal, surgissant de nulle part, et un autre pont suivi d'un passage couvert. Griffoni lui emboîtait le pas. Brunetti ne marqua aucune pause, examina les bâtiments de l'autre côté du canal, ralentit pour regarder un cormoran plonger sous l'eau et reprit sa marche. Ils traversèrent le campo San Barnaba, se dirigèrent vers le campo Santa Margherita, passèrent un pont et un autre encore immédiatement après sur la gauche, puis, à la fin de la rue, ils tournèrent de nouveau à gauche et, lorsqu'ils s'arrêtèrent, ils étaient devant un bâtiment affichant le numéro 42 sur la porte.

Il sonna ; Griffoni était figée sous l'effet de la surprise. Après un moment, la porte s'ouvrit et ils entrèrent. Parvenus au troisième étage où se trouvaient deux appartements, ils virent une femme grande et mince, avec des cheveux foncés lui arrivant aux épaules. Elle se tenait dans l'embrasure de la porte qu'elle avait laissée ouverte derrière elle. « Je suis Maria Grazia Toso », se présenta-t-elle en tendant la main. Elle invita Griffoni et Brunetti à entrer.

Si un peintre avait réalisé le portrait de Benedetta Toso, le tableau terminé aurait certainement évoqué la beauté de sa jeunesse, encore intacte. S'il avait peint cette femme, les traits auraient été bien moins définis. Brunetti ne pouvait évaluer si elle était plus jeune ou plus âgée que sa sœur, ni jauger combien elles avaient d'années de différence, mais elles étaient à l'évidence deux sœurs : il suffisait de regarder leurs yeux et leur bouche.

Ce qui frappa tout d'abord Brunetti fut la température, car il faisait plus chaud dans l'appartement qu'à l'extérieur, même si cette sensation pouvait s'expliquer par le fait d'avoir monté l'escalier.

Il se trouvait à l'arrière de l'édifice ; depuis la grande fenêtre située à l'extrémité d'un grand couloir, il vit, au-dessus de trois petits bâtiments situés sur la rive gauche du rio San Pantalon, un fragment de la tour du campo Santa Margherita et les terrasses le dominant tout autour. Comme il ne les aperçut qu'à travers une série de fenêtres encadrées d'huisseries en bois, il eut tout d'abord l'impression d'un immense trompe-l'œil[1] et ce n'est qu'en regardant plus attentivement qu'il se rendit compte qu'il s'agissait purement et simplement de la magnificence habituelle de la ville.

Vu le motif de leur visite, il ne put féliciter la signora Toso pour la beauté de cette vue sur Venise et il entra dans le salon où elle les conduisit, cherchant des yeux un endroit où ils pourraient s'asseoir et discuter.

Il fut effaré par la première vision de cette pièce. Le sol était couvert d'un mélaminé en plastique de couleur claire qui ne tentait même pas d'imiter le bois. Un énorme canapé en velours vert avait été placé dos à la fenêtre et face à trois fauteuils en plastique rouge. Les côtés étaient aussi en plastique foncé et dévoilaient d'affreux pieds fins en métal noir.

Les murs présentaient des reproductions de tableaux : *Les Tournesols* de Van Gogh ; un des modèles de Vermeer

---

1. En français dans le texte.

dans une posture d'attente ; un portrait de vieille femme de Rembrandt et, à sa grande surprise, *Le Radeau de la Méduse*. Brunetti était désolé que les gens figurant dans ce dernier tableau aient survécu au naufrage pour passer finalement le restant de leur vie à regarder ce canapé.

Tout était d'une propreté exemplaire ; les babioles en verre disposées dans la vitrine en plastique accolée au mur opposé brillaient dans la lumière qui inondait l'appartement. Trois toréadors en verre, faisant grise mine, agitaient leurs capes de cristal dans ces mêmes rayons de soleil.

Il s'installa dans l'un des fauteuils, forçant ainsi la signora Toso à s'asseoir en face de lui. Griffoni prit celui à côté de lui.

« Je voudrais vous remercier d'avoir accepté de nous parler, signora, commença-t-il de manière formelle, en sortant son calepin de sa poche intérieure.

— Pourriez-vous me dire ce que vous souhaitez savoir ? demanda-t-elle, d'un ton plus abrupt qu'au téléphone.

— Tout ce que vous pourrez me révéler sur le signor Fadalto », expliqua Brunetti.

Elle attendit un certain temps avant de répondre. « Je l'ai côtoyé pendant plus de quinze ans. Je le connais donc bien. » Elle parlait d'une voix neutre qui ne trahissait aucun des sentiments l'ayant incitée à répondre, mais la tension nerveuse animant son visage n'échappa pas à Brunetti : sa bouche se contractait chaque fois qu'elle cessait de parler, comme pour s'empêcher d'en dire trop ou de proférer un mensonge.

« Je ne le connais que par les propos de ses anciens collègues, précisa le commissario, sans spécifier qu'il était au courant de son parcours professionnel.

— Et ma sœur, ne vous a-t-elle rien dit sur lui ? » Il essaya de détecter des indices positifs ou négatifs dans l'énoncé de cette question, mais en vain.

« Quand je lui ai parlé, elle était trop malade pour pouvoir dire plus de deux ou trois mots d'affilée, signora. Elle m'a seulement avoué que son mari avait eu affaire à de "l'argent sale" et qu'"ils" l'avaient tué, sans clarifier l'identité des personnes auxquelles elle faisait allusion. » Pour lui apporter un brin de réconfort, il ajouta : « Sa dernière pensée a été pour ses filles.

— Que voulez-vous dire ? La dottoressa Donato ne m'a pas du tout mentionné ce point. »

Griffoni intervint pour expliquer : « La dernière fois que nous l'avons vue, il y a eu un bruit à la porte et elle a cru que c'étaient ses filles. » Le visage de la signora Toso se calma à ces mots. « Mais en fait, c'était la dottoressa Donato. »

Brunetti chercha à se remémorer cette scène et à se souvenir de l'expression de Benedetta Toso à cet instant précis, mais il n'y distingua aucune once de bonheur ; il ne se rappela que ses tentatives de résister à ses souffrances. Mais Griffoni, qui était plus près d'elle, avait sûrement mieux vu ce que reflétait son visage.

Le cours de ses pensées fut interrompu par la sœur de la défunte qui déclara : « Eh bien, elle a été une amie pour nous deux. Pour nous quatre, rectifia-t-elle tristement.

— Comment vont-elles ? intervint Griffoni.

— Comme des orphelines, répondit-elle, puis elle porta la main à sa bouche en murmurant : *Scusate, scusate*[1]. » Elle joignit les mains et les croisa fermement sur ses genoux. « C'est très difficile. En ce moment.

— Elles sont avec vous, n'est-ce pas ? » demanda Griffoni.

Pour la première fois, la signora Toso ébaucha un semblant de sourire. « Heureusement. Mon mari et moi n'avons

1. « Excusez-moi, excusez-moi. »

pas pu avoir d'enfants, donc nous avons toujours été très proches d'elles. Et elles de nous. » Ensuite, comme par superstition, elle évita de s'étendre et se contenta de répéter : « C'est une bénédiction. Pour nous tous. Elles sont jeunes et nous espérons seulement que... » Sa voix mourut face à l'immense tâche de formuler tous les espoirs qu'elle nourrissait pour elles.

Brunetti se rendit compte que cette conversation sur les enfants avait modifié l'atmosphère et que les tensions sensibles au départ avaient disparu, telles les vaguelettes à marée basse. C'était une femme submergée de chagrin et pétrie de douleur ; il n'y avait donc pas lieu de s'étonner qu'elle n'ait pas accueilli la police avec le sourire.

« Pourriez-vous nous en dire davantage sur le signor Fadalto ? s'enquit Brunetti, soudain conscient de sa difficulté à cerner l'homme qui faisait l'objet de leur discussion.

— C'était un bon père de famille, répondit-elle immédiatement. Ses filles l'adoraient, tout comme elles adoraient leur mère. Ces dernières semaines ont été terribles... perdre leur père, puis peu de temps après leur mère...

— Ont-elles changé ? s'informa Griffoni.

— Livia – elle n'a que douze ans – n'a plus beaucoup envie de sortir. C'est moi qui dois les emmener nager au Lido ou organiser des rencontres avec leurs amis. Daria est plus âgée – elle a quatorze ans ; je m'arrange pour qu'elle voie ses amis, mais elle n'a pas envie de leur parler ni d'être trop en contact avec les gens. » Puis elle rectifia : « Sauf Livia et moi, à dire vrai. Cela a commencé, expliqua-t-elle, avec la mort de leur père. Elles savaient où était leur mère et ce que cela signifiait, mais on ne peut jamais se préparer à la mort, pas vraiment. » Elle laissa ces mots en suspens un moment, puis ajouta : « Surtout pour un enfant. »

Elle émit un profond soupir et se tourna pour regarder par la fenêtre. Brunetti ne put s'empêcher de se demander si elle était encore sensible à la beauté de cette vue, mais il interrompit cette réflexion et répondit : « C'est effectivement inconcevable. » Il leva les mains en signe d'impuissance et ne put qu'affirmer : « Je suis désolé. »

La signora Toso tenta en vain de sourire. « Merci », dit-elle.

Avant que le silence ne s'instaure entre eux en annihilant toute possibilité de question, Griffoni déclara : « Votre sœur nous a véritablement évoqué ces deux faits : l'argent sale et le meurtre. Savez-vous de quoi il s'agissait ? »

Cette fois, la signora Toso ferma les yeux. Brunetti ignorait si c'était pour mieux se concentrer, pour enrayer toute hypothèse, ou encore pour s'empêcher de livrer les informations qu'elle détenait. Son visage se crispa, mais contre toute attente elle répondit d'une voix très douce : « Elle m'a dit la même chose. »

Griffoni demanda : « L'avez-vous crue ? »

La signora Toso démentit cette possibilité. « Bien sûr que non, rétorqua-t-elle catégoriquement. Je ne l'ai pas cru et je ne la crois toujours pas.

— Alors, pourquoi vous aurait-elle tenu de tels propos ? s'enquit Griffoni, confuse.

— À cause des médicaments, répliqua-t-elle d'une voix trop forte. Vous étiez avec elle. Vous avez bien vu dans quel état elle était. Ce n'était pas ma sœur qui était couchée dans ce lit : c'était quelqu'un à qui on administrait d'importantes doses de sédatifs depuis un bon moment. » Elle essaya de se calmer en prenant de profondes inspirations. « Il est impossible que Vittorio ait eu affaire à de l'argent sale. On peut lui reprocher beaucoup de défauts, mais pas d'être quelqu'un de malhonnête.

— On nous a dit qu'il était impulsif, rapporta Griffoni.

— C'est vrai, confirma la signora Toso sans hésitation. C'était un perfectionniste. En tout : il l'était dans son travail, pour les devoirs d'école de ses filles, avec les docteurs de Benedetta dont il surveillait de près les prestations, par rapport aux limitations de vitesse sur les autoroutes. Tout devait se passer comme lui l'entendait, sinon, il entrait dans des colères noires et ne mâchait pas ses mots. S'il prenait quelqu'un en faute, par exemple en train de fumer dans un restaurant, monter dans le bateau sans billet – des choses de cet ordre-là –, il arrêtait les gens et leur faisait la morale. La malhonnêteté lui répugnait. » Elle marqua une nouvelle pause et avoua : « Je pense que j'ai exagéré, au téléphone. C'est à lui seul, en fait, qu'il causait du tort. Sa rage n'était que le résultat du chagrin. » Brunetti vit dans ces mots l'explication de son propre comportement, autant que de celui de son beau-frère, et sourit en signe d'approbation.

Elle regarda de nouveau ses mains, puis elle raconta, comme pour elle-même : « Il a essayé de changer, de cesser de réagir ainsi, surtout la dernière année, car il voyait combien son attitude affectait Benedetta. Il y parvint avec elle et avec les filles, et, ajouta-t-elle, avec une once de culpabilité dans la voix, avec nous. » Puis, comme pour disculper entièrement Fadalto, elle reprit : « C'était un homme bon.

— Était-il un bon mari ? » s'enquit Griffoni. Brunetti se demanda instantanément comment Paola répondrait à cette question, si on venait à la lui poser.

« Oui. Je pense que oui. Il était d'une grande probité en tout et transmettait cette valeur à ses filles. Il faisait de son mieux pour contrôler son irascibilité et, pendant ses derniers mois de vie, il y était parvenu. C'était quelqu'un digne de confiance. » Brunetti se demandait quand un petit « mais » viendrait entacher ce discours élogieux, mais il s'abstint de dire quoi que ce soit, au vu de la situation.

« Et il aimait Benedetta par-dessus tout. C'est pourquoi je pense que vous êtes tous deux en train de perdre votre temps ici, commissario, assena-t-elle.

— Pardon ? fit Brunetti.

— Vous êtes ici parce que vous pensez qu'il a été assassiné, n'est-ce pas ? »

Avant qu'ils ne songent à répliquer, elle poursuivit : « Il y a quelque chose que vous devriez savoir. » Elle avait le ton d'une personne brisée, qu'on avait tellement frappée qu'elle ne pouvait que passer aux aveux. « Une semaine avant sa mort, il m'a dit qu'il ne voulait pas vivre sans elle. Je lui ai dit qu'il ne pouvait pas faire ça à ses filles, mais il m'a répondu que sa vie était un enfer, qu'il avait tout détruit entre eux et qu'il était devenu un menteur et un tricheur, ce qu'il ne pouvait plus supporter. »

La voix de la signora Toso changea et Brunetti la sentit au bord des larmes. «Je lui ai dit de ne pas être stupide, que la mort d'un des deux parents était déjà pour elles un lourd chagrin à porter. » Elle secoua la tête comme au souvenir d'une bêtise commise par le passé. «Je lui ai dit de partir, que je ne voulais pas entendre de tels discours. Et, une semaine plus tard, il était mort. »

18

Le silence fut brisé par le bruit d'une porte qui se fermait, suivi d'une voix de fille criant dans le couloir : « *Zia Maria Grazia, siamo qua*[1]. » Brunetti et Griffoni virent arriver une grande fille avec les yeux et le nez de sa mère et une plus petite qui avait les traits aussi peu marqués que sa tante. Elles portaient des jeans basiques, et des tee-shirts similaires : celui de Livia avait des rayures horizontales et celui de Daria des rayures verticales, comme pour refléter leurs différences d'âge et de taille.

Elles s'immobilisèrent, incapables de cacher leur surprise à la vue d'étrangers. « Entrez et venez leur dire bonjour, dit la signora Toso. Voici la dottoressa Griffoni et le dottor Brunetti : ils sont venus me dire combien ils sont désolés pour ce qu'il s'est passé. Ils connaissaient votre mère.

— Moi, en revanche, je ne me souviens d'aucun de vous deux », répliqua Daria, la plus âgée.

Griffoni expliqua : « Nous ne sommes pas de vieux amis. Nous avons rencontré votre mère il y a quelques jours. Nous avons aussi rencontré la dottoressa Donato. » La fille changea d'attitude et se détendit au nom du médecin. « Comme votre tante l'a dit, nous sommes venus vous dire combien nous

1. « Tante Maria Grazia, nous sommes là. »

sommes désolés. Votre mère était très courageuse et, même quand elle était au plus mal, elle arrivait encore à faire rire les gens. Surtout la dottoressa Donato.»

Ces mots alertèrent Livia. «Mamma plaisantait?

— Non, mais quand elle a demandé à la dottoressa comment elle allait, la médecin a répondu : "Comme une grosse."

— Alors, c'est la médecin qui a plaisanté, observa Daria.

— Oui, mais c'est Mamma qui a rendu la plaisanterie possible, nuança Livia, en se tournant vers Brunetti.

— Je continue à penser que c'est la dottoressa qui a plaisanté», insista Daria, ce qui rappela à Brunetti les réflexions sur son père.

Le commissario se tourna vers la signora Toso en concluant: «Merci pour le temps que vous nous avez accordés, signora. Nous vous laissons avec les filles.» Il jeta un coup d'œil à sa montre et constata: «C'est l'heure de leur déjeuner.

— Du nôtre aussi», confirma Griffoni d'un ton léger, puis elle se tourna pour remercier la signora Toso de s'être entretenue avec eux.

De but en blanc, Livia leur demanda: «C'est papa qui vous a envoyés?

— Pardon? fut tout ce que Brunetti songea à dire.

— C'est papa qui..., répéta-t-elle, mais sa grande sœur lui tapota le bras pour la faire taire.

— Non, répondit Brunetti. Mais j'espère que toutes les personnes qu'il vous a envoyées viendront vous rendre visite.

— Merci, dottore, dit Livia et, en lançant un regard irrité à sa sœur, elle effectua un geste très proche d'une révérence.

— Oh, Livia, se plaignit Daria, t'es un vrai bébé.»

Vexée, la jeune fille se tourna vers elle et déclara : « Mamma et Papà disaient qu'il faut toujours être poli et respecter les personnes âgées.

— Mais pas se courber. Ce n'est pas du respect, ça. C'est juste stupide !

— Ce n'est pas une courbette, c'est une *révérence*, rectifia-t-elle, en accentuant le mot comme si c'était de l'italien. Et c'est un signe de respect. On le fait avec les gens d'un certain âge. » Elle tourna les talons et s'engagea dans le couloir. Après une brève hésitation, sa sœur la suivit.

Griffoni alla serrer la main à la signora Toso, qui la tint dans les siennes en disant : « Merci à tous deux d'être venus. Cela m'a mis du baume au cœur.

— De parler ? demanda Griffoni.

— Oui. » Elle lâcha la main de la commissario, mais fit demi-tour instantanément pour poser une main sur son bras. « Cela les fait presque revenir. En un sens. »

Griffoni fit un signe d'assentiment et pivota pour suivre Brunetti. Ils s'arrêtèrent à la porte et échangèrent de nouvelles politesses, puis tous deux descendirent l'escalier et sortirent dans la *calle*. Pour échapper au soleil, ils gagnèrent rapidement le passage couvert situé juste avant le Ponte delle Gomme.

« Et maintenant ? demanda-t-elle.

— Si on allait déjeuner ?

— Je n'ai pas faim. Je n'ai pas l'habitude de manger deux *tramezzini* au petit déjeuner.

— Alors, nous pouvons aller prendre le vaporetto à San Tomà et rentrer », suggéra Brunetti.

Non loin de la questure, Brunetti entraperçut un homme ressemblant à Pascalicchio, en train de se faufiler dans l'embrasure de la porte ; il se dépêcha, mais Griffoni ne lui emboîta pas le pas: il lui semblait peu raisonnable de se hâter en plein midi, au moment où le soleil était au zénith.

Une fois à l'intérieur, Brunetti appela le magistrato – c'était lui, effectivement –, qui s'apprêtait à gravir l'escalier: «Salvatore. Salvatore.»

Pascalicchio se tourna en entendant son nom et sourit à la vue de Brunetti. Il redescendit quelques marches, salua le commissario d'une forte poignée de main en lui tapotant le bras. «Je suis ravi de te voir, Guido. J'étais venu te parler, annonça-t-il en évoquant tacitement sa réticence à prendre le téléphone.

— Où étais-tu? s'enquit Brunetti.

— Entre deux trains. À faire la navette entre ici et Trévise, pour essayer de régler tout ce pétrin.

— Quel pétrin?

— Les filles.»

Brunetti mit une seconde à saisir que Pascalicchio faisait allusion aux deux voleuses et pas aux filles de Fadalto. «Qu'est-ce qui a compliqué la situation? s'informa-t-il.

— Il se trouve qu'une des deux est enceinte. La plus âgée.

— Mais elles sont mineures», nota Brunetti, remarque qui en disait long sur lui.

Pascalicchio leva les mains en signe d'impuissance. «Dans tous les cas, elle est enceinte de quatre mois.

— Et donc?

— Donc, elle doit être renvoyée chez elle. Les services sociaux ont appelé sa mère et, comme elle ne répondait pas, ils lui ont envoyé un message pour qu'elle vienne chercher sa fille.

— Voilà une bonne chose. La prison n'est guère l'endroit idéal pour une femme enceinte.

— La prison ? demanda Pascalicchio, avec un étonnement non déguisé. D'où tu sors ?

— Pas de Trévise, apparemment, répondit-il d'un air confus. Je t'écoute.

— En tant que mineures, elles étaient accueillies en dehors de la maison d'arrêt.

— Dans quel genre d'endroit ?

— Un appartement. Qu'elles partageaient avec deux officiers de police femmes. »

Pascalicchio parlait au passé, mais Brunetti négligea ce détail et s'informa : « Pour les surveiller ?

— En quelque sorte.

— Avaient-elles le droit de sortir ? s'enquit Brunetti, en recourant au même temps grammatical, et curieux maintenant d'apprendre les raisons de cet arrangement.

— Seulement si un des deux officiers les accompagnait.

— Salvatore, il y avait deux officiers pour deux filles.

— C'est un projet expérimental, répliqua le magistrato, le visage impassible.

— Conçu par quelqu'un qui ne sait compter que jusqu'à deux ? »

Pascalicchio se tourna et lui apprit, en recommençant à gravir l'escalier : « Cela n'a pas marché. »

Brunetti grimpa rapidement une demi-volée de marches pour rattraper son collègue, mais le regretta. « Que s'est-il passé ?

— Elles se sont échappées, toutes les deux.

— Comment ?

— Elles sont sorties ce matin avec une des deux agents, déclara Pascalicchio, puis il continua, d'une voix plus hésitante : Elles lui ont dit qu'elles voulaient aller à la messe.

— Et les deux policiers femmes, s'informa Brunetti en accentuant l'avant-dernier terme, les ont crues ?»

Ignorant à la fois la question et le ton de Brunetti, Pascalicchio expliqua : « Celle qui les a accompagnées a vingt et un ans, Guido, et c'est son premier emploi. Elles se sont enfuies au bout d'un quart d'heure, en direction du centre-ville.

— Et puis ?

— Une voiture s'est arrêtée. Elles sont montées toutes les deux derrière et la voiture a redémarré.

— Est-ce qu'elle a réussi à relever le numéro de la plaque d'immatriculation ?

— Ayant son téléphone à la main, elle a pu prendre au moins une photo de l'arrière de la voiture. Avec le numéro.

— C'est déjà quelque chose, constata Brunetti. Et ensuite ?

— Le véhicule était signalé comme ayant été volé deux jours plus tôt.

— Je vois, fit Brunetti. Donc, elles ont pris la poudre d'escampette et elles ont probablement déjà recommencé à travailler ici. »

Ils s'arrêtèrent à l'étage du commissario et se dirigèrent vers son bureau. Le commissario imposait désormais son rythme, à cause de la sueur qui dégoulinait dans son dos. Consterné par la chaleur, il suivit le magistrato dans son bureau.

« Est-ce que le vice-questeur est au courant ? s'informa-t-il.

— Non », lui répondit Pascalicchio en prenant place dans un fauteuil ; Brunetti fit le tour de son bureau et s'installa dans le sien.

« Alors, que faisons-nous ? demanda le magistrato. Tu le connais mieux que moi, donc tu peux mieux imaginer comment il va réagir.

— Ne nous soucions pas de sa réaction, suggéra Brunetti. Voyons plutôt comment résoudre la situation.

— Que faisons-nous ? » répéta Pascalicchio.

Brunetti émit un profond soupir. « Ce n'est plus qu'une question de jours, maintenant. La revue était dans les kiosques à journaux aujourd'hui, donc – si l'on en croit le vice-questeur –, les gens oublieront vite l'affaire.

— Pourquoi est-ce important ?

— Ce n'est pas tout à fait le terme exact, nota Brunetti. Mais cette publication a un impact sur la manière de contenir le problème.

— N'est-ce pas un problème permanent ? Ces pick-pockets professionnels que l'on ne peut pas arrêter ?

— C'est un problème juridique, précisa le commissario. Mais en l'occurrence, il s'agit d'un problème d'image et, pour le vice-questeur, c'est bien plus grave. Donc, pour les deux ou trois prochains jours, même si nous ne pouvons pas les arrêter, nous pouvons au moins les neutraliser.

— Voilà un mot qui a des échos bien militaires, Guido.

— Je sais, mais c'est le mot juste.

— Qu'est-ce que cela signifie ?

— Cela signifie que nous dépêcherons une patrouille spéciale, avec au moins deux agents hommes ainsi que deux femmes supplémentaires et en civil, qui seront chargés de trouver ces filles – ils ont vu leur trombine si souvent qu'ils les reconnaîtraient dans le noir – et les suivront pas à pas toute la journée, ou du moins jusqu'à ce que les filles craquent et soient découragées dans leurs activités.

— Tu crois que cette surveillance va porter ses fruits ? demanda Pascalicchio, sans parvenir à dissimuler son scepticisme.

— Si on dit aux officiers qu'ils ont le droit de prévenir les gens pour qu'ils s'éloignent d'elles et qu'ils interviennent modérément au moment où les filles s'approchent trop près des touristes, cela devrait marcher.

— Ce ne sont pas des lépreuses », observa Pascalicchio.

Brunetti s'abstint de répondre à cette provocation.

Le magistrato prit ces propos en considération un certain temps, puis demanda : « Dans quelle langue ?

— Bonne question. Il nous faut des gens qui puissent le faire aussi bien en italien qu'en anglais, mais ils ont juste besoin de savoir dire : "Faites attention à votre sac, madame", ou bien : "Faites attention à votre porte-monnaie, monsieur." S'ils le répètent à tour de bras, les filles finiront par laisser tomber.

— Tu me parais bien sûr de l'efficacité de cette stratégie.

— Les pickpockets ne sont pas violents, Salvatore. Tu le sais bien. Ils volent, certes, mais généralement ils n'agressent pas les gens. Ces filles attendront jusqu'à ce que l'on n'en puisse plus, et elles retourneront au boulot. » Il regarda Pascalicchio pour étudier sa réaction, mais le magistrato gardait son calme face à la situation.

« Donc, fit Pascalicchio, et Brunetti savait exactement ce qu'il allait conclure. Avec un officier de police par pickpocket, on peut endiguer le phénomène ?

— Je ne demande qu'à le croire. Mais les forces de police ne disposent pas de suffisamment de personnel pour ce genre d'opération et les pickpockets sont comme les champignons : tu peux en cueillir tant que tu veux, il en poussera autant le lendemain. »

Pascalicchio posa ses coudes sur le bureau de Brunetti et croisa les doigts. Il y appuya le front, les yeux rivés sur la table de travail. «Seulement trois jours. Seulement trois jours», murmura-t-il.

Ce n'est qu'en fin d'après-midi que Pascalicchio et Brunetti parvinrent à résoudre le problème des prétendues «baby-sitters» et à trouver deux officiers à assigner aux jeunes voleuses. Ils mirent bien moins de temps à trouver les filles en question, car elles étaient de retour au travail et quelques officiers en patrouille avaient déjà signalé leur présence. De Rialto à San Marco et vice versa, les officiers en uniforme leur collaient aux basques, jusqu'à ce que l'équipe en civil, un homme et une femme, prenne le relais.

Il s'ensuivit un manège que Brunetti – peut-être parce qu'il imaginait ces scènes se déroulant au milieu de rues bondées de touristes – ne put s'empêcher d'associer au jeu typique de la *commedia dell'arte*. Chaque fois qu'une des filles s'approchait de quelqu'un, l'officier placé sur ses talons la rejoignait et enjoignait poliment à la victime potentielle de surveiller son portefeuille ou son sac de courses. Ce n'est qu'au bout d'une heure que les deux filles – la future maman était retournée travailler avec sa collègue – se mirent à crier, à proférer des menaces en réaction aux agissements de la police et à revendiquer leurs droits bafoués par les forces de l'ordre. Les officiers ignorèrent leurs protestations et continuèrent à avertir les gens à leur approche. Une des filles, exaspérée, finit par lever la main contre l'un des policiers, mais la plus âgée la lui baissa aussitôt. S'avouant vaincues, elles prirent le n° 2 à Rialto pour se rendre à Piazzale Roma, sans acheter de billets.

Les deux policiers les suivirent à la loupe, sans acheter non plus de tickets, car les vaporetti étaient des lieux à haut risque. Une fois sur le pont du bateau truffé de monde, la plus âgée des deux sortit son iPhone et passa un coup de fil. Elles descendirent à Piazzale Roma et attendirent au bord du trottoir, à l'endroit où seuls les bus sont censés s'arrêter. Après quelque temps, une Fiat bleue, en piteux état et semblant surchargée, freina devant elles ; un homme sortit du côté droit et ouvrit la portière arrière pour permettre aux deux filles de monter. L'homme claqua la porte derrière elles, et remonta dans la voiture. L'automobile repartit lentement, le moteur ahanant sous le poids des passagers.

*

Peu après le départ des filles, Brunetti, vêtu d'un vieux short et d'un T-shirt qu'il avait sorti de l'armoire de Raffi, s'installa sur sa terrasse pour boire un verre de limonade et ouvrir *Les Euménides*. Les deux soirs précédents, il avait lu *Les Choéphores* et réfléchi à cette pièce, mais sa vision de la justice, conçue comme pure vengeance, l'avait laissé sur sa faim, même s'il avait dû reconnaître que, plus jeune, cette idée atavique n'avait pas manqué de le chatouiller.

À présent, il pouvait lire les pièces sans cette urgence d'avancer dans le texte caractéristique de ses anciennes lectures d'étudiant, voire de certaines de ses lectures plus récentes où il lui fallait découvrir les faits, suivre l'intrigue et connaître la destinée des personnages. Il s'employa au contraire à savourer chaque ligne, mais sans y parvenir parfois, à cause de la traduction, de ses moments de distraction ou de sa vieille tentation de faire l'impasse sur quelques pages.

Brunetti n'avait jamais aimé Agamemnon, le mari délaissé par Hélène et placé à la tête des forces grecques lancées contre Troie. Lorsque sa flotte fut bloquée par les vents contraires, ce commandant, véritable ballon de baudruche, fut incapable de conduire l'armée grecque à la conquête de Troie, afin de se venger de l'enlèvement de cette femme coupable. Il n'osa pas trahir ses alliés ni abandonner ses navires ; ce n'était pas digne de lui, le Chef désigné par le Destin. Ainsi les dieux, doués d'un sens véritablement divin des conjonctions temporelles, émirent-ils leur sentence. Quelle meilleure solution que d'égorger une fille innocente, sa propre fille ? L'ordre fut exécuté et les vents de la guerre furent libérés.

Dix ans plus tard, Agamemnon en subit la suite logique : il fut lacéré dans son bain par sa femme, assassinée à son tour par son fils. Où était donc la justice ? La pièce était censée le lui dire. Tellement de gens y aspiraient ; le fantôme de Clytemnestre, en premier lieu, qui réclamait que justice soit faite car « [elle] avait péri sous les mains de [son] plus proche parent[1] ».

Il leva les yeux et s'aperçut que la nuit était tombée entre-temps. Il reporta son attention sur cette même page où Clytemnestre cherchait à soudoyer les Furies, en leur rappelant que « [ses] mains avaient sacrifié à [leurs] langues gloutonnes une libation autre que le vin[2] ». Non, ce n'était ce genre de texte qu'il souhaitait lire en cet instant précis.

Brunetti ferma le livre et le lança sur le fauteuil à côté du sien. Il étendit ses pieds munis de sandales et les croisa sur le mur de la terrasse, but une gorgée de limonade et se

1. Librement traduit de l'anglais.
2. Librement traduit de l'anglais.

balança sur les pieds arrière de sa chaise, ce qu'il interdisait aux enfants.

« Ils en avaient compris des choses, ces Grecs », déclara-t-il à voix haute. Il laissa retomber sa chaise, prit son verre et le livre, et retourna à la cuisine pour dénicher un petit en-cas qui le fasse patienter jusqu'au dîner.

19

Le lendemain matin, Brunetti – après avoir bu son café au lit – resta encore une demi-heure à se prélasser, les yeux rivés au plafond. Il entendit partir les trois autres membres de la famille qu'il reconnut à leur façon d'ouvrir et de fermer la porte, sans toutefois saisir comment ou pourquoi il réussissait à les distinguer.

Le plafond ne présentait pas d'intérêt particulier mais, si Brunetti le fixait suffisamment longuement, il pouvait l'inciter à exercer une certaine dose d'autocritique. Trois ans plus tôt, il y avait eu une fuite d'eau depuis le toit et la tache était encore là. Elle faisait la taille d'un saladier, mais, avec le temps, il s'était tellement habitué à sa présence qu'il devait la chercher du regard et, une fois qu'il l'avait repérée, il s'irritait de sa propre paresse et se reprochait de ne pas l'avoir repeinte, ou au moins de l'avoir fait faire.

Il regarda par la fenêtre de sa chambre, en réfléchissant aux éléments qu'il avait vus ou entendus au sujet de Vittorio Fadalto et de Benedetta Toso et se demanda quelles informations échappaient encore à son observation ou à sa compréhension. Fadalto était un perfectionniste, irascible de surcroît ; mais, à part ces deux traits de caractère, Brunetti ne parvenait pas à se composer une image claire de lui et encore moins à cerner la personnalité de Benedetta Toso.

Elle aimait son mari et ses enfants. Elle était diplômée en histoire et, avant sa maladie, elle avait enseigné un certain nombre d'années dans un CES : il le savait par un des documents que la signorina Elettra avait exhumés. Son anniversaire était tombé quelques jours avant la mort de son mari et c'est probablement à cette occasion qu'il lui avait apporté l'argent sale à l'hôpital, en lui disant peut-être qu'elle pouvait désormais retourner dans la clinique privée.

Brunetti se tourna dans son lit. La semaine précédant sa mort, Fadalto avait avoué à sa belle-sœur qu'il était un menteur et un tricheur. Il était technicien et c'était un homme qui avait tout l'air d'apprécier l'exactitude, une qualité fondamentale dans son travail. Faire une embardée et se retrouver dans un fossé, tout en portant son casque de moto – comme le mentionnait en toutes lettres le rapport de l'accident –, ne pouvait être le genre de suicide échafaudé par un individu porté sur la précision. S'écraser contre un pylône. Contre le mur en ciment d'une digue. Contre un camion venant en sens inverse, même si le Fadalto adepte de la loi aurait écarté cette possibilité. Mais quitter la chaussée et atterrir dans un fossé, sans avoir la certitude de mourir, était antinomique avec sa personnalité. Il avait trouvé la mort dans cet accident, mais à cause de sa chute dans l'eau, alors qu'il était inconscient. Sinon, il serait encore en vie.

S'il ne s'agissait pas d'un suicide, il fallait chercher d'autres causes à sa mort et Brunetti avait déjà envisagé les différentes hypothèses. Il se redressa en prenant appui sur un coude, se saisit de son *telefonino* posé sur la table de nuit et composa le numéro de Vianello.

Une heure et demie plus tard, ils retournaient au même endroit, avec le même chauffeur. « Je n'y ai pas prêté particulièrement attention l'autre fois, expliqua Brunetti à Vianello, mais j'ai eu l'impression qu'une des techniciennes de laboratoire voulait, ou a cherché en tout cas à me dire quelque chose au sujet du dottor Veltrini. Ou c'était peut-être à propos de la *cantina*. Je ne sais pas bien, mais j'aimerais lui parler.

— Et mon rôle est de l'inviter subrepticement à sortir de son laboratoire ? s'enquit Vianelllo.

— Non. La dottoressa Ricciardi s'en est chargée pour nous.

— Par le plus grand des hasards ?

— Non. J'ai devancé son appel ce matin et lui ai dit que je voulais parler à l'une d'entre elles, mais que je ne connaissais pas leurs noms. Je lui ai indiqué quelle était sa paillasse et lui ai précisé qu'elle portait des lunettes, et Ricciardi a tout de suite compris de qui il s'agissait.

— Et donc ?

— Lorsque nous arriverons là-bas, j'aimerais que tu ailles au laboratoire demander au dottor Veltrini de t'en dire plus long et que tu l'occupes un certain temps. »

Vianello regarda longuement son ami et lança : « Tu veux des informations sur un sujet particulier ? » Face au silence de Brunetti, l'inspecteur plaisanta : « Ou est-ce que je dois lui demander le nom d'un bon restaurant dans le quartier ?

— Tu pourrais lui réclamer la carte des capteurs qui prélèvent les échantillons d'eau. Et, tant que tu y es, également les coordonnées géographiques des échantillons qu'il nous a montrés, contenant de l'arsenic. » Brunetti tenta d'imaginer Vianello en train de parler le plus tranquillement du monde au directeur du laboratoire, qui semblait tout, sauf patient.

« Je ne sais pas combien de temps je devrai rester avec elle, poursuivit-il, donc tâche de le garder près de toi aussi longtemps que possible. Si la situation se prolonge, pose-lui des questions sur les autres substances dans l'eau : le cuivre, le plomb, le mercure.

— D'accord, approuva Vianello. Mais toi, qu'est-ce que tu veux savoir ?

— Eh bien, si la serveuse a raison, il se peut que Veltrini ne soit pas spécialement aimé de ses collègues. »

Brunetti s'étonna alors de n'avoir jamais demandé à la signorina Elettra de jeter un coup d'œil aux fiches du personnel de la société Spattuto Acqua. Même si l'initiative venait de lui, il fut frappé de constater avec quelle désinvolture il la priait de simplement « jeter un coup d'œil » sur ces documents, de manière à éviter toute perte de temps à cause des délais exigés par les procédures officielles.

Vianello acquiesça et Brunetti sortit son téléphone. Il appela la signorina Elettra et lui demanda si elle pouvait se faufiler parmi les dossiers des employés de Spattuto. Il crut percevoir un petit ricanement. Il négligea ce détail et lui expliqua qu'il avait besoin des évaluations établies sur le compte de Vittorio Fadalto et d'Eugenio Veltrini. Et, comme si l'idée lui était venue après coup, il ajouta le nom de la dottoressa Ricciardi à la liste.

Il tourna la tête et regarda les incontournables champs de maïs. Il ignorait dans quel but on le cultivait. Quand il était jeune, il servait au fourrage et à la polenta. Ses grands-oncles lui avaient raconté des histoires de moissons effectuées dans leur propre jeunesse : ils exposaient les épis au soleil pendant des jours entiers et les y laissaient jusqu'à ce que les grains deviennent secs et durs comme le roc, puis ils les égrenaient et les transportaient au moulin pour les faire moudre ; en attendant leur tour, ils papotaient entre amis, mais en surveillant toujours que le maïs moulu soit bien le leur et que le poids à l'entrée soit bien le même qu'à la sortie, moins les quantités qui pouvaient s'être envolées ou être tombées par terre.

La polenta, il le savait, était ce qui assurait la survie de ses ancêtres tout l'hiver; la polenta, mais aussi les grandes roues de fromage et les salamis et jambons dans lesquels s'étaient métamorphosés leurs cochons. Il se remémora aussi les plantes et les herbes aromatiques sauvages qui n'avaient de noms qu'en dialecte, que plus personne ne nommait ou dont on avait perdu le souvenir. Sans compter les tisanes à base de roses musquées, efficaces contre les rhumes et censées prévenir certaines maladies.

Il n'avait appris que bien plus tard que ces roses étaient riches en vitamine C, ce qui expliquait leurs vertus contre les refroidissements et la grippe pendant ces hivers interminables. Jusque dans les années cinquante, les gens mouraient encore de faim dans les villages les plus pauvres du Frioul. Ainsi la famille de sa mère était-elle venue s'installer à Venise; son grand-père travaillait comme serveur et sa femme s'occupait de leurs cinq enfants.

La voiture s'arrêta et Brunetti retourna au temps présent. Ils étaient en face du bâtiment principal de Spattuto Acqua et Vianello le regardait, une douce expression sur le visage.

«Je me demande toujours à quoi tu penses lors de ces moments d'absence», observa-t-il.

Brunetti grogna en levant les sourcils. «D'habitude, je me remémore le passé et je repense aux récits de mes grands-parents et de mes oncles et tantes sur leur vie à l'époque.

— C'étaient des paysans, n'est-ce pas?

— Oui.

— Alors, ils vivaient probablement dans cet énorme village du Frioul dénommé *Povertà*[1].

— Effectivement», approuva Brunetti en souriant, puis il sortit de la voiture.

Ils furent accueillis par la même réceptionniste qui les conduisit immédiatement dans le bureau de la dottoressa Ricciardi. À leur arrivée, elle leur adressa le sourire classique de tout dirigeant d'une grande société à la vue de deux officiers de police revenus poser des questions sur certains membres de son personnel. Brunetti décida de jouer le jeu: il lui retourna un sourire affable et la remercia d'avoir aimablement organisé les rencontres – c'est le terme qu'il utilisa – avec deux de leurs employés.

Elle prévint la réceptionniste qu'elle se chargeait d'accompagner le dottor Brunetti dans la salle de conférences et la pria de montrer à l'ispettore le chemin du laboratoire.

Après le départ de Vianello et de la jeune femme, la dottoressa se redressa et prit appui sur le bureau afin de saisir la canne accrochée au dossier de son fauteuil. Grâce à ce support, elle put se diriger vers la porte et Brunetti lui emboîta le pas. Il s'aperçut qu'elle prenait surtout appui sur sa jambe droite, sous l'effet de la douleur ou à cause d'une malformation. Elle ne retrouverait jamais plus un équilibre stable et était condamnée à subir pour toujours cette forte inclinaison sur ce côté. Une fois arrivé à la porte, il contourna la dottoressa et lui passa devant pour la lui tenir et la refermer après eux. Elle descendit le couloir et ouvrit une porte sur la droite; Brunetti la suivit dans la pièce.

1. Pauvreté.

Elle indiqua la table en bois rectangulaire placée au milieu et invita Brunetti à s'asseoir. « Je retourne dans mon bureau pour appeler Antonella et lui demander de venir ici », expliqua-t-elle en sortant.

Brunetti observa la pièce. C'était, pour lui, l'endroit typique où les gens étaient censés s'installer autour d'une table pour prendre des décisions : il aurait pu se trouver dans n'importe quelle petite ville d'Europe, voire en Asie ou en Amérique du Sud. Le centre de la table était percé d'une ouverture carrée où l'on pouvait brancher différents appareils et sur un des murs était accroché un tableau blanc de taille moyenne qui pouvait servir à écrire ou à projeter des images. Les autres murs présentaient trois photos de cascades en noir et blanc. L'absence de couleur les avait privées, à son avis, de leur beauté. Elles étaient assez neutres pour être exposées n'importe où. Il alla regarder par la fenêtre, qui donnait sur l'aire de stationnement. La plupart des voitures étaient de marques étrangères et presque toutes grises ; parmi elles figurait une grande Mercedes.

Au bout de quelques minutes, il entendit frapper un léger coup à la porte.

« *Avanti* », dit Brunetti, comme s'il était dans son propre bureau.

La femme qu'il avait vue manipuler les tubes à essai, celle avec les lunettes, entra dans la pièce et lui adressa un sourire furtif.

Brunetti alla à sa rencontre en souriant et lui tendit la main. « Comme c'est aimable à vous d'avoir accepté un entretien, signora. Je suis Guido Brunetti, de la police de Venise. Mon collègue et moi sommes revenus parce que nous enquêtons sur la mort de Vittorio Fadalto. »

Elle lui serra la main en disant : « Je sais. » Puis elle se présenta plus poliment : « Antonella Sala. *Piacere*[1]. » Elle regarda nerveusement autour d'elle.

« Je suis désolé, signora Sala, mais j'ignorais votre nom et celui de votre collègue car le dottor Veltrini n'a pas veillé à me les communiquer », s'excusa-t-il d'un ton sérieux, en recourant au pluriel pour montrer qu'il désapprouvait ce manque de courtoisie envers elles deux. « Je vous en prie, signora, lui suggéra-t-il ensuite en se tournant vers la table, veuillez vous installer ; ce sera plus confortable pour discuter. » Il lui avança un fauteuil, fit le tour par l'autre côté et s'assit. Il ouvrit son calepin, un geste habituellement perçu comme rassurant.

Il écrivit son nom en haut de la page, ainsi que la date. Comme il lui semblait plus pertinent de commencer par les faits, en raison de leur nature impersonnelle, il lui énonça avec un sourire : « Je suis vivement intéressé par ce que faisait le signor Fadalto, signora. Pourriez-vous me parler de son travail et m'expliquer quand et pourquoi il vous fournissait les échantillons ? »

Elle croisa les mains sagement sur la table devant elle, s'éclaircit la gorge et commença : « Il travaillait sur le terrain. Quand un capteur dans le système de l'aqueduc, qui est relié à notre bureau, signalait le moindre problème – trop ou pas assez de courant, des indices de contamination, une trop forte présence de substances organiques dans l'eau –, il allait vérifier sur place et, en cas de contamination, rapportait le capteur. Son rôle consistait à retirer le capteur contenant l'échantillon contaminé et à le remplacer par un nouveau. » Comme elle s'aperçut que Brunetti notait toutes

1. « Enchantée. »

ces informations, elle marquait des pauses régulières et parlait lentement et de manière très précise.

Une fois qu'il eut fini de noter ses propos, elle poursuivit : « S'il s'agissait d'un des capteurs situés dans une rivière ou un ruisseau, il se rendait aussi à l'endroit en question et procédait à la même opération, en vue des analyses. »

Brunetti finit de prendre ses notes et leva les yeux. « Dois-je comprendre – d'après ce que le dottor Veltrini nous a dit – que les coordonnées géographiques de chaque échantillon sont enregistrées ?

— Bien sûr. Sinon, comment pourrions-nous les identifier ?

— Merci, dit Brunetti en inscrivant aussi ce détail. Et comment vous remettait-il ces échantillons, à vous et à votre collègue ? »

Prenant sans doute conscience que ce qui était une procédure normale pour un technicien de laboratoire ne l'était pas forcément pour une personne lambda, elle explicita leur méthode de travail : « Il rapportait les capteurs, entrait leurs numéros d'identification dans le registre, puis les donnait au responsable des capteurs disposés le long de tel ou tel tronçon de rivière.

— Et pour quelle raison ?

— Que voulez-vous dire ? demanda-t-elle, sincèrement confuse.

— Pourquoi étiez-vous responsable de capteurs spécifiques ?

— Ah, fit-elle, saisissant maintenant la question. Le dottor Veltrini était d'avis que nous soyons toujours assignés tous les trois aux mêmes endroits.

— Vous trois, signora ? Je n'ai vu que vous et votre collègue.

— Oh, je croyais que vous aviez compris. Le dottor Veltrini est la troisième personne. Chacun d'entre nous est responsable des tests à effectuer sur les échantillons prélevés par des capteurs particuliers, à des endroits particuliers. » À l'écho de ses propres paroles et sans doute par souci de clarté, elle notifia : « Nous testons des échantillons prélevés sur cent vingt-neuf sites, par cent quatre-vingt-trois capteurs environ. Certains sites sont dotés d'un seul capteur ; d'autres en ont plus. Leur nombre dépend de la longueur de la berge traversant la propriété où sont situés les capteurs. Chacun d'entre nous se voit attribuer plus ou moins le même nombre de capteurs. En cas de besoin d'une vérification manuelle des lectures, nous assurons celle des capteurs placés sous notre responsabilité. »

Brunetti la remercia pour cette précision, qu'il nota.

Elle sourit et poursuivit : « De cette manière, nous acquérons une certaine familiarité avec les types de variations s'opérant au sein de certaines substances et avec les fluctuations des traces visibles dans l'eau présente sur nos propres sites, ce qui nous permet de réagir plus rapidement.

— Pourriez-vous me donner un exemple, signora ?

— Les nitrates, dont nous avons parlé l'autre jour », suggéra-t-elle.

Il opina du chef et tourna une page.

« Dès l'instant où nous savons que les paysans ont déversé des fertilisants et s'il pleut peu après, nous nous attendons à de plus fortes concentrations de ces minéraux dans les échantillons provenant des rivières. » Comme Brunetti lui lançait un regard perplexe, elle ajouta : « À cause des eaux de ruissellement. »

Il hocha la tête pour montrer qu'il avait compris et murmura : « Bien sûr.

— Il n'y a pas de quoi s'alarmer, généralement», déclara-t-elle.

Brunetti n'était pas sûr de bien comprendre : si l'on détectait de hautes quantités de produit contaminant, il y avait de bonnes raisons de s'inquiéter : la fréquence ne réduisait guère le risque. Mais elle avait employé l'expression «plus fortes», et pas le mot «dangereuses» ; et c'était elle l'experte, après tout.

«Merci, dit-il. Ce registre contient-il les résultats des analyses ?

— Non, non : ce sont des opérations tout à fait différentes : dans ce registre sont inscrits le moment et le lieu où l'échantillon a été prélevé.»

Brunetti demanda, en tenant son stylo en l'air : «Pourriez-vous m'expliquer comment vous procédez, signora ?»

Elle sembla ravie de ses questions et de l'intérêt qu'il prêtait aux tâches auxquelles elle consacrait sa vie. Son visage s'adoucit ; même sa voix gagna en chaleur. «Chaque capteur porte un numéro d'identification et ce numéro figure dans le registre. Il apparaît aussi dans le dossier – comme celui que le dottor Veltrini vous a montré – qui renferme les résultats des analyses.» Elle attendit que les notes du commissario soient à jour, puis elle enchaîna : «L'étiquette d'identification se trouve en haut de l'échantillon, comme du dossier.

— Bien sûr, approuva Brunetti. Et que se passe-t-il au niveau des récipients contenant ces échantillons, qui me semblent en verre ?

— Effectivement, dottore ; ils doivent être dans cette matière.

— Pour quelle raison ?

— Parce que l'une des substances que nous recherchons est justement le plastique.

— Dans l'eau ?

— Oui.

— Je vois. En verre, disions-nous donc, et il prit une nouvelle note. Les réutilisez-vous ?

— Oui. Nous disposons d'un autoclave comme dans les hôpitaux, ce qui nous permet de les nettoyer et de les réutiliser, mais avec de nouveaux bouchons. En caoutchouc, s'empressa-t-elle de spécifier.

— Et les étiquettes ? » s'informa Brunetti.

Elle marqua une pause et lui lança un regard étrange ; de toute évidence, elle ne s'attendait pas à de telles questions de la part d'un policier, mais elle répondit quand même : « Nous les enlevons avant de déposer les éprouvettes dans l'autoclave, de manière à pouvoir en coller de nouvelles dessus.

— Je vois, dit-il de nouveau, mais je voudrais m'assurer d'avoir vraiment compris : le dossier permanent contient donc les données que vous entrez dans votre ordinateur au fur et à mesure que vous examinez les échantillons, et c'est ce papier que vous imprimez, avec tous les pourcentages pour chacun des contaminants.

— Exactement.

— Et qui est chargé de l'analyse factuelle de l'eau pour détecter les contaminants spécifiques qu'elle contient ? s'enquit Brunetti.

— Nous trois.

— Personne d'autre ? »

Elle hésita un moment avant de répondre : « Je suppose que le signor Fadalto a dû en effectuer, aussi. » Puis, d'un ton plus confidentiel, elle ajouta : « Ce n'est pas très difficile : ce sont les machines qui font tout.

— Bien », répliqua Brunetti avec un sourire chaleureux. Il tourna une page et annonça : « Je voudrais vous poser quelques questions au sujet du signor Fadalto, mais seulement si vous n'y voyez pas d'objections. » Il avait posé cette condition par pure formalité : une fois que les gens ont commencé à répondre, ils se font un point d'honneur de continuer.

Elle opina du chef, mais ne fit aucun signe pour confirmer son accord ou l'encourager à poursuivre.

« Diriez-vous que c'était quelqu'un d'honnête ?

— Vittorio ? lança-t-elle bouche bée.

— Oui.

— Vittorio était l'honnêteté personnifiée. S'il trouvait 5 euros par terre, il demandait à tous les gens qu'il voyait si c'étaient eux qui les avaient perdus.

— Et si personne ne les réclamait ? » s'enquit Brunetti, le sourire aux lèvres.

Elle hésita puis affirma, en riant cette fois : « C'était juste un exemple, signore, pour vous montrer son degré d'honnêteté.

— Comme cela met du baume au cœur de voir qu'il y a encore de tels individus en ce bas monde ! s'exclama Brunetti, relativement convaincu au fond de lui. Vous ne pouvez donc pas l'imaginer en train de commettre un acte malhonnête.

— C'est impossible, déclara-t-elle d'un ton impétueux. Ce pouvait être quelqu'un de difficile par moments et il se peut que certaines personnes ne l'aimaient pas, mais c'était un homme honnête.

— Qu'est-ce que ces personnes n'aimaient pas chez lui ? demanda Brunetti, en teintant sa voix de curiosité.

— Oh, rien de bien méchant, à vrai dire : le fait qu'il leur dise d'aller fumer dehors, par exemple – fumer à la fenêtre, même ouverte, ne lui suffisait pas. Qu'il leur rappelle de mettre leurs pneus neige ou leur faire remarquer qu'ils avaient grossi. » Elle se tut un moment et Brunetti leva les yeux pour la regarder en face. Elle était devenue soudain nerveuse : il s'en aperçut à la manière dont elle serrait les mains devant elle.

« Que se passe-il, signora ? demanda-t-il avec douceur.

— Tout cela reste entre nous, n'est-ce pas ?

— Bien sûr que oui, signora. Ce sont là des informations sensibles. » C'était faux, mais Brunetti mentait avec beaucoup d'aisance.

« Il n'aurait jamais pointé, non plus, à la place de quelqu'un d'autre.

— Ah, cette bonne vieille combine, répliqua Brunetti d'un ton neutre. Je me suis laissé dire que c'était une pratique plutôt courante.

— Pas ici, rétorqua-t-elle sur la défensive. Il y en a quelques-uns qui le font, mais nous savons tous qui. Certains d'entre eux continuent à le faire sous nos yeux, mais ils se gardaient bien d'agir ainsi en présence de Vittorio, car il les aurait menacés d'aller le rapporter s'ils recommençaient.

— Cela s'est-il déjà produit ? s'informa Brunetti, non sans intérêt.

— Il l'a fait une fois. C'est pourquoi personne ne s'y serait risqué devant lui. »

Brunetti nota cet élément ; alors qu'il était encore en train d'écrire, il l'entendit haleter. Il la regarda et la vit assise, la main contre ses lèvres, les yeux dilatés par la peur. « Ce n'est pas ce qui est arrivé, j'espère ? Que quelqu'un lui ait fait faire une embardée parce qu'il l'avait dénoncé ?

— Non, signora, répondit Brunetti d'un ton léger et avec un sourire. Nous n'envisageons pas cette hypothèse pour l'instant. » Il lut le soulagement sur son visage et lui dit alors, en guise d'encouragement : « Je n'ai plus que quelques questions, si je puis abuser encore un peu de votre patience, signora. »

Elle fit un signe d'assentiment.

« Où ce registre est-il conservé ?

— Dans un placard près de la porte du laboratoire, ce qui lui permettait, avant toutes choses, d'entrer le numéro de tous ses échantillons.

— Je vois, je vois. Ces notations étaient donc inscrites à la main, observa Brunetti, tout en continuant à noter. Et les dossiers que vous préparez ?

— Oh, ils entrent directement dans le système. Nous imprimons tout de même une copie des analyses complètes que nous gardons dans un dossier permanent et nous consultons chaque fois les dernières en date.

— Je comprends. Et qui a accès à ce système ? »

— Je n'y ai jamais réfléchi, signore. » Elle finit par répondre : « Nous trois, du labo, et puis tout membre de la société ayant accès à ce segment de la banque de données.

— Je vois, je vois », dit Brunetti tout en inscrivant ces informations. Il ferma son calepin et croisa les mains dessus. « Vous m'avez été d'une aide fort précieuse, signora, conclut-il sans lui expliquer pourquoi ni en quoi. En effet, j'avais besoin de mieux comprendre comment fonctionnaient dans la réalité tous ces mécanismes, voyez-vous. »

Puis, comme si un détail lui était brusquement revenu en mémoire, il ajouta : « Lorsque j'ai quitté le labo, l'autre jour, vous m'avez fait un signe. Sur le moment, j'ai cru que vous vouliez nous mettre en garde contre la nourriture servie dans la *cantina*. » Il marqua une pause et lui fit un large sourire, dans l'espoir de la mettre à l'aise, mais il s'aperçut que cette réflexion avait provoqué l'effet inverse. Son visage s'était figé et il la voyait s'échiner à trouver une justification à ce geste. Elle se tourna rapidement vers la porte, comme pour s'assurer qu'elle était bien fermée. Sachant qu'il y n'avait plus aucune chance, désormais, qu'elle lui réponde, Brunetti devait insister et lui poser la question clairement : « Était-ce le cas ? »

Son visage se détendit un peu : « Effectivement, c'était à cause de la nourriture. Elle est horrible. Je ne voulais pas que vous repartiez sur une si mauvaise impression de la maison. » Comme si elle avait pris conscience de sa volubilité, elle prit appui sur la table et se leva.

Brunetti lui sourit de nouveau, se leva à son tour et remit sa chaise en place. Il se dépêcha d'atteindre la porte avant elle, l'ouvrit et se mit de côté pour la laisser sortir la première dans le couloir. Elle s'arrêta et lui tendit la main. Il la remercia encore et la suivit du regard jusqu'au bout du couloir. Puis il regagna l'avant du bâtiment pour y attendre Vianello.

20

L'ispettore était assis dans l'un des deux fauteuils situés à côté du bureau de la réceptionniste, placés suffisamment près pour permettre à celle-ci de surprendre des bribes de conversation des visiteurs. Vianello s'était procuré quelque part *Il Gazzettino* et lisait les brèves locales. Brunetti l'avait presque rejoint lorsque l'inspecteur leva les yeux du journal en lui annonçant : « Le chef de la communauté rom a déclaré qu'il intentait un procès contre la municipalité auprès de la Cour européenne des droits de l'homme. »

Le regard de la réceptionniste fut sillonné de toute la frayeur d'une biche aux premières détonations de la saison de la chasse.

Vianello replia la page bruyamment, de manière à pouvoir placer le gros titre sous les yeux de Brunetti. « "Contre la commune de Venise à cause des actes commis par la police et d'autres membres de son administration portant atteinte à l'intégrité morale et psychique des membres de notre communauté", lut-il à voix haute.

— *O Dio mio !* s'exclama instantanément Brunetti, fort embarrassé. Qui a fait quoi ? » Il prit le fauteuil près de Vianello, pour mieux voir le quotidien.

Vianello lui indiqua le deuxième paragraphe de l'article en affirmant : « Ce n'est pas vraiment clair, mais il semblerait que les photos des deux jeunes filles – qui sont en couleurs et nettement lisibles, et qui ont tout du cliché anthropométrique – aient été affichées à chaque arrêt de vaporetto en ville et légendées par le terme "voleuse", imprimé en rouge dans six langues, et par l'avertissement "Faites attention".

— Dans quelles langues ?» s'enquit Brunetti, préférant s'abstenir de tout commentaire.

Vianello se pencha sur la page pour l'examiner de nouveau. « En italien, anglais, allemand, mandarin, français et japonais, répondit-il en baissant le journal sur ses genoux. Pourquoi ce détail t'intéresse-t-il ?

— Parce qu'il montre à qui ils veulent faire peur.

— Oui, effectivement », approuva Vianello en repliant *Il Gazzettino*.

L'inspecteur se dirigea vers la porte, puis se tourna en suggérant : « Parlons-en dans la voiture. » Puis il dit à la réceptionniste, du ton le plus aimable : « *Buongiorno, signorina.* »

Une fois dehors, Vianello perdit toute sa bonhomie et son sens de l'humour. « C'est à ne pas y croire. Des voleurs lésés qui intentent un procès ! » s'écria-t-il, la voix nouée de colère.

Brunetti hésitait toujours à discuter de ce point, même avec Vianello : il était impossible de formuler une remarque sensée, tout comme d'avoir une opinion raisonnable sur la question. À quoi ressembleront les prochaines affiches ? se demanda-t-il. Est-ce que ce seront les mêmes photos, avec les visages barrés par un X rouge, comme des cibles ? Ce genre d'initiatives pourrait être entièrement envisageable dans la nouvelle Italie. Il était sûr et certain que l'éventail des réactions pouvait aller de l'exigence de verser des dommages et intérêts aux filles à l'incitation à la violence à leur encontre. Il se demanda aussi quels tours et détours pourrait bien suivre cette affaire judiciaire. Pour l'instant, cette annonce garantissait leur absence de Venise jusqu'à la publication du fameux article.

Sur le chemin du retour, Brunetti déclara, en parlant assez fort pour que le chauffeur puisse entendre : « Je me demande pourquoi nous n'affichons pas sur les *imbarcaderi* des avis de recherche avec la tête des gens qui ont planifié le MOSÈ pour nous protéger des inondations. »

Vianello renâcla en secouant la tête.

Le chauffeur répondit, depuis son siège : « Si je puis donner mon avis, commissario…

— Je vous en prie.

— Si vous volez des milliards, vous vous achetez un chalet à Cortina et un appartement à Rome. » Il passa sur la file de gauche et accéléra. « Ces filles auraient dû viser plus haut et se livrer à une activité plus lucrative que pickpocket. »

Brunetti se tut un moment après cette remarque et regarda les bâtiments qui s'étaient substitués aux champs, puis il se tourna vers Vianello pour lui demander : « Comment s'est passé ton entretien avec le dottor Veltrini ?

— Je lui ai dit que nous étions revenus car nous avions besoin d'informations supplémentaires, mais en lui signalant clairement que je n'en avais guère envie. Je n'ai montré aucun intérêt non plus vis-à-vis des questions que je lui posais et j'ai bien veillé à ne pas noter ses réponses. » Il sortit à ces mots son téléphone de la poche intérieure de sa veste et le brandit sous les yeux de Brunetti. Ce geste lui rappela Griffoni en train d'allumer son portable avant d'entrer dans la pièce où la signora Toso était à l'article de la mort.

« Que lui as-tu demandé ?

— Ce que tu m'as dit : s'il pouvait me donner une copie de la carte de la zone où ils ont trouvé le… J'ai fait semblant évidemment de ne plus bien me souvenir que c'était de l'arsenic. Il m'a répondu qu'il n'y avait aucun problème et, avant même que j'ouvre la bouche, il a noté mon adresse mail et m'a envoyé la carte depuis son ordinateur. Étant donné que nous étions tout près de l'appareil, je lui ai demandé s'il pouvait en faire autant pour les endroits où ils avaient trouvé du cuivre et du plomb. Il a entré ces requêtes avec un sourire et, comme j'avais l'air d'être impressionné, il a dû penser que je n'avais jamais vu un ordinateur de ma vie. » Vianello sourit à cette réflexion. « Il a trouvé ces données et me les a envoyées, et je me suis retenu pour ne pas m'écrier à genoux : "Miracle ! Ô miracle !" J'ai pris mon calepin et suis revenu à nos moutons ; j'ai feuilleté quelques pages pour lui signifier mon indifférence vis-à-vis de toute cette situation et lui ai demandé s'il pouvait me faire parvenir aussi les résultats pour le mercure. » Vianello s'arrêta ici, tel le coryphée du théâtre antique changeant de posture pour avertir qu'il va se produire un événement crucial.

« Ce mot l'a fait tressaillir. Puis il s'est ressaisi et m'a répondu qu'il n'était pas certain que cette substance ait fait récemment l'objet d'un contrôle et qu'il devait consulter les dossiers. Qu'il lui fallait tout d'abord vérifier le système et qu'il m'enverrait la carte le lendemain. Je l'ai remercié et lui ai certifié que ce n'était pas pressé. J'ai failli ajouter que toutes ces questions, que tu m'avais chargé de lui poser, n'avaient pas grand sens à mes yeux, mais j'avais peur de tomber dans la surenchère. » Vianello, qui avait l'art et la manière de raconter les histoires, et un sens très subtil du drame, marqua cette fois une longue pause.

« D'accord, d'accord, Lorenzo. Allez, livre-moi ton grand secret ! »

Sans rien révéler par son expression ou ses inflexions de voix, Vianello poursuivit : « Une fois que nous fûmes à l'extérieur du laboratoire – et hors de portée de son assistante –, il m'a dit qu'il venait de se rappeler qu'à la suite d'une erreur dans le système, il n'avait pas pu avoir accès à la carte ni même aux chiffres du dernier rapport en date.

— Une erreur dans le système, hein ? ironisa Brunetti. Du genre, "mon réveil n'a pas sonné" ?

— Exactement. J'ai souri et lui ai dit que ce n'était probablement pas grave du tout et que je me demandais bien pourquoi tu t'occupais de tous ces trucs. » Vianello ajouta : « Je pense qu'il m'a cru.

— Je n'ai pas l'impression que ce soit son fort.

— Quoi donc ?

— De mentir.

— Effectivement, approuva Vianello sans veiller à dissimuler son mépris à l'égard d'un si piètre menteur. Il n'a pas su se maîtriser quand j'ai mentionné le mercure. Il a eu peur et m'a dit la première chose qui lui passait par la tête, à savoir tout mettre sur le dos de la technologie. Il a perdu ses moyens quand j'ai fait allusion à cette substance. »

Brunetti devança Vianello en suggérant : « La signorina Elettra. » D'autres agences gouvernementales faisaient appel à leurs équipes d'intervention rapide, leurs forces opérationnelles, des hommes jeunes en uniforme capables de descendre des hélicoptères en rappel : la questure avait la signorina Elettra Zorzi, et elle était redoutable.

Brunetti se mit à réfléchir à l'élément clef que Vianello venait de lui fournir : le mercure. Des années auparavant, il avait consulté un livre photo contenant entre autres une pietà[1] japonaise. Il s'en souvenait encore : la mère, la tête enveloppée d'un morceau d'étoffe, immergée dans une grande bassine en bois, avec sa fille adolescente toute nue, rongée par la maladie et couchée, agonisante, sur ses genoux. Décennie après décennie, une société avait déversé dans la baie, en toute connaissance de cause, ses eaux usées chargées de mercure toxique. Elle nia son action, tout en étant consciente des dommages qu'elle avait créés, mais finit par payer une compensation pour les dégâts provoqués. *Comme si l'argent résolvait le problème*, se dit Brunetti en son for intérieur.

« Et l'autre technicienne ? s'enquit-il auprès de Vianello. Que s'est-il passé quand sa collègue est sortie pour me parler ?

— Il l'a ignorée et elle, elle n'en avait apparemment que pour son microscope. » Changeant de sujet, l'inspecteur demanda : « Et toi ? Tu en es où ? »

Brunetti haussa les épaules. « Veltrini et ses deux assistantes sont individuellement chargés de la surveillance de capteurs spécifiques. Ce mode d'organisation leur permet de se familiariser avec les causes des augmentations ou diminutions habituelles de certains éléments présents dans l'eau où est situé chacun de leurs capteurs. Elle m'a assuré que Fadalto était d'une honnêteté intransigeante, ce qui lui avait valu bien des antipathies. »

Il s'enfonça sur son siège et observa les champs de maïs, toujours avides d'atteindre la ligne d'horizon. « La dernière fois, la signora Sala, la technicienne de laboratoire à qui j'avais parlé, avait commencé à me dire quelque chose juste au moment où nous allions partir, mais elle s'est rétractée.

1. Statue ou tableau représentant la Vierge tenant sur ses genoux le corps du Christ détaché de la croix.

Et lorsque je lui ai rappelé ce fait aujourd'hui, elle m'a dit qu'elle voulait simplement me mettre en garde contre la nourriture dans la *cantina.*»

Vianello haussa les épaules. «Je ne l'avais pas remarqué», reconnut-il.

Préférant reporter cette question à plus tard, Brunetti déclara : «Tu sais, Lorenzo, plus j'en apprends sur Fadalto, moins je le trouve attachant.

— Pourquoi ? demanda Vianello, aussi intrigué que curieux.

— Il se mêlait des affaires des gens, leur interdisait de fumer, rapportait leurs infractions aux autorités de la société.

— Qu'est-ce qu'il y a de mal à cela ?

— Il n'y a rien de mal, Lorenzo, rien du tout. Mais la personne qui me l'a raconté n'appréciait pas ce comportement et j'ai cru comprendre que c'était plus sa façon de faire qui dérangeait que ses mots ou ses actions.» Face au silence de Vianello, Brunetti ajouta : «Tu te souviens de ce juge de Turin qui était en poste ici il y a quelques années ?

— Celui avec les grosses lunettes ?

— Oui. Tu te rappelles qu'il ne pouvait pas s'empêcher de faire un sermon à la fin de chaque procès ? Et cette manie qu'il avait d'expliquer en quoi l'accusé avait enfreint la loi et quel était le but de la légalité ?»

Vianello hocha la tête.

«Il n'a pas tenu un an, n'est-ce pas ? et il a été expédié en Sardaigne, je crois.

— Où veux-tu en venir ? demanda Vianello.

— Les gens n'aiment pas les prêches, même s'ils sont d'accord avec les propos du prêcheur.

— Mais rien ne prouve que ce soit le cas de Fadalto, n'est-ce pas ?

— Non, mais c'est ce qui ressort des réflexions à son sujet.

— "Ressort" ? »

Brunetti se rendit compte de sa difficulté à expliquer le fond de sa pensée. Après tout, il n'avait jamais rencontré cet homme, n'avait même jamais vu la moindre photo de lui et n'avait entendu parler de lui qu'après sa mort. Il aurait été également incapable d'évoquer une expression précise ou un ton particulier dans les propos rapportés sur Fadalto, qui avaient fait naître en lui cette impression, une impression érigée au rang d'opinion depuis qu'il l'avait formulée à voix haute à Vianello.

Comme il est désagréable d'entendre le halo de ses propres jugements négatifs ; comme il est difficile de se retrouver face à sa propre intolérance. Que pouvait-il donc faire de mieux que de hausser les épaules, de lever une main et de se tourner pour regarder les champs de maïs s'étendant à perte de vue.

Lorsqu'il revint à la questure après son déjeuner, Brunetti constata que certaines observations dans les dossiers que la signorina Elettra avait réussi à « se procurer » – c'était le nouveau mot de sa collègue – « dégageaient » une impression similaire aux documents de Spattuto Acqua. Brunetti avait toujours été fort sceptique à l'idée d'établir des dossiers sur le personnel ou des fiches de commentaire sur les collègues au sein d'une société : malgré le secret professionnel, la plupart des gens étaient persuadés que leurs remarques pouvaient ou finiraient par revenir à leurs oreilles. Et en ces temps de gravissime crise économique, qui irait mettre son poste en péril en dénonçant les abus ou harcèlements d'un collègue, voire d'un supérieur ? Faire profil bas, surtout faire profil bas. Et attendre.

Ainsi Fadalto était-il « un exemple d'intégrité », « un collègue fiable » et « un modèle pour les jeunes recrues ». Le dottor Veltrini, « précis », « solidaire » et « intelligent », passait pour un « bon chef », tandis que la dottoressa Ricciardi, qualifiée d'« agréable » et de « serviable », constituait « une source d'inspiration ». Brunetti s'aventura encore quelque temps parmi les fioritures ornant les noms de différents membres de l'administration qui étaient infailliblement « d'un grand soutien », « disponibles » et « ingénieux » – c'étaient presque tous des hommes – « intègres et visionnaires », et l'incarnation de « modèles de zèle » et d'« aspiration à l'excellence ».

Il se mit soudain à songer à la questure, imaginant ce que révélerait un tel rapport sur les prestations de ses employés. Quelles louanges pleuvraient sur Patta ? Quelles grâces célestes émaneraient des récits sur le comportement du lieutenant Scarpa ? Il marqua une pause et reconnut que, s'il se retrouvait dans l'obligation de rédiger un commentaire sur le vice-questeur, il emploierait assurément des expressions comme « donne le ton de la questure », « fait preuve de la même courtoisie envers tous ses collègues », et il se risquerait même à recourir à une expression aussi creuse que : « a amplement mérité son grade actuel ».

Il vit qu'il restait quelques pages, mais il ne se sentit pas la force de les lire. Il lança les papiers sur son bureau et passa mentalement aux ragots. Fadalto était vénitien ; Veltrini et Ricciardi le semblaient à leur accent ; celui de Vénétie, du moins.

Il appela la signorina Elettra et lui demanda si par hasard elle avait trouvé leurs CV. Elle répondit qu'il les aurait dans sa boîte de réception en l'espace de quelques minutes. Si l'on demandait à ses collègues d'exprimer leur opinion sur elle, les pages resplendiraient de lumière. Une alerte sonore annonça l'arrivée de son mail.

Le dottor Veltrini avait passé son diplôme de chimiste plus de trente ans auparavant. Son parcours professionnel était des plus classiques : deux emplois précédents en Vénétie, chacun d'une durée approximative de dix ans, au sein de sociétés fabriquant des produits chimiques. Il était divorcé.

La dottoressa Ricciardi était diplômée en psychologie à l'université de Padoue et avait travaillé comme conseiller pédagogique, notamment auprès des filles qui quittaient l'école après être tombées enceintes. Ses supérieurs étaient très satisfaits de son travail. Après plus de dix ans d'expérience, elle avait grimpé les échelons et était devenue vice-superviseur du département, mais elle avait fini par démissionner pour reprendre ses études.

Elle était retournée à l'université et avait obtenu un diplôme de troisième cycle au département de psychologie du développement et socialisation qui lui avait valu son emploi auprès de la société Spattuto, où elle percevait un traitement considérablement plus élevé que dans son poste précédent. Elle y travaillait depuis trois ans. Elle était divorcée, sans enfants.

Brunetti composa spontanément le numéro de Paola et lui dit qu'il l'aimait.

« Avoue que tu as besoin de quelque chose, répliqua-t-elle.

— Le nom du gars qui est professeur de psychologie à Padoue. Je me souviens juste qu'il s'appelle Renzo.

— Renzo Pandolfi, précisa-t-elle, et je suppose que tu veux aussi son numéro de téléphone ?

— Oui, s'il te plaît.

— Je le cherche et je te l'envoie par texto », dit-elle en raccrochant.

Quelques minutes plus tard s'afficha sur l'écran de son téléphone un numéro qu'il composa immédiatement.

Au bout de cinq sonneries, un homme se présenta sous le nom de Pandolfi.

« Salut, Renzo, je suis Guido Brunetti, le mari de Paola. Je t'appelle pour une question professionnelle.

— Je suis innocent comme l'agneau qui vient de naître », répliqua Pandolfi. Pas étonnant que Paola l'aime bien.

« D'accord, c'est bon pour cette fois. Je t'appelle au sujet d'une femme qui a soutenu sa thèse de doctorat chez vous, il y a trois ans environ, dans un truc appelé psychologie du développement et socialisation. »

Après une longue pause, Pandolfi demanda : « Comment réagirais-tu si je te disais que tu as passé ta maîtrise dans "un truc appelé loi" ?

— Je serais vexé, admit Brunetti. Dans le département de psychologie du développement et socialisation.

— Ah, voilà qui est mieux. Elle s'appelle comment ?

— Ricciardi Fulvia.

— Je suppose que ses notes ne t'intéressent pas.

— Non, ce que je veux savoir, c'est tout ce qui pourrait jouer en sa défaveur, ou en sa faveur.

— Sur une question en particulier ? s'enquit Pandolfi qui observa : En tant que psychologue, je trouve intéressant que tu aies mis "défaveur" en premier.

— C'était un test, répliqua Brunetti d'une voix sobre.

— *Oddio*, laissa échapper Pandolfi.

— Toute information à son sujet me sera utile. Je sais seulement qu'elle avait une hernie discale et que, depuis son opération, elle boite et marche avec une canne. »

Pandolfi laissa s'écouler un certain temps, puis déclara : « Je vais me renseigner autour de moi ; je connais quelques personnes qui enseignent là-bas. As-tu besoin d'autres éléments ?

— Non, merci. »

Pandolfi émit un bruit et raccrocha.

Brunetti songea de nouveau au dottor Veltrini, mais il ne voyait pas qui pourrait être au courant de sa vie en dehors du laboratoire.

Comme il avait l'ordinateur sous la main, il tapa machinalement le mot « mercure » et lut quelques articles sur son utilisation et sur ses conséquences sur les individus entrés en contact avec cette substance ou, pire, l'ayant consommée sous une forme ou une autre.

Il poursuivit sa recherche et tomba sur la photo qui s'était gravée dans sa mémoire bien des années plus tôt et qui illustrait parfaitement les textes qu'il venait de parcourir. Il voyait flotter devant ses yeux l'image de l'adolescente dans la baignoire et de sa mère en train de bercer son corps irrémédiablement arqué en arrière, comme pour lui éviter de briser sa colonne vertébrale. « *Maria Vergine* », murmura-t-il : perte de la coordination, de la mémoire, de l'audition, de la force et de l'élocution. Et, inexorablement, de la vie. Minamata[1].

1. Fait référence à l'intoxication au Mercure dont les habitants de la baie japonaise de Minata ont été victimes dans les années 1950.

21

Le lendemain matin, Brunetti se réveilla tôt, croyant enlacer sa femme alors qu'il tenait simplement un oreiller dans ses bras. Celui de Paola. Elle n'était pas là, mais elle arriva bientôt avec deux tasses de café ; elle s'assit au bord du lit et lui tendit la sienne.

Il se redressa contre la tête de lit et sirota son café. « Bénie sois-tu, lui dit-il avec la plus grande sincérité. Tu ne peux pas imaginer combien j'aime ça, être couché ici et jouir de ce si simple plaisir.

— Je suppose que tu entends par là ma présence », suggéra-t-elle.

Il s'apprêtait à répliquer par une plaisanterie, mais il pensa qu'il valait mieux lui dire la vérité. « Ta présence, bien sûr. Mais aussi le fait que, jour après jour, année après année, tu aies encore ce genre de petites attentions envers moi. » Puis, poursuivant sur le mode de la franchise, il précisa : « De temps à autre. »

Paola changea de ton et expliqua, avec le plus grand sérieux : « Cela me fait tellement plaisir de te voir heureux – et, craignant de tomber dans le sentimentalisme, elle se leva en déclarant : Il fait déjà chaud. Es-tu vraiment obligé de porter une veste ? »

Il posa la tasse sur la table de nuit et gigota pour adopter une position plus ou moins assise. « Souviens-toi du Raj, proclama-t-il.

— Pardon ? fit Paola en prenant sa tasse.

— Regarde les premières photos des hommes qui sont arrivés dans les colonies – les Anglais, je veux dire – et tu verras qu'ils portaient, été comme hiver, leurs vestes d'uniforme en laine. Donc je pense qu'une veste en coton, c'est déjà bien pour aujourd'hui.

— Tu es fou, observa-t-elle en rapportant la vaisselle à la cuisine.

— Eux aussi », murmura doucement Brunetti, en ne s'adressant qu'à lui-même.

Une demi-heure plus tard, lorsqu'il prit la *calle* menant à l'arrêt de bateau de San Silvestro, Brunetti songea de nouveau à ces milliers d'hommes qui partirent pour les colonies, s'autopersuadant que leur mission était d'œuvrer sans compter pour l'Empire, pour la reine et impératrice, et très certainement pour le salut des âmes de la population assujettie. Il avait du mal à concevoir leurs véritables motivations : pour certains, s'enrichir un peu, pour d'autres, acquérir un peu de pouvoir ; pour d'autres encore, faire le bien. Admettons.

Son propre pays ne s'était pas comporté de manière particulièrement exemplaire avec les quelques colonies dont il avait réussi à s'emparer au siècle dernier. Aux dires de son père, ils poursuivaient les mêmes buts que les Anglais – comme toute armée conquérante, sans aucun doute. Mais quelle chance, en ce siècle actuel, de n'avoir été qu'une piètre puissance coloniale.

Soudain submergé par la vague de plus en plus forte de chaleur, il chassa ces pensées, monta à bord du n° 1 et alla s'asseoir à l'intérieur. Il n'était pas encore 9 heures, mais il regrettait déjà d'avoir tenu à porter une veste et il la plia sur ses genoux.

Quelques passagers descendirent à San Tomà, puis au moins trente personnes montèrent dans le bateau, mais la plupart préférèrent rester à l'extérieur. Comme Brunetti prenait souvent ce vaporetto, il reconnut certains de ces passagers : la femme élégante aux lunettes rouges qui s'arrêtait toujours à l'Accademia et qui, pensa-t-il, devait travailler au musée ; le jeune homme portant le T-shirt « Help Venice » qu'il avait vu sur la Piazza[1], en train de vendre des graines pour les pigeons, et la vieille dame enveloppée, en toute saison, dans un foulard en laine tartan, qui passait ses journées sous le balcon du Palazzo Ducale[2] à regarder les gens passer. Il ne l'avait jamais vue ailleurs et se demandait où elle dormait.

Il descendit à San Zaccaria et, portant sa veste sur l'épaule, se dirigea vers la questure. Il n'avait pas fait cent mètres qu'il rêvait déjà de se faire téléporter – même s'il n'avait aucune idée du processus – jusqu'à la questure, puis en haut dans son bureau, mais à condition que quelqu'un soit allé ouvrir les fenêtres une heure plus tôt. Il ralentit le rythme et n'inspira que tous les quatre pas, pour éviter d'inhaler davantage d'air humide. *Il Gazzettino* donnait, chaque jour, le degré de pollution atmosphérique et chaque jour Brunetti détournait les yeux de ces chiffres, désespérément alarmants. Qu'est-ce que signifiait la présence d'autant de particules fines dans un mètre cube d'air ? Qu'est-ce qu'il

1. Abréviation désignant la place Saint-Marc, la seule dénommée « piazza » et pas « campo ».

2. Palais des Doges.

faisait pénétrer, exactement, dans le réceptacle humide de ses poumons ? et quelles en seraient les conséquences, dans les années à venir ?

C'était l'hiver que les habitants redoutaient autrefois, à cause du chauffage allumé partout en ville et du fait que les rares pluies ne pouvaient combattre ces corpuscules et assainir l'air. Mais l'été, se dit-il, était bien pire. Les gens passaient la plupart du temps dehors, respirant l'air vicié, absorbé puis recraché par les bateaux de croisière qui défilaient avec une fréquence inquiétante ; sans compter les appareils de climatisation accrochés à un nombre considérable de fenêtres, la circulation de vaporetti plus dense que pendant la saison creuse, l'arrivée massive de voitures et de bus déversant leurs cargaisons de touristes à Piazzale Roma, et le sempiternel vent d'ouest qui poussait vers Venise les nuages provenant de l'une des zones les plus hautement industrielles et polluées d'Europe.

Il tourna juste avant l'église des Grecs et baissa les yeux sur la *calle* menant à la questure. Jamais le *tricolore*[1] flottant sur le balcon du bureau de Patta ne lui avait semblé un symbole aussi étincelant de sécurité. La température baissa un peu dès qu'il eut franchi la porte, comme il l'avait espéré. Il épargna à l'agent de service – en imaginant combien de fois il avait dû entendre des commentaires sur la chaleur – toute réflexion d'ordre météorologique, se contenta de lui dire bonjour et monta dans son bureau.

Comme personne n'avait ouvert les fenêtres, il accrocha sa veste sur le dossier de son fauteuil et le fit lui-même. En se tournant, il fut ravi de voir la brise soulever les papiers de son bureau et les éparpiller par terre. Il resta un moment dos

1. Manière de désigner en Italie le drapeau national.

à la fenêtre, les bras écartés, dans l'espoir que cette brise sèche sa chemise et lui remonte le moral.

Il se tenait ainsi, les yeux fermés, lorsqu'il entendit un bruit à la porte. Sans soulever ses paupières, il se demanda qui le dérangerait le moins à cet instant.

Il ouvrit les yeux et, de même que la fraîcheur de ce zéphyr était parvenue à apaiser son esprit, de même la vision de la signorina Elettra, debout dans l'embrasure de la porte et immergée dans la flamboyante lumière de l'orient, ne fit que contribuer à son bien-être.

«*Bondì, dottore*», dit-elle en se dirigeant vers son bureau. Il remarqua qu'elle portait un large pantalon noir et une paire de Stan Smith, un chemisier en lin du même vert que les étiquettes apposées sur les talons de ses baskets, mais pas de chaussettes. Dans un second temps, il aperçut l'enveloppe en papier kraft qu'elle tenait à la main. Il alla à sa rencontre et prit l'enveloppe qui était scellée.

Au moment où elle s'apprêtait à partir, Brunetti leva une main pour la couper dans son élan. Il déchira le rabat et sortit trois morceaux de papier rigide, les tourna et vit que c'étaient des photographies. La première montrait un homme de dos, apparemment vêtu d'un uniforme. En y regardant de plus près, Brunetti s'aperçut que c'était un uniforme de la police, avec sa veste d'hiver bleu foncé typique. Cet homme était en train de parler à deux femmes : on pouvait au moins discerner, aux côtés du policier, le tiers de deux silhouettes féminines. Il ne pouvait que distinguer leurs vestes épaisses et leurs amples foulards, leurs longues jupes et leurs chaussures éculées sortant de dessous.

Pour prendre la deuxième photo, le photographe s'était un peu déplacé sur la gauche, ce qui rendait à présent l'une des femmes entièrement visible, tandis que l'autre était presque entièrement cachée par le gabarit imposant de l'homme. La troisième photo avait été prise d'encore plus loin sur la gauche et, maintenant, il pouvait distinguer les deux femmes, au visage et à l'attitude détendus. Il les reconnut immédiatement : c'étaient les deux jeunes filles des affiches imitant les posters « Wanted » placardées dans les embarcadères du centre-ville. L'officier de profil, avec qui elles étaient en train de parler et que l'on pouvait désormais clairement identifier, n'était rien moins que le lieutenant Scarpa, tout sourires.

Sans se départir de son calme, Brunetti demanda : « Comment ces documents ont-ils atterri entre vos mains ?

— Ils étaient dans le bar en bas du pont. Je m'y suis arrêtée ce matin pour prendre un café. Sergio m'a remis cette enveloppe et m'a dit que quelqu'un l'avait laissée hier en précisant que ce n'était pas un pli urgent, mais qu'il était pour vous. »

Brunetti regarda les photos plus attentivement, en essayant de repérer l'endroit. Il retourna à son bureau où il les aligna toutes les trois, puis il se poussa sur le côté de manière que la signorina Elettra puisse les voir aussi.

Elle se rapprocha d'un pas ou deux et, en reconnaissant le lieutenant, murmura : « *Maria Santissima.* » Elle examina les clichés un certain temps. Puis elle se pencha et tapota la première photo. « C'est le campo Manin, affirma-t-elle. Voilà la chaîne, et derrière elle on voit les marches du monument. »

À l'instar de la signorina Elettra, Brunetti se pencha et tapota la veste de Scarpa présente dans chacune des photos : une, deux, trois fois. « C'est en automne ou en hiver. » Elle fit un signe d'assentiment et il ajouta : « Donc, c'était bien avant que leurs photos ne soient affichées dans les embarcadères.

— Et bien avant qu'on ne leur prête toute cette attention, renchérit-elle.

— Exactement», confirma Brunetti, les yeux rivés sur les photographies alignées, qui passaient progressivement de l'anonymat à la révélation de ces trois identités.

Devançant sa question, elle précisa: «Sergio ne se souvient d'aucun détail sur l'homme qui a déposé l'enveloppe; il se rappelle juste qu'il portait des lunettes de soleil et un chapeau.»

Brunetti acquiesça et se mit à réfléchir aux raisons qui avaient pu inciter le lieutenant à s'arrêter, ou à accepter de se faire arrêter, pour parler à ces filles. Du point de vue juridique, il s'agissait simplement de deux filles en train de se promener en ville, en toute légalité. Elles avaient été détenues de nombreuses fois, mais elles étaient mineures et avaient été systématiquement relâchées, donc elles avaient le droit de circuler librement sans se faire interpeller par les forces de l'ordre. D'ailleurs, rien dans l'attitude de Scarpa ne laissait penser qu'il leur mettrait la moindre entrave. Bien au contraire: un des coins de sa bouche remontait vers le haut, peut-être en guise de sourire, comme pour approuver les propos de l'une d'elles.

De leur côté, elles donnaient l'impression d'être complètement détendues et tout à fait à leur aise en sa compagnie: elles ne souriaient pas – du reste, il ne se souvenait pas d'avoir vu, au cours de sa carrière, un seul ou une seule Rom sourire –, mais leurs visages étaient loin d'exprimer l'inquiétude pétrie de ressentiment qu'il pouvait lire sur celui des récidivistes invétérés. En fait, il suffisait de raccourcir leurs jupes et de leur couper les cheveux, et de revêtir Scarpa d'un jean et d'une veste en cuir, et l'on n'avait plus affaire qu'à trois individus quelconques, bavardant dans la rue.

Mais qui avait pris ces photos et surtout pourquoi cette personne les lui avait-elle envoyées ?

« Pourriez-vous éventuellement… », lâcha Brunetti, mais il laissa sa question en suspens car il ne savait trop que demander à la signorina Elettra.

Elle croisa les bras et s'appuya contre le bureau du commissario, dans une position aussi désinvolte que celle des filles sur les photos. « Je peux vérifier dans un premier temps qui a consulté les dossiers de leurs arrestations. » Au vu de la confusion de Brunetti, elle expliqua : « Le système garde des traces des noms de toute personne examinant ces documents », une procédure qu'il ignorait et qui le déconcerta profondément.

Elle croisa ensuite les jambes et baissa les yeux sur le bout de ses pieds, comme en admiration devant ses chaussures, et elle explicita : « Tout individu qui vient chez nous rendre visite aux détenus, ou qui vient les chercher, doit décliner son identité, qui est scannée. S'il s'agit d'un mineur, le visiteur doit être un parent ou un gardien nommé par la cour, et en donner la preuve » et, comme si elle avait lu dans son esprit, elle ajouta : « Nous ne gardons en revanche aucune trace de nos agents qui auraient pu leur rendre visite ou leur parler pendant leur détention ici ; nous conservons uniquement la signature de la personne qui autorise leur sortie. »

Brunetti prit tous ces éléments en considération et conclut : « Je veux savoir qui est venu leur rendre visite pendant leurs différentes détentions ici et quel était le lien de ces personnes avec les filles. Et je veux les noms des personnes qui sont venues les chercher chaque fois qu'elles ont été relâchées. Âge, sexe, nature de la relation, casier judiciaire, nationalité. Et je voudrais aussi savoir si le lieutenant lui-même a déjà procédé à l'arrestation de ces filles ou de quiconque ayant un lien avec elles. »

Lorsque la signorina Elettra eut la certitude qu'il n'avait plus rien à ajouter, elle s'écarta du bureau du commissario, hocha la tête et sortit pour aller exécuter ses instructions.

Il empila les photos, les glissa dans l'enveloppe et décida sur-le-champ qu'elles ne devaient pas rester à la questure. Il quitta aussitôt le bâtiment et préféra emprunter des *calli* étroites, pour éviter le four qu'était déjà devenue la *riva*.

Les visages des jeunes filles pickpockets étaient encore visibles en ville et pourtant, dès l'automne précédent, quelqu'un avait remarqué Scarpa en leur présence et avait jugé leur trio digne d'être photographié. Le lieutenant n'était pas connu pour son ouverture d'esprit en matière sociale, ni pour sa souplesse, donc son attitude tout sucre tout miel, en compagnie de deux jeunes filles d'origine rom, avait peu de chances d'être bien accueillie dans son cercle d'amis. Ou, faute d'amis, dans son cercle de connaissances.

Toutefois, se trouver avec elles dans un lieu public n'était guère un délit. En fait, son aisance et – n'ayons pas peur des mots – son expression affable sur la photo pouvaient le faire passer pour leur grand frère ou leur oncle ; dans tous les cas, pour un ami.

Tout en se faufilant à travers les rues bondées, Brunetti songea de nouveau aux affiches avec le visage de ces filles et à la hardiesse de leur légende : « Voleuses ». Elles avaient été prises, pour le moins, la main dans le sac et Scarpa avait été photographié par un inconnu, en train de parler à ces deux jeunes filles. Il ne s'était rendu coupable d'aucun crime, aucune loi à ce jour n'interdisant d'être ami avec les Roms ni de discuter avec eux dans les espaces publics.

Il s'arrêta, franchit le seuil d'une maison et composa le numéro de la signorina Elettra.

« *Si', commissario ?*

— La dernière requête que je vous ai faite avant de partir ; je vous avais demandé de vous renseigner sur une personne que nous connaissons…

— *Si' ?*

— Ce n'est plus d'actualité.

— Parfait, signore », répliqua-t-elle simplement, alors que Brunetti aurait espéré qu'elle soit plus loquace. « Je suis ravie que vous ayez appelé », ajouta-t-elle au bout d'un moment, puis elle raccrocha.

Arrivé chez lui, Brunetti glissa l'enveloppe dans la bibliothèque de Paola entre les deux volumes de *The Atlas of Nineteenth Century London*[1], puis il chercha un recueil de poèmes de Leopardi. Décrétant qu'il n'avait aucune raison de retourner à la questure, il se consacra à cette lecture jusqu'à l'heure du déjeuner.

---

1. L'atlas de Londres au XIXe siècle.

22

L'après-midi s'écoula tranquillement. Brunetti partagea son temps entre regarder de loin – lire serait trop dire – les plans de rotation du personnel pour le mois suivant et examiner les demandes de renseignements provenant d'autres agences gouvernementales. Un collègue romain lui avait écrit pour dire qu'on le mettait à la retraite anticipée. La dernière fois que Brunetti l'avait vu – ce collègue était venu de Rome en train pour déjeuner avec lui et était rentré chez lui dans l'après-midi –, il lui avait demandé s'il détenait des informations sur les années qu'un secrétaire du ministère des Finances avait passées à Venise en tant qu'avocat affecté à l'une des sociétés impliquées dans le projet du MOSÈ et qui faisait l'objet à présent d'une enquête judiciaire.

Brunetti avait commencé par lui faire part de l'opinion officielle circulant sur l'avocat en question et des louanges qu'avaient chantées les journaux à son sujet, et ce, depuis les deux bords politiques, en dépit du gouffre censé les séparer. Mais, comme ils avaient travaillé ensemble, des années auparavant, sur un procès qui s'était soldé par un échec, Brunetti lui faisait suffisamment confiance pour lui révéler partiellement son opinion personnelle qui était tout sauf élogieuse et se fondait presque exclusivement sur les ragots et les insinuations, ces jumeaux vénitiens de la vérité.

Ce collègue de Rome était légèrement plus âgé que Brunetti – trois ans au maximum – et on était déjà en train de le mettre à la retraite. Songeant à son propre avenir, Brunetti se demanda quel effet cela devait faire de rendre son insigne et son arme de service, de ne plus interroger des personnes de son choix et de ne plus passer ses journées à résoudre des problèmes, à percer des mystères et à lancer, de temps à autre, le processus conduisant à l'arrestation du criminel et à la punition du…

Son esprit cessa de vagabonder devant son incapacité à trouver le mot correct. La plupart des gens qu'il arrêtait étaient des créatures faibles qui succombaient à la tentation ou cédaient à leurs impulsions, sans vouloir véritablement faire de mal, et qui s'étonnaient, après coup, des conséquences de leurs actions qu'ils n'avaient pas forcément planifiées ou des dommages qu'elles avaient provoqués.

Il partirait un jour à la retraite : quelqu'un prendrait sa place et les gens continueraient à faire du mal, à se flouer et à s'entretuer. Brunetti cessa d'y penser, car il savait qu'il ne retirerait aucun bienfait de cette pente savonneuse. Il se concentra sur le papier qu'il était en train de lire, mais il fut instantanément saisi d'un état soudain d'agitation qu'il voulut contrer tout aussi rapidement. Il parcourut hâtivement les dossiers restants présents sur son bureau et ne considéra qu'à ce moment-là que cette tâche était réglée.

La dernière qu'il lui restait à accomplir était de visionner la vidéo d'un jeune officier menant son premier interrogatoire d'un suspect. Un opticien situé dans la Frezzeria avait été cambriolé trois nuits plus tôt et, la veille, on avait arrêté un homme cherchant à vendre des Ray-Ban sur le campo San Luca.

Brunetti y procéda en recourant à sa méthode habituelle : il regardait tout d'abord les vidéos sans le son, de manière à repérer les détails perceptibles dans la gestuelle du suspect et de l'interrogateur. Au second visionnage, son cerveau s'était fait généralement sa propre image de la personne interrogée, comme de la personne posant les questions, mais le commissario tenait à conserver son impression première découlant de l'approche physique et intuitive de ces individus. Il les observait comme un passager patientant pour monter dans le même avion ou un autre client assis dans son champ de vision dans un restaurant.

Il vit les yeux du suspect se porter sur le visage de l'interrogateur, puis s'en détourner ; il perçut son état de confusion et ses brusques mouvements de tête à chacune des remarques ou des nouvelles questions de son interlocuteur, puis il cerna le moment où l'accusé comprit, aux mots de l'officier, que tout espoir était perdu.

Il afficha alors une expression de grande faiblesse et se mit furtivement en quête d'une excuse, d'un alibi, d'une justification, de tout élément capable de parer aux derniers propos de l'agent, puis il finit par se boucher les oreilles, tel un enfant réprimandé, et ferma les yeux, comme si ce geste pouvait annihiler la preuve sonore que la police était en train d'établir contre lui.

L'officier attendit en silence. Le suspect posa les mains sur la table et ouvrit les yeux. Le policier, le visage calme et la main levée en signe de bienveillance, lui parla un moment ; peut-être était-il en train de lui proposer une offre en échange de sa collaboration.

Le suspect ferma de nouveau les yeux et serra les poings. Il en porta un à ses lèvres, tandis que l'agent de police restait assis en face de lui tranquillement, les mains croisées sur la table.

C'est là qu'il va craquer, songea Brunetti, et cette pensée coïncida avec ce tournant. Le suspect hocha la tête, tritura ses mains et se balança à maintes reprises sur sa chaise. Il baissa la tête et parla un long moment, en levant les yeux de temps à autre sur l'officier qui opinait du chef en silence. Le suspect finit par se taire et l'officier prit la parole en se levant. Il parla de nouveau à l'inculpé qui se redressa à son tour et sortit avec lui.

Brunetti se dit qu'il n'avait pas vraiment besoin de visionner l'interrogatoire une seconde fois avec les voix, mais il s'y mit tout de même. Au bout de cinq minutes, il put constater que le son ne démentait en rien les conclusions qu'il avait tirées des silhouettes réduites au silence.

Il était à la moitié de la bande lorsque son téléphone sonna. Il arrêta la vidéo et répondit : « Brunetti.

— C'est Renzo Pandolfi, dit le professeur. J'ai parlé à quelques-uns de mes collègues. »

Brunetti ferma l'écran de son ordinateur et demanda : « Au sujet de la dottoressa Ricciardi ?

— Oui, confirma Pandolfi en nuançant : Sauf qu'elle n'est pas docteur. Elle est titulaire d'une maîtrise, et elle est encore inscrite en doctorat. »

Brunetti songea au système universitaire, surchargé d'étudiants qui n'allaient pas en cours et prenaient rarement la peine de passer leurs examens. « Inscrite et en bonne voie, ou simplement inscrite ?

— Inscrite et en bonne voie, mais elle n'a pas encore choisi son sujet de thèse.

— Et donc ?

— Les deux professeurs qui l'ont eue comme étudiante m'ont dit qu'elle était intelligente et très cultivée.

— Tu ne me parais pas très convaincu, remarqua Brunetti, faute de trouver un autre mot.

— Sa seule professeure la considère comme une étudiante douée d'une excellente mémoire, mais peut-être pas vraiment apte à travailler comme psychologue.

— S'en est-elle expliquée ?

— Pas au téléphone. Mais comme nous nous connaissons depuis longtemps, elle m'a suggéré d'en parler autour d'une tasse de café.

— Et puis ?

— Elle m'a dit alors qu'à son avis, cette femme est narcissique et l'a probablement toujours été. » Pandolfi se tut alors, comme un coupable avant de passer aux aveux, puis il finit par ajouter : « Je ne devrais pas te dire cela, mais j'ai toute confiance en Paola et je suppose donc que je peux te faire confiance aussi.

— Merci.

— Comme je te disais, Ricciardi était une des étudiantes de mon amie. Une très bonne étudiante : brillante et attentive, mais elle avait du mal à travailler en groupe, du moins dans un groupe dont elle n'était pas le chef. » Paola aurait souri à cette remarque, et aurait demandé à Pandolfi s'il avait déjà entendu proférer ce genre de jugement à l'encontre d'un homme, songea Brunetti.

Le commissario observa, d'une manière plus tempérée : « Voilà qui est intéressant. » Il attendit que Pandolfi continue, mais il dut l'aiguillonner en ajoutant : « C'est tout ?

— Elle a précisé qu'elle s'était aperçue de ce trait de caractère pendant les séances de travaux dirigés au cours desquelles Ricciardi parlait le plus souvent d'elle-même et analysait toutes les situations à travers le prisme de sa propre expérience et selon ses propres critères d'importance. »

Pandolfi cessa alors de parler et Brunetti décida de patienter. Après un très long moment, le professeur reprit : « Mon amie est un bon professeur et une psychologue experte.

— Crois-tu qu'elle accepterait de me parler ? » demanda Brunetti.

La réponse fusa immédiatement. « Non.

— Lui as-tu dit que j'étais un officier de police ?

— Oui, avant même de lui poser la moindre question.

— Et elle a quand même répondu ?

— Elle a dit qu'elle me parlerait, mais pas à la police. Elle ne lui fait pas confiance. À toi non plus.

— Je vois, fit Brunetti. Donc, on en reste là, je suppose.

— Je dirais que oui, confirma Pandolfi ; du moins, en ce qui la concerne. » Comme Brunetti ne réagissait pas, Pandolfi le pria de dire bonjour à Paola de sa part et raccrocha sur ces mots.

23

Le lendemain matin, Brunetti tourna le regard vers le fragment de ciel visible par la fenêtre de son bureau et se demanda si tel était le bleu illimité que les naufragés apercevaient depuis leurs canots de sauvetage. Des orages avaient éclaté sur le continent mais, en ville, il n'avait pas plu une seule goutte depuis un certain temps et cette teinte, qui lui mettait habituellement du baume au cœur, commençait à lui peser comme la menace d'un bleu inamovible. *Que se passerait-il s'il cessait de pleuvoir?* se demanda-t-il. *Resterions-nous simplement ici jusqu'à ce qu'il n'y ait plus d'eau du tout? Si les rivières s'évaporaient et que les nappes phréatiques se tarissaient, les mers de l'autre côté de la péninsule ne seraient d'aucune aide et les Vénitiens ne pourraient pas boire l'eau d'où est surgie leur ville.*

Les deux journaux qu'il lisait chaque jour, l'un local et l'autre national, évoquaient fréquemment le problème de l'eau. Dans les bars, aussi, il entendait les gens s'inquiéter de l'étrange contraste entre les pluies torrentielles et les inondations subies à peine quelques semaines auparavant et le manque de pluie qui s'en était suivi. Quelques personnes avaient même suggéré de limiter la consommation d'eau. Par le passé, Brunetti avait entendu des gens – c'étaient systématiquement des femmes – demander à des baristas de ne pas laisser l'eau du robinet couler en permanence, requête qui les faisait grimacer, comme si l'un des privilèges de travailler dans un bar ou dans une *pasticceria* était de pouvoir gaspiller l'eau selon son bon plaisir.

Récemment, toutefois, la *vox populi* s'était amplement sensibilisée à la question et les barmans, en colère, se retrouvaient désormais isolés face à cette opposition au gaspillage. Malgré tous ces signes subtils de bonne volonté, Brunetti ne pouvait s'autoriser le moindre iota d'optimisme – pas avec une fille qui était aussi sinistre que les damnés de Dante dès qu'il s'agissait d'environnement.

D'où venait l'eau qu'ils buvaient, par exemple ? Des montagnes, des rivières ? Il n'en avait aucune idée. Restant focalisé sur ce thème, Brunetti ferma les yeux et essaya de se remémorer les explications du dottor Veltrini sur le partage des missions entre les trois techniciens de laboratoire. Chacun d'eux était affecté à un secteur spécifique et donc chargé de noter les fluctuations advenant au sein des produits polluants ou contaminants relevés dans leur propre zone. *Que se passait-il si l'une de ces substances venait à dépasser le degré de pollution admissible ?* se demanda-t-il, sans chercher à approfondir la signification de la notion de « pollution admissible ». *À qui transmettait-on ces données ?* La signorina Elettra, à l'instar des petits lutins au service du père Noël, s'était considérablement penchée sur les dossiers et les données du laboratoire du dottor Veltrini, mais Brunetti n'avait pas eu le temps de l'interroger à ce sujet.

Il saisit son téléphone et l'appela.

« *Sì, signore ?* répondit-elle.

— À qui les techniciens de laboratoire de chez Spattuto doivent-ils communiquer leurs analyses s'ils détectent de l'eau polluée ou contaminée ? »

Elle marqua une pause un instant, pendant laquelle il entendit cliqueter quelques touches. Lorsque ce bruit cessa, elle expliqua : « À la branche des carabinieri qui s'occupe des délits environnementaux, à la police forestière et, en cas de preuve d'une implication de la Mafia, aux instances anti-Mafia. Il se peut que le ministère de l'Environnement soit impliqué aussi, mais ce sont les carabinieri qui procèdent aux premières enquêtes.

— Avez-vous trouvé les rapports du labo ?

— Je suis en train de terminer d'examiner ceux des deux derniers mois, monsieur. Il me faut peut-être encore un quart d'heure pour les avoir tous sous la main. » Devançant sa question, elle ajouta : « Ils contiennent les résultats de tous les tests effectués sur des échantillons d'eau prélevés dans les différents secteurs.

— Bien. Envoyez-les-moi dès que possible. Vous est-il possible de les ordonner en fonction de la personne qui a réalisé ces tests ?

— Je peux les classer comme vous le souhaitez, commissario : par contaminants, par degré de gravité suivant le type de contamination, par ordre chronologique, par secteurs, selon les coordonnées géographiques, voire le moment dans la journée, précisa-t-elle, visiblement fière de sa gamme de capacités.

— Alors disons par secteurs », conclut Brunetti. Il raccrocha et se remit à contempler le ciel.

Il s'écoula un assez long moment ; il ne serait pas inexact de dire que la questure s'envola de l'esprit de Brunetti lorsque ses paupières s'alourdirent et qu'il se mit à somnoler, jusqu'à ce que l'alerte sonore annonçant un nouveau mail ne le réveille brusquement. Il rapprocha son fauteuil du bureau, frotta ses yeux plusieurs fois, puis ouvrit le mail de la signorina Elettra, ainsi que la pièce jointe.

Elle comptait onze pages, rangées par responsables des secteurs géographiques, et contenait les analyses effectuées sur les deux mois précédents, à partir des échantillons d'eau contaminée détectée par les différents capteurs sous l'autorité de Spattuto. Il les consulta attentivement.

Il prit son téléphone et appela la signorina Elettra.

« *Sì, signore ?*

— Comment un novice peut-il se rendre compte du degré de nocivité des quantités de polluants relevées dans ces échantillons ?

— Ah, dit-elle en inspirant longuement. Bien sûr. Donnez-moi cinq minutes. Je vous prépare la liste de leur toxicité et vous renvoie le document complet.

— Bien. Merci », dit-il et il raccrocha pour la laisser effectuer cette tâche.

En attendant son message, il examina les résultats relatifs aux sites supervisés par la signora Sala pendant l'avant-dernière semaine précédant la mort de Fadalto. Des traces d'excréments d'animaux avaient été détectées le deuxième jour, des traces de fer le troisième, de cuivre le lendemain et d'arsenic le dernier jour. Les niveaux étaient si bas que les capteurs les avaient apparemment enregistrés sans envoyer de signal d'alarme.

Il chercha rapidement les sites contrôlés par sa collègue technicienne de laboratoire pendant la même période et vit pratiquement les mêmes résultats pour les deux premières substances, auxquelles s'ajoutait la présence de microplastiques, mais aucune trace d'arsenic cette fois.

Les résultats donnés par les capteurs installés dans le secteur du dottor Veltrini ne changèrent guère pendant la première semaine, à l'exception d'une brève apparition de bisphénol dans un échantillon prélevé le quatrième jour.

Une nouvelle alerte sonore signalant l'arrivée de l'information manquante déconcentra Brunetti, qui se mit alors à relire tous les mots-clés relatifs à la première semaine et nota que la seule substance qui avait mérité une place dans le tableau de toxicité que la signorina Elettra venait de lui ajouter était précisément le bisphénol.

C'est lorsqu'il commença à consulter les dossiers de la semaine suivante, celle avant la mort de Fadalto, que Brunetti se sentit déstabilisé. Au début de cette semaine, le mercure, tel le dieu auquel il doit son nom, fut décelé par l'un des capteurs, puis disparut entièrement le temps d'enregistrer les analyses suivantes. Le capteur qui avait détecté le mercure indiqua également, quatre heures plus tard, du chlorure de vinyle, qui se volatilisa aussi dans les données du capteur suivant.

Brunetti envisagea toute une série de scénarios possibles. Il se connecta à Internet, trouva les dossiers du *Gazzettino* et vérifia les dates exactes des fortes pluies qui, se souvenait-il, étaient tombées plus au nord à cette époque. Il n'avait pas plu à Venise, mais un article mentionnait les pluies torrentielles qui avaient sévi près de Belluno et l'érosion des rives du Piave[1] qui s'en était suivie, les inondations et les dommages causés aux cultures. Il y avait aussi la photo d'une voiture flottant sur son toit dans cette rivière, à proximité de Susegana. Les éditions successives du journal rapportèrent d'autres récits liés à ces pluies qui persistèrent toute la semaine aux alentours de Belluno, sans daigner descendre vers le sud.

1. Rivière locale.

Cette situation pouvait expliquer, conclut Brunetti, la diminution – voire la disparition – de la présence de substances contaminantes dans les échantillons, diluées par la rivière en crue. Mais comment justifier les relevés anormaux ? Comment ces substances avaient-elles pu apparaître, puis disparaître aussi rapidement ?

Aucune donnée semblable ne fut enregistrée la semaine suivante ; les résultats étaient en effet identiques à ceux du mois précédent, à part l'apparition éphémère du fameux arsenic dont le seul nom effraya Brunetti, mais le commissario retrouva sa sérénité dès l'instant où il vit que la signorina Elettra avait qualifié de « bas » le niveau de toxicité pour la quantité en question.

Convaincu que ces faits avaient dû susciter tout autant de curiosité chez la signorina Elettra, il ferma le dossier et descendit lui parler. Elle l'accueillit d'un signe de tête et reporta son attention sur son ordinateur en déclarant : « Cela n'a aucun sens pour moi non plus. Je suis en train de vérifier s'ils ont bien transmis ces données aux carabinieri. » Dans l'attente de leur retour, Brunetti se demanda comment la signorina Elettra pouvait avoir accès à tant d'informations confidentielles. Mais comme elle avait déjà pénétré par effraction dans le système de Spattuto, ce contrôle à partir de ce dernier n'était plus qu'un jeu d'enfant. Entrer dans la base de données des carabinieri, une branche de la police d'État souvent chargée de traiter des affaires de haute importance, aurait pu lui soulever un certain nombre d'obstacles, mais il était possible que, à la manière d'un pianiste souhaitant garder sa dextérité, elle ait décidé d'aller faire un tour chez eux aussi. Les sceaux et les en-têtes apparaissant sur l'écran lui laissèrent deviner qu'elle l'avait bel et bien fait, et réussi.

Au bout de quelques minutes, elle cessa de faire défiler le document. « Nous y sommes », déclara-t-elle d'un ton neutre, ne voulant attirer, au grand jamais, l'attention de qui que ce soit sur ses compétences.

Il lut le document en question qui portait l'en-tête des carabinieri et se référait à un mail de Spattuto, copié au-dessous. Quelque temps auparavant, la société avait détecté, ce mois-là, un dysfonctionnement de leur capteur #B287-B-2H5. Ce capteur – accompagné de ses coordonnées géographiques – présentait en effet, au moment du prélèvement et de l'analyse, des signes de corrosion sur deux circuits internes et avait été remplacé. Les deux lectures, continuait le mail de Spattuto, qui avaient conduit à enlever le capteur et à l'emporter au laboratoire en vue d'un examen devaient donc être considérées comme une erreur et être ignorées. Les lectures réalisées à partir du capteur situé plus en aval – qui, après avoir été vérifié, s'était révélé en parfait état de fonctionnement – ne confirmaient en aucune manière ces premières analyses, preuve supplémentaire que les relevés précédents résultaient du mauvais fonctionnement du capteur en question. Ce rapport n'était pas signé, mais émanait du laboratoire d'analyses de Spattuto SpA.

« Qu'est-ce que vous en pensez ? » demanda Brunetti, en se redressant et en s'écartant de l'écran.

Les yeux toujours rivés sur le document, la signorina Elettra répondit : « Tant que je ne serai pas remontée assez haut dans leur correspondance pour vérifier s'il s'était déjà produit le même genre de phénomène, je dirais que cette exposition des faits paraît tout à fait convaincante.

— Vos amis ne se lassent-ils jamais de votre scepticisme ? » s'enquit Brunetti.

Elle se tourna et lui fit grâce du plus chaleureux des sourires. « Vu le pays qui est le nôtre, commissario, je les soupçonne de s'y attendre en permanence.

— Effectivement », fut la seule réplique qui lui vint à l'esprit. Puis, avant qu'il ne lui demande combien de temps allait prendre cette opération, elle lui suggéra : « Pourquoi ne descendez-vous pas vous prendre un café au bar, signore ? D'ici votre retour, je vous aurai procuré cette information. »

Brunetti fit un signe d'assentiment et se dirigea vers la porte. « N'oubliez pas de vous hydrater, signore, l'entendit-il dire dans son dos. Cette chaleur est atroce. »

Brunetti prit son temps et but un second verre d'eau minérale après son café, lut tout tranquillement *Il Gazzettino* posé sur le comptoir et discuta avec le serveur sénégalais dont la famille l'avait récemment rejoint en Italie. Ces menus faits du quotidien parvinrent à le distraire et eurent un effet apaisant sur lui.

En revenant, il s'arrêta à la porte du bureau de la signorina Elettra avant de regagner le sien ; elle lui sourit et lui fit signe d'entrer. « J'ai vérifié leurs dossiers de ces deux dernières années. Il ne s'était jamais rien produit de tel », lui apprit-elle, et elle lui proposa, de sa propre initiative : « Je vais m'attaquer aux deux années précédentes, maintenant. »

Il se rapprocha du bureau de sa collègue, mais sans se préoccuper de consulter l'écran : elle lui annoncerait les résultats. Elle recula son fauteuil et se tourna pour le regarder en face. « Je crois que vous m'avez conduite à la ruine, commissario », déclara-t-elle avec le plus grand sérieux.

Sans trop savoir s'il devait s'en inquiéter ou non, Brunetti demanda : « De quelle façon, signorina ?

— J'ai perdu toute confiance dans l'humanité. Si je lis dans le journal qu'un homme a écrasé sa femme en sortant de son garage en marche arrière, je me demande tout de suite si son acte était prémédité ; si je rentre dans une bijouterie, je commence à imaginer quelle serait la meilleure manière d'y commettre un vol ; quand on interviewe une personne à la télévision, je m'attends à un mensonge, à un moment ou à un autre. » Elle leva les mains en signe de reddition et de désespoir.

« Je ne saisis pas bien si vous m'en voulez, signorina, ou si vous voulez au contraire m'en remercier. »

Elle baissa la tête et observa l'état du pouce de sa main droite. « Je partage votre incertitude, commissario, déclara-t-elle. Pour revenir à Vittorio Fadalto, je trouve intéressant qu'il ait été le responsable de l'inspection et de la maintenance des capteurs, dit-elle en levant les yeux pour croiser son regard. Cette information réside dans le mail qu'ils ont envoyé en réponse à votre requête », ajouta-t-elle, sans même s'excuser d'avoir lu un message adressé au commissario.

Brunetti réfléchit au fait que c'était donc à Fadalto qu'incombaient ces opérations, le Fadalto à la source de toute cette affaire. « Pouvez-vous me montrer une carte illustrant l'emplacement de ces zones et de ces capteurs ? » lui demanda-t-il en désignant l'écran d'un signe de tête.

Elle le regarda longuement, puis se rapprocha de son ordinateur où elle fit apparaître de nouvelles pages, mais, vu la position de Brunetti, le reflet provenant de l'écran l'empêchait de lire les documents. Elle tapa des questions, mais aucune des réponses ne lui convenait. Elle murmura tout bas quelque chose, actionna d'autres touches et un « ah » de satisfaction s'échappa enfin de ses lèvres.

Brunetti s'approcha d'un pas et vit une carte coupée en deux par une ligne bleue irrégulière qui serpentait de l'angle gauche en haut à l'angle droit en bas. Ce n'est qu'au moment où il se pencha davantage et lut le nom de « Ponte di Piave » qu'il put se faire une idée de l'endroit. Plantée en plein cœur de la plaine inondable du Piave, cette ville courait perpétuellement le risque d'être victime de l'élévation imprévisible des eaux.

La signorina Elettra actionna d'autres touches et la carte changea d'aspect : trois parcelles de terre, séparées par de fines lignes en pointillé marquant le tracé des différentes propriétés, s'étendaient à l'est de la rivière, indiquée par de toutes petites lettres. Chacune de ces parcelles présentait une forme rectangulaire, correspondant à un seul et unique immeuble. Elle réduisit la taille de ces constructions, tout en agrandissant considérablement la zone affichée à l'écran. Elle déplaça le curseur et appuya sur d'autres touches encore et une série de points rouges, ressemblant à de minuscules micros, apparurent le long de la rivière traversant ces différentes zones.

« Les capteurs ? s'enquit Brunetti.

— Oui, monsieur, confirma-t-elle. Comme j'ignore complètement leur forme, je me suis dit que des micros pourraient au moins nous en donner une idée.

— Effectivement, nota Brunetti. Et en plus, c'est joli.

— Merci, dit la signorina Elettra du ton le plus naturel. J'en ai mis un à chaque coordonnée géographique des capteurs. »

Brunetti désigna de la main les trois rectangles correspondant aux propriétés. « Est-il possible de connaître la nature de ces édifices et leur contenu ? » demanda-t-il.

Elle posa le coude gauche sur le bureau en enfouissant le menton dans sa main et se mit à tapoter son clavier de la main droite. Elle examina le document qui avait remplacé la carte et se remit à pianoter.

Elle se redressa soudain et commença à écrire des deux mains ; Brunetti eut la sensation de disparaître car la signorina Elettra sembla oublier qu'il était là, avec elle. Il en était certain ; il aurait pu faire toutes sortes de pirouettes, s'endormir ou sauter par la fenêtre : elle n'aurait rien remarqué. Il alla s'asseoir sur le rebord de la fenêtre précisément, le meilleur endroit pour l'observer travailler : la regarder taper et marquer une pause ; taper et attendre ; taper et réfléchir ; taper et encore taper ; hocher la tête, sourire, recommencer à taper, s'arrêter, jeter un œil dans la pièce et sourire de nouveau. «J'ai tout trouvé, déclara-t-elle, sauf un petit bureau dans l'un des bâtiments, mais c'est parce qu'il n'est pas loué en ce moment.»

24

Brunetti la rejoignit pour regarder l'écran qui affichait à présent une vue aérienne des trois bâtiments, des photos de leurs façades effectuées depuis l'autre côté de la route et une seconde vue aérienne prise de plus haut qui englobait toute la zone derrière eux, descendant jusqu'à la rivière. Lorsque Brunetti examina de plus près ces vues aériennes, il s'aperçut que derrière chaque édifice se trouvait un parking où de petites voitures étaient docilement garées entre les lignes blanches.

Prenant les voitures comme étalon approximatif, il estima que les bâtiments se dressaient à cent mètres environ l'un de l'autre, peut-être moins, et n'étaient séparés que par des terrains couverts d'herbe rase. Derrière chacun d'eux se dessinait un sentier menant du parking à la rivière : le sentier derrière le bâtiment situé à l'extrême droite de la photo était délimité par une haute haie soigneusement taillée qui atteignait le cours d'eau, et sa touche verte constituait un signe de bienvenue au sein de ce paysage aride.

« C'est un des secteurs placés sous la supervision du dottor Veltrini, précisa la signorina Elettra en agitant la main vers la zone circonscrite par la haie.

— De quelle sorte d'affaires s'agit-il ? » s'enquit Brunetti.

Elle lui indiqua la réponse sur l'écran. Le bâtiment à l'extrême gauche était un point de distribution pour une chaîne de supermarchés, ce qui expliquait les nombreux camions garés en marche arrière contre le quai de chargement situé derrière ce bâtiment.

Le deuxième était l'entrepôt d'un fournisseur de pièces de rechange pour des camions, des tracteurs et des motocyclettes. Les camions garés de la même manière le long de son quai semblaient plus petits que ceux du supermarché.

Le dernier était une usine produisant des câbles métalliques et des pièces automobiles, spécialisée dans les selleries et garnitures sur mesure pour les voitures de luxe. On voyait là aussi quelques camions garés de la même façon le long du quai de chargement.

« Tout est là, n'est-ce pas ? » s'informa-t-il.

Elle opina du chef.

« Pourriez-vous m'imprimer un document avec le nom des propriétaires et des locataires ? demanda-t-il, lassé de regarder des relevés de géomètres sur l'écran : il continuait à trouver les documents imprimés plus réels, tout en songeant à la volonté expresse de Chiara et Raffi d'aboutir à un monde sans papier, et il était fier de leur reconnaître le mérite de cette haute mission écologique. Mais quand même, il préférait la version papier. N'était-ce pas saint Augustin qui disait : « Seigneur, rendez-moi pur, mais pas encore. »

En attendant que la signorina Elettra exécute cette tâche, il passa mentalement du souhait de sa fille de sauver la nature à certaines actions de ses concitoyens vouées à la détruire. Pas plus tard que la semaine dernière, il avait appris par la presse que les derniers incendies de forêt, de plus ou moins grande ampleur, résultaient tous de foyers criminels et il avait été frappé par l'indifférence et la désinvolture avec lesquelles ses compatriotes traitaient le patrimoine de l'humanité qu'ils avaient en partage. Ses souvenirs revinrent au réfrigérateur que Griffoni et lui avaient vu hissé du rio dei Lustraferi.

Lorsque la signorina Elettra lui tendit les papiers, il lui dit : « Je voudrais que Vianello le lise aussi. Pourriez-vous lui en envoyer une copie ?

— Avez-vous vérifié les équipes de service aujourd'hui ? » demanda-t-elle, surprise par sa requête.

Il y veillait rarement, mais pensa que ce n'était pas une bonne excuse.

« Je n'ai pas eu le temps. Pourquoi ?

— L'ispettore est à Mestre et ne sera ici que demain, ou peut-être même après-demain, répondit-elle sans fournir d'explication.

— Pour quelle raison ?

— Il a été convoqué pour témoigner dans un procès, déclara-t-elle, puis elle rectifia immédiatement : Il s'agit en vérité d'une audition, pas d'un procès. Ce sont des mineurs, après tout. »

Ce détail le fit réfléchir aux crimes commis par les adolescents, une plaie qui avait affecté la ville pendant des mois et des mois et lui remémora la capture, une semaine plus tôt, de quatre membres d'une bande de jeunes durs à cuire qui avaient agressé et volé des enfants de leur âge. « Comment peut-il y avoir déjà une audience ? s'enquit-il. Leur arrestation date de sept jours à peine.

— Je suis désolée, signore, mais il ne s'agit pas de ce gang-là. Ces délinquants ont été arrêtés il y a deux ans.

— Et l'audience n'a lieu que maintenant ? demanda-t-il d'un ton affable et loin d'être surpris. Ils doivent avoir dix-huit ans, à présent.

— C'est ce que je dirais, confirma la signorina Elettra tout aussi calmement.

— Peut-être pourriez-vous en envoyer une copie à Claudia, suggéra-t-il, sans utiliser intentionnellement son nom de famille.

— C'est déjà fait, commissario », répliqua-t-elle.

Il hocha la tête et continua : « Voyez si vous pouvez nous procurer l'emploi du temps des employés de Spattuto et le nom de toute personne mentionnée dans les articles de journaux parus sur la mort de Fadalto. »

La signorina Elettra croisa les bras sur la poitrine et regarda l'écran de son ordinateur. Brunetti se demanda si une créature douée d'une ouïe plus fine que la nôtre – disons, un chien – serait apte à détecter le bruit des rouages tournant dans la tête de sa collègue.

Elle leva les yeux et déclara, le sourire aux lèvres : « Nous avons là un potentiel intéressant, monsieur. »

Brunetti hocha la tête à ces mots. « Nous disposons de quantité d'éléments épars, mais n'avons aucun moyen de les regrouper, ne serait-ce que par deux. En voici quelques menus exemples : le travail de Fadalto consistait à recueillir des échantillons d'eau contaminée, mais le labo n'a pas de rapport sur de l'eau contaminée. La femme de Fadalto a dit qu'"ils" l'avaient tué, mais qui sont ces "ils" ? Et maintenant qu'elle aussi est morte, nous ne saurons jamais ce qu'il avait trouvé ou ce qu'il savait. Il court des bruits sur de l'argent sale, mais il n'y a aucune trace de cet argent. Sans compter ce type qui se prend pour un don Juan, mais deux femmes ont décrété qu'il était tout, sauf un séducteur.

— C'est tellement couru, signore, observa-t-elle, tout sourires.

— Merci pour ces documents, conclut-il en brandissant les papiers, puis il tourna les talons pour quitter son bureau.

— Je vais revérifier tout le dossier, déclara-t-elle, mais il fut déçu de ne pas entendre résonner, à ces mots, des échos de cors de chasse dans la voix de sa collègue.

— Faites pour le mieux, signorina», répliqua-t-il en grimpant l'escalier.

Il posa les papiers sur son bureau et ouvrit son tiroir pour chercher un surligneur, puis il se mit en quête des noms des propriétaires et des locataires des trois bâtiments. Il y en avait un bon nombre et la signorina Elettra était parvenue à trouver aussi les noms des employés de la plupart des sociétés. Brunetti les surligna en vert au fur et à mesure qu'il les découvrait et finit par en repérer vingt-six, dont huit chinois.

Il revint aux différentes informations auxquelles elle avait – il ne lui fut pas aisé de dénicher le verbe approprié – «accédé» dans les dossiers de Spattuto. Un des documents contenait le nom de la femme et des enfants de Fadalto et le nom et le numéro à appeler en cas d'urgence. Il surligna tous ces noms en rose.

Les informations au sujet de la dottoressa Ricciardi lui étaient désormais familières ; il les parcourut néanmoins rapidement et n'apprit effectivement rien de nouveau.

Il consulta les dossiers des deux techniciennes de laboratoire, Antonella Sala et Elisa Guttardi, mais ces documents ne lui furent d'aucun secours.

Le dernier dossier concernait le dottor Veltrini, dont l'ex-épouse, Vittoria Cavallini, percevait chaque mois la somme de 700 euros, prélevée directement sur son salaire. Brunetti s'arrêta sur ce nom et retourna à la liste des employés travaillant dans les bâtiments en question. Cette dernière figurait, en qualité de comptable, dans la liste relative à UMBIS Elements, la fabrique de housses de sièges pour voitures derrière laquelle se trouvait le capteur ayant signalé les quantités excessives de mercure et de chlorure de vinyle.

«*Dio mio*», murmura Brunetti. Il prit son téléphone et composa le numéro de Griffoni.

«*Sì ?* répondit-elle.

— Tu as vu les noms ? demanda-t-il.

— Oui.

— Qu'est-ce que tu en penses ?

— Que ce pourrait être une pure et simple coïncidence.

— Tout comme une beaucoup moins pure, répliqua-t-il plaisamment. Pourquoi n'irions-nous pas lui parler sur place ?

— Quand ?

— Je monte te chercher. Je n'en ai pas pour longtemps.

— D'accord», dit-elle en raccrochant.

Il empila les papiers et baissa les yeux sur la première page. Il resta assis un instant, cherchant à se remémorer le moment où la signora Toso, au cours de leur dernière visite, leur avait dit que son mari «avait pris les résultats». Il n'avait pas eu le temps de lui en demander davantage : de quels résultats s'agissait-il ? comment les avait-il trouvés ? et où étaient-ils ? car l'arrivée de la dottoressa Donato avait mis un terme à leurs échanges. La signora Toso avait confondu le bruit des pas et crut à tort que c'étaient ses filles qui étaient à la porte. Il fixa cette page un long moment, en refaisant défiler mentalement la scène. Il se souvint du long silence qui emporta dans sa spirale la question de Griffoni, en lien avec les résultats, mais il ne parvint pas à se rappeler ses mots exacts.

Puis lui revint en mémoire le long grincement de la porte annonçant l'entrée de la dottoressa Donati. Brunetti recula sa chaise et se leva brusquement. Il laissa les papiers sur son bureau et monta prestement chez Griffoni.

Elle se tourna à son arrivée sur le seuil de sa porte, surprise sans doute par la rapidité de ses pas. « Est-ce que tu as l'enregistrement que tu as fait dans la chambre de la signora Toso ? s'enquit-il sans préambule.

— Oui, répondit-elle calmement, bien que manifestement étonnée par la question de Brunetti.

— Est-ce que je pourrais l'écouter ? lui demanda-t-il, puis il nuança immédiatement : Pourrions-nous l'écouter, je veux dire. Vers la fin.

— Bien sûr. » Elle prit son téléphone posé sur son bureau, puis en toucha l'écran à plusieurs reprises, en réaction à toutes les possibilités que lui offrait l'appareil. Sans détourner son regard de l'écran, elle se leva et se tint près de sa chaise, pour permettre à Brunetti de passer en rentrant le ventre et de la remettre en place avant de s'asseoir de l'autre côté du bureau de la commissario.

Elle se rassit, posa le téléphone au milieu de la table et appuya une dernière fois sur une des touches. « Comment Vittorio a-t-il obtenu l'argent, Benedetta ? » disait sa voix enregistrée, qui brisa le silence de la chambre et fut suivie d'une série de longues et profondes inspirations qu'ils ressentaient, à présent, comme le prélude à son dernier souffle, dès lors si proche.

La signora Toso finit par énoncer, après un bien long moment, son énigmatique réponse : « A pris les résultats. » Brunetti fut de nouveau animé du désir pressant d'aider Griffoni à poser la question qui s'imposait, mais elle ne l'avait pas attendu pour le faire. « Les avez-vous, Benedetta ? lui demanda-t-elle.

— Non. »

La question suivante fusa et cette immédiateté reflétait la capacité de sa collègue à être implacable, tout en usant de la voix la plus aimable et du ton le plus séduisant. «Pouvez-vous me dire où ils sont?» Griffoni était trop subtile pour lui demander si elle accepterait de le révéler. Elle préféra légitimer de cette manière l'aide d'une femme qu'elle savait à l'article de la mort. «Pouvez-vous», avait-elle choisi de dire, comme s'il s'agissait uniquement d'une question de volonté ou d'énergie, car, bien évidemment, Benedetta Toso ne demandait qu'à répondre à cette question, n'est-ce pas?

Brunetti se pencha en avant sur sa chaise, comme s'il craignait de ne pouvoir entendre les sons qui allaient suivre, encore très nets dans sa mémoire. La porte grinça longtemps, jusqu'à sa complète ouverture. Il compta dans sa tête les secondes de silence qui devaient encore s'écouler. Une, deux, trois: ce n'étaient peut-être pas des secondes mais, dans tous les cas, des pauses sûrement assez longues pour que la signora Toso s'aperçoive que ses filles, conformément à son souhait, n'étaient pas venues.

Puis tomba enfin la fameuse déclaration, dans toute sa clarté: «Les filles! Les filles!»

Le long silence qui s'ensuivit fut interrompu par la question du médecin: «Comment allez-vous, aujourd'hui?» et par la réponse à présent insoutenable: «Encore vivante.»

Griffoni toucha l'écran et la pièce redevint silencieuse.

«Tu as entendu? lança Brunetti.

— Entendu quoi? s'enquit Griffoni, de toute évidence confuse.

— Tu lui demandes où sont les résultats. Puis la porte s'ouvre, mais elle sait bien que ses filles ne viendront pas la voir ce jour-là. La porte s'ouvre et elle a alors tout le temps voulu pour se rendre compte que les filles lui ont effectivement obéi et qu'elles ne sont pas là. Et c'est à ce moment-là qu'elle dit: "Les filles! Les filles!"

— Oui, confirma Griffoni, sourde à ses mots et ne comprenant toujours pas où il voulait en venir.

— En fait, elle est en train de répondre à ta question, Claudia. Elle est en train de te dire où sont les résultats. Ils sont avec "les filles". »

Alors qu'elle s'apprêtait à enlever une mèche de cheveux de sa joue, Griffoni se figea, puis elle reprit son téléphone et le tapota à quelques reprises. Le son repartit avec sa propre voix, en train de demander: « Pouvez-vous me dire où ils sont? »

Le coup frappé à la porte, le grincement sans fin, puis l'espace de temps interminable avant qu'elle ne constate l'absence de ses enfants et, enfin, l'arrivée joyeuse du médecin.

Griffoni mit son téléphone en silencieux et déclara: « Mais bien sûr. »

Brunetti lui suggéra de passer l'appel. La signora Toso décrocha et Griffoni lui demanda comment elle allait, ainsi que les enfants. Comme la femme répondit tout d'abord sur un ton naturel, Griffoni leva le pouce vers Brunetti en signe de victoire et continua à l'écouter un moment, en émettant de temps à autre des murmures d'approbation ou d'empathie, mais sans souffler mot. Elle laissa la signora Toso s'exprimer longuement, puis lui demanda s'ils pouvaient revenir lui parler et justifia sa requête par les nouvelles informations qu'ils détenaient et qui pouvaient lui être utiles.

« Nous pourrions venir après le déjeuner », proposa-t-elle indépendamment de la réponse de la signora Toso. Il y avait en effet de fortes chances que les filles soient à la maison à cette heure-là, songea Brunetti, en s'émerveillant de nouveau du tour d'esprit aimablement perfide de Griffoni.

Après un repas auquel ni l'un ni l'autre ne prêtèrent la moindre attention, ils se firent déposer par Foa devant l'église de San Pantalon. Sa mère, se souvint Brunetti, vouait une fervente dévotion à ce saint qu'il associait à une vague histoire de bain de plomb fondu, ou peut-être à une pierre flottante[1] ?

Sur la *riva*, Griffoni décida de prendre sur la droite, plutôt que sur la gauche, mais à la fin de la *calle*, en face de chez Tonolo, elle tourna à gauche et conduisit Brunetti sans se tromper jusqu'au pied du pont. Parvenue au sommet, elle marqua une pause. «J'y suis retournée et j'ai retrouvé le pont, mais je n'ai pas vu de chewing-gums sous le parapet», déplora-t-elle, presque déçue, avant de descendre les marches.

Il sonna et ils commencèrent, plus lentement cette fois, leur ascension jusqu'au troisième étage.

La signora Toso les attendait sur le seuil de l'appartement, où elle leur serra la main à tous deux. Sur le chemin, Griffoni et Brunetti avaient discuté de la façon d'aborder cette information, sans révéler dans quelles circonstances ils avaient entendu ces mots, car aucun des deux ne voulait l'amener à entendre la voix de sa sœur si près de sa mort.

L'appartement sentait les bonnes odeurs du déjeuner : des lentilles, un plat à base de poivrons et du poisson. «Les filles sont en train de se reposer», leur annonça-t-elle aussitôt en reculant pour les laisser entrer.

1. Soumis à sept supplices, il fut entre autres brûlé dans une chaudière de plomb fondu et jeté à la mer avec une meule autour du cou, mais le Christ marcha sur les eaux et le ramena sur la rive.

Une fois de retour dans la pièce avec la vue sur le campo Santa Margherita, Griffoni expliqua à la signora Toso les raisons de cette nouvelle visite. « Après que votre sœur nous ait dit qu'elle n'avait pas les résultats que son mari avait trouvés, je lui ai demandé si elle savait où ils étaient. » Brunetti se blinda au terrible souvenir des quatre mots criés par la femme mourante.

« Et elle a dit à ce moment-là : "Les filles ! Les filles !" » poursuivit Griffoni en s'efforçant de garder sa voix aussi calme que possible.

La signora Toso s'appuya contre le dossier du canapé et, à la manière d'un petit enfant, plaqua la main contre sa bouche. Elle secoua la tête plusieurs fois, en signe de regret ou de récrimination.

Elle ouvrit ensuite les yeux, regarda Brunetti et lui déclara, en faisant fi du langage de la loi et en passant au vénitien, leur propre langue : « C'est ce qu'elle a dit ?

— Oui.

— Vous l'avez entendue le dire ? » continua-t-elle dans la même langue. Ce n'est pas que la signora Toso ne voyait pas la commissario. Il lui aurait suffi de tendre la main pour toucher le genou de Griffoni tellement elles étaient proches, mais tout simplement elle ne prenait pas en compte la présence de cette étrangère.

« *La go sentio*[1] », confirma Brunetti, en disant la vérité. Il l'avait bien entendue.

La signora Toso ferma de nouveau les yeux et, telle une enfant sage, croisa les mains sur ses genoux. Elle pinça d'abord les lèvres sous l'effet de la déception ou de la résignation, ou

1. « Je l'ai entendue. »

peut-être des deux, puis elle tripota une mèche de cheveux derrière son oreille.

Elle se leva brusquement et Brunetti, sans réfléchir, se leva à son tour et s'écarta pour lui accorder toute liberté de mouvement. Elle le contourna et alla à la porte où les filles s'étaient tenues lors de leur dernière visite.

Ni l'un ni l'autre ne parlèrent ; ni l'un ni l'autre ne bougèrent. Brunetti finit par aller à la fenêtre et ce n'est qu'à ce moment-là que, en regardant le *campo* inondé par la lumière impitoyable du soleil, il prit conscience de la chaleur écrasante qui régnait dans l'appartement. Il glissa la main gauche à l'intérieur de sa veste : sa chemise était trempée de sueur jusqu'à la ceinture et sa veste lui collait tellement à la peau qu'il n'aurait servi à rien de l'enlever.

Comme il n'était pas chez lui, il ne pouvait pas ouvrir les fenêtres, mais il avait beau se triturer les méninges, il ne pouvait comprendre pourquoi on les laissait fermées au pire moment de la journée. Il se tourna vers Griffoni qui était restée assise, les bras posés sur ceux du fauteuil et la bouche pressée contre ses doigts croisés.

Il reporta de nouveau son attention sur le *campo*. Même les chiens n'avaient plus goût à jouer et se traînaient à côté de leurs maîtres, ravis pour la plupart de jouir de l'ombre de leurs jambes. *Avec une telle fourrure sur le dos*, songea-t-il, *même cette once de fraîcheur pouvait leur faire du bien.*

Il entendit la porte s'ouvrir derrière lui et les pas de la signora Toso fouler le sol. Au moment où il se tournait, il la vit poser une sorte de sac à dos bleu marine sur une table basse, située au bout du canapé.

Elle lui fit face pour lui expliquer : « Daria l'a rapporté à la maison le soir précédant la mort de Vittorio. Je n'ai aucune idée de ce qu'il contient. Elle m'a dit qu'il le lui avait donné à l'hôpital et leur avait demandé d'y faire bien attention.» Sans leur laisser le temps de poser la moindre question, elle précisa: «C'est tout ce qu'elle a dit. Elle l'a mis en bas de son armoire et m'a certifié que ni elle ni Livia n'en ont parlé à personne.

— L'ont-elles ouvert?

— Il leur avait dit de ne pas le faire», déclara la signora Toso, en guise de réponse. C'en était bien une, songea Brunetti.

Griffoni le rejoignit soudain.

«Signora, veuillez remercier les filles de notre part. Je pense qu'elles ont fait ce qu'il fallait et, enchaîna-t-il, je voudrais que vous retourniez les voir, signora.»

Cette requête surprit les deux femmes, mais ce fut la signora Toso qui demanda: «Ainsi, vous pourrez découvrir ce qu'il y a à l'intérieur?

— Ce qui vous évitera de savoir ce qu'il contient», répliqua Brunetti en *veneziano*[1].

Elle acquiesça et regagna la porte. Une fois qu'elle fut refermée, Brunetti, faisant fi des règles relatives au traitement des preuves, ouvrit le haut du sac et desserra les ficelles qui le fermaient. Il l'ouvrit ensuite entièrement et se pencha pour regarder dedans, puis il en sortit une enveloppe kraft marron, encore scellée. Sans hésiter une seconde, il glissa les doigts sous le rabat et l'ouvrit; il en sortit une liasse de billets de 100 euros retenus par la bande de papier blanc que les banques utilisent pour envelopper de grosses sommes d'argent. Puis il replongea la main à l'intérieur de l'enveloppe et en sortit une deuxième.

1. En vénitien.

Il les posa sur la table. « Il pourrait y en avoir pour 20 000 euros », constata-t-il, et il jeta un coup d'œil furtif dans le sac à dos pour voir s'il y en avait d'autres, mais il n'en trouva plus. Griffoni et lui regardèrent fixement ces billets. Ils semblaient si innocents, gisant sur cette table, si inoffensifs. Qui pourrait imaginer tous les problèmes qu'ils avaient causés ? Et ils étaient verts en plus, la couleur de l'espoir.

Brunetti pencha le sac sur le côté et y introduisit les deux mains. Il fouilla un peu et en sortit une boîte plate en plastique noir qui ressemblait à une boîte à outils. Il pressa le fermoir et souleva le couvercle. Il aperçut à l'intérieur un long tube de la taille et de la forme d'un concombre, posé à plat dans un emplacement creux découpé dans un morceau de mousse de polystyrène noire. Le couvercle présentait le même creux. Leur correspondance était parfaite. Il ferma la boîte avec un bruit sec.

Il l'ouvrit de nouveau et se pencha pour regarder le tube. Le bas était en métal noir et lisse, tandis que le sommet était réalisé dans un verre épais et transparent. Le tube semblait rempli d'eau et le numéro de série était gravé sur l'anneau en acier séparant ces deux parties.

Brunetti souleva le sac à dos dans la lumière pour mieux voir à l'intérieur, où il distingua une enveloppe de format légal posée au fond. Il la sortit ; contrairement à l'enveloppe kraft, elle n'était pas scellée. Il l'ouvrit et vit qu'elle contenait une seule feuille de papier avec l'en-tête de Spattuto. Il posa le sac vide par terre et mit le papier sur la table près de la boîte à outils ouverte, puis il s'écarta pour inviter Griffoni à venir jeter un coup d'œil.

La page portait un numéro de série et présentait au sommet une date et une heure précises. Griffoni se pencha et suivit du doigt le numéro inscrit sur la feuille : tous deux s'aperçurent que c'était le même numéro que celui figurant sur le tube et qu'il s'agissait là de l'un des capteurs.

Il n'y avait aucun mystère ici, ni besoin de grandes connaissances scientifiques pour comprendre le rapport : il avait été établi à 15 heures ; les éléments reportés indiquaient les noms et les quantités de substances contenues à l'intérieur du tube. Certaines lui étaient moins familières, comme le chlorate, le bêta-œstradiol et la micro-cystine, mais ses vieux amis comme le mercure et le chlorure de vinyle ne manquaient pas à l'appel. Comme il savait maintenant comment interpréter leur présence par milliard, il constata que les capteurs avaient enregistré les chiffres inquiétants de 3 par billion de mercure et de 2,2 par billion de chlorure de vinyle.

Griffoni, qui se tenait à ses côtés, se pencha comme si voir l'information de plus près l'aiderait à comprendre ces chiffres. Ses yeux passaient d'une page à l'autre. Elle finit par se redresser et déclara : « Je donne ma langue au chat, Guido. » Elle dessina une courbe, de son bras, au-dessus de la boîte et du papier en question et lui demanda : « Que s'est-il donc passé ?

— Quelqu'un a déversé du mercure et du chlorure de vinyle dans la rivière. »

25

Brunetti expliqua en quelques minutes sa théorie à Griffoni et lui fit part de sa visite à la société Spattuto Acqua. Si les pluies torrentielles avaient fait percoler les substances chimiques qui, déversées et déchargées année après année, se seraient infiltrées graduellement dans la terre, la hausse de leur niveau aurait été lente, progressive et constante, tout comme leur disparition : les lectures opérées à la suite de l'orage auraient montré une diminution régulière des deux substances et l'incident n'aurait pas pu passer sous silence. Mais le temps que les substances soient charriées vers le capteur suivant, la violence de l'eau les aurait diluées en quantités inoffensives et elles auraient poursuivi impunément leur cours vers l'Adriatique.

« Donc, tu veux dire que quelqu'un a transporté cette matière au bord de la rivière et l'a tout bonnement jetée dans l'eau ? » demanda Griffoni, sans chercher à dissimuler sa perplexité.

Brunetti pencha la tête et haussa les sourcils, comme résigné face à l'inéluctable. Il prit la feuille de papier et la posa au sommet de la boîte en plastique, histoire d'occuper ses mains. « Je ne vois pas d'autre manière d'expliquer le contenu du rapport, répliqua-t-il.

— C'est au moment où il y a eu tous ces poissons morts, n'est-ce pas ? » lui demanda-t-elle, perdue dans ses pensées. Elle regarda au loin, les yeux tournés vers le passé, et ajouta : « Emportés en aval, vers l'embouchure de la rivière. C'était à peu près à la même époque. Des milliers de poissons qui ont perdu la vie. »

Brunetti se souvint d'avoir lu des articles à ce sujet pendant la période des fortes pluies. « Ce fait n'a jamais été expliqué ; du moins, pas dans la presse, nota-t-il.

— L'explication est là-dedans, énonça-t-elle en désignant le sac à dos d'un signe de tête.

— Et l'argent ? Qu'est-ce qu'il explique, lui ? » s'enquit-il, en se demandant si elle y verrait le même lien de cause à effet que lui.

Cette question capta toute l'attention de sa collègue et Brunetti l'écouta raisonner tout haut : « Si c'est bien le sac à dos de Fadalto, cela signifie que le capteur et les résultats du labo sont la preuve de ce qu'il s'est passé. » Elle suivit la piste ouverte par cette hypothèse et ralentit le cours de sa réflexion pour mieux prendre la situation en considération. « Et il s'en est servi pour les faire chanter et obtenir l'argent que sa femme qualifiait de "sale" ?

— Je pense que oui. L'argent sale qu'il n'a finalement pas réussi à obtenir pour payer les frais hospitaliers de sa femme », affirma-t-il en bouclant la boucle.

Au bout d'un moment, Griffoni conclut, en désignant le sac à dos : « Mais dans ce cas, ils auraient récupéré le capteur et le rapport.

— Peut-être que c'était juste un acompte », suggéra Brunetti, qui avait déjà réfléchi à la question.

La réaction de la commissario fut immédiate. « Cela aurait pu constituer une raison pour le tuer, n'est-ce pas ?

— Sans cette pièce à conviction, répondit-il en soulevant le sac, il est peu probable qu'ils auraient pris un tel risque. »

Apparemment peu persuadée, elle suggéra vivement : « Le dottor Veltrini ?

— Je ne vois personne d'autre.

— Et donc ?

— Et donc, nous allons lui parler. »

Son visage perdit toute sa douceur lorsqu'elle lança : « Même s'il l'admet… » Elle s'arrêta, puis reprit la parole, la voix cette fois nouée de colère : « Tu as entendu ce que je viens de dire ? S'il l'*admet.* » Elle regarda Brunetti droit dans les yeux et attendit en vain sa réponse. Elle poursuivit alors, la gorge serrée : « "Admet", comme s'il avait chapardé un poulet ou chipé une paire de chaussettes.

— Quel mot aurais-tu préféré employer ? demanda Brunetti.

— "Avouer", répondit-elle d'une voix forte. Il a commis un crime, au nom du ciel. Il a laissé les gens déverser – ou l'a peut-être même fait de ses propres mains – du poison dans l'eau que nous buvons. » Puis, avec la lenteur typique des prises de conscience toutes fraîches, elle ajouta : « Ils sont en train de tuer nos enfants. »

Dans l'espoir de prévenir d'autres excès verbaux, Brunetti nuança : « Mes enfants, j'imagine. »

Elle tourna la tête à la vitesse d'un fouet et demanda, du ton le plus fâché : « Que veux-tu dire par là ?

— Que ce sont les enfants réels qui sont exposés à ce risque, pas des enfants rhétoriques.

— Les enfants de qui ? » insista-t-elle.

Brunetti s'aperçut soudain que la situation avait échappé à son contrôle et que cette discussion, pour ne pas dire cette dispute, était le fruit d'un dialogue de sourds. «Je suis désolé, Claudia ; je voulais dire mes enfants réels, pas tes enfants rhétoriques.»

Il la vit se figer et il répéta, en espérant calmer les eaux : «Je suis désolé, Claudia. Je ne voulais pas te blesser. Je crains d'avoir trop pris ta remarque au pied de la lettre.»

D'une voix entièrement différente, Griffoni répliqua : «Mon enfant n'est pas rhétorique, Guido. Ma fille a dix-neuf ans.»

Mon Dieu, qu'avait-il fait là ? L'avait-il insultée, offensée, obligée à lui révéler une partie de sa vie qui ne le regardait pas ?

Brunetti, résolu à préserver le moindre fragment de normalité, ferma la boîte en plastique noir, se saisit du sac à dos et essaya de la remettre à l'intérieur. Ses mains avaient sans doute perdu de leur fermeté car il ne parvenait plus à la rentrer à plat par l'ouverture. Griffoni lui prit le sac à dos des mains et desserra les liens pour élargir le passage. Brunetti y glissa la boîte, posa la feuille dessus, récupéra les liasses de billets qu'il plaça sur ce papier et referma le tout.

Ils se turent tous deux un certain temps, comme s'ils attendaient mutuellement que l'autre prenne la parole, puis Griffoni finit par demander, en désignant le sac à dos : «Qu'est-ce que tu vas faire de l'argent ?

— Le rendre aux filles. Je ne vois pas d'autre choix.

— En allant chez Spattuto, nous pourrions proposer au chauffeur de s'arrêter et de nous laisser vingt minutes au Casino pour aller le perdre jusqu'au dernier centime.»

Brunetti se revit enfant, à l'époque où il croyait encore en Dieu et à tous les récits des prêtres et des bonnes sœurs. Chaque fois qu'il sortait de l'antre obscur du confessionnal, après avoir exposé ses mini-péchés et avoir été absous de leur poids, il exultait à l'idée qu'il s'était libéré de sa souillure, et donc de sa culpabilité. La plaisanterie de Griffoni lui avait fait retrouver cette même légèreté de cœur : il ne l'avait pas blessée en la forçant à parler de sa fille ; il n'avait rien fait de mal, n'avait engendré aucune souffrance.

Il se dirigea vers la porte par laquelle était sortie la signora Toso, l'ouvrit et appela la sœur de Benedetta. Une fois qu'elle les eut rejoints, il l'informa qu'ils avaient jeté un coup d'œil dans le sac à dos et qu'ils l'avaient laissé tel quel. Il la pria de faire renouveler aux filles la promesse de ne pas l'ouvrir. Elle acquiesça sans poser la moindre question et prit le sac. « Vous pouvez leur faire confiance », dit-elle, puis elle se retira ; ils sortirent en tirant la porte derrière eux.

Brunetti appela la questure de Mestre en descendant l'escalier. Il leur demanda dans combien de temps il pourrait disposer d'une voiture à Piazzale Roma pour la commissario Griffoni et lui-même.

« Nous pouvons aller prendre un café chez Tonolo avant de retourner à Piazzale Roma, lui suggéra-t-il après la réponse de ses collègues de Mestre. Tu connais le chemin, maintenant. »

Cette fois, elle marqua une pause au sommet du Ponte delle Gomme et regarda d'abord d'un côté, puis de l'autre. Sans rien dire, elle lui tapota le bras lorsqu'ils se mirent à descendre les marches et, en entrant chez Tonolo, elle annonça : « Je crois que je vais prendre un de leurs *bignè*[1] au chocolat, et un gros, pas un petit. » Brunetti fut ravi de voir que sa collègue avait retrouvé sa bonne humeur, qu'il attribua à son envie pressante de dessert.

1. Prononciation et orthographe locales pour le terme de beignet.

On leur avait attribué un autre chauffeur ; celui-ci était plus âgé et restait bien concentré sur la route. Brunetti décida d'arriver à l'improviste.

Il eut l'impression que le trajet avait duré moins longtemps que les autres fois. La réceptionniste, qui reconnut Brunetti, lança en revanche à Griffoni le genre de regard qu'une belle jeune femme réserve à une femme de la génération précédente, mais qui reste une dangereuse rivale.

« Qui voudriez-vous voir, commissario ? demanda-t-elle.

— Le dottor Veltrini », répondit Brunetti.

La réceptionniste marqua une pause, comme si elle souhaitait d'autres informations ; Brunetti ne s'étendit pas davantage.

« Bien sûr, déclara-t-elle au bout d'un moment. Je l'appelle immédiatement. » Elle se leva ensuite en leur disant : « Si vous voulez bien prendre place, signori », puis elle se dirigea vers les fauteuils où Brunetti et Vianello avaient attendu d'être reçus. Lorsqu'ils furent installés, elle leur proposa du café ou de l'eau. Ils déclinèrent poliment, avec un sourire.

Elle retourna à son bureau et prit son téléphone. Elle parla un bref moment, reposa le combiné et revint vers eux. « Il sera là dans un instant.

— C'est fort aimable à vous », déclara Griffoni d'un ton glacial.

L'employée regagna son bureau encore enveloppée de ce frisson de froid, puis elle consulta son ordinateur.

Le dottor Veltrini apparut quelques minutes plus tard à la porte du couloir conduisant à l'arrière du bâtiment. Il marqua une pause en s'apercevant que Brunetti n'était pas seul, puis il se dirigea vers eux.

Tous deux se levèrent. Brunetti observa le visage de Veltrini au fur et à mesure qu'il s'approchait ; il n'avait d'yeux que pour Griffoni. Les deux hommes se serrèrent la main et Brunetti présenta la « commissario Griffoni », sans fournir davantage d'explications.

« En quoi puis-je vous aider ? demanda Veltrini en souriant à Griffoni, comme si la question lui était réservée et tout en gardant sa main dans la sienne plus longtemps que nécessaire.

— Nous aimerions vous parler au sujet de certains tests qui ont été effectués – ou peut-être pas d'ailleurs – dans votre laboratoire », expliqua Brunetti.

Malgré l'expression de confusion qui traversa momentanément son visage, Veltrini répliqua aimablement : « Je ne suis pas sûr de bien comprendre, commissario, mais peut-être pourrions-nous aller discuter dans mon bureau. » Il s'écarta et leur fit signe de prendre sur la droite, puis il s'arrangea pour marcher à côté de Griffoni.

Brunetti, qui n'avait plus qu'à les regarder de dos, saisit l'occasion pour étudier la tenue vestimentaire de Veltrini. Il portait des mocassins à glands marron mais pas de chaussettes, une concession sans aucun doute à la chaleur. Sa veste, d'un bleu très clair, pouvait être en lin et soie, mais Brunetti n'aurait pu s'en assurer qu'au toucher. Son jean présentait une coupe étroite, une concession, cette fois, à la mode, mais une mode qui aurait été plus seyante chez un homme de quelques décennies de moins. Sa montre ne lui avait pas non plus échappé : il portait, ce jour-là, un carré Piaget avec un cadran en malachite. Les pensées du commissario dérivèrent alors vers la Mercedes Sedan garée au parking et il se demanda si elle lui appartenait aussi.

Au milieu du couloir, Veltrini s'arrêta devant une pièce située sur la gauche, attendit Brunetti et ouvrit la porte, puis les laissa entrer. Le bois du bureau du dottore était si clair que ce pouvait être du poirier et l'ordinateur d'une telle classe que, si elle l'avait vu, la signorina Elettra n'aurait pu s'empêcher de cacher son modèle dernier cri dans un tchador.

En face de son bureau étaient disposés trois fauteuils scandinaves composés d'une armature en tubes d'acier et dotés d'assises et d'accoudoirs en cuir noir. Le dottor Veltrini hésita un instant sur l'endroit où s'installer, mais ne tarda pas à aller s'asseoir derrière son bureau, en position de chef.

Les murs étaient ornés de quelques lithographies, joliment encadrées, représentant des vues de villes de Bernard Buffet, un artiste que Brunetti n'avait jamais beaucoup aimé. Il leur lança toutefois un regard admiratif et alla en examiner une de plus près avant de prendre place dans son fauteuil. Le dottor Veltrini ne manqua pas de remarquer l'intérêt manifesté par le commissario.

Une fois qu'ils furent tous assis, Veltrini déclara, sans chercher à masquer sa curiosité : « Parlez-moi de ces tests, je vous prie, commissario. »

Brunetti ébaucha un sourire, le plus hésitant et embarrassé possible. « Je crains que vous n'ayez renversé la situation, dottore. Je suis venu pour m'informer à leur sujet et non pour vous en parler.

— Je comprends tout à fait, répliqua Veltrini hâtivement, d'un ton presque abrupt. Mais, avant de pouvoir vous donner une quelconque réponse, il me faut savoir à quels tests vous faites allusion. » Il laissa à Brunetti le temps de répondre, mais, comme ce dernier s'en abstint, Veltrini tenta de sourire en lui demandant : « Eh bien ?

— Certes. Je me réfère à la batterie de tests qui ont été effectués ici, à... » Brunetti marqua une pause, sortit son calepin de la poche de sa veste et le feuilleta rapidement.

« … Juste un moment, s'il vous plaît », s'excusa-t-il en tournant vite une page, puis une autre et en revenant au début. « Ah, voilà, j'y suis. La nuit du 3 au 4. » Avant que Veltrini ne lui pose la question, Brunetti précisa : « Du lundi 3 au mardi 4. »

Veltrini actionna quelques touches et attendit que l'ordinateur obéisse à ses volontés. Il fit tournicoter sa souris un moment, puis leva les yeux et déclara, apparemment surpris : « Mais bien sûr. Comme je suis bête. Je n'étais pas là. J'étais en vacances. » Il leur fit signe de venir jeter un coup d'œil : Brunetti le rejoignit derrière son bureau, Griffoni préféra rester dans son fauteuil.

C'était bien cette date-là. Son calendrier ne présentait, pour chaque jour de la semaine, que le mot de « *Ferie*[1] ».

Veltrini garda les yeux sur l'écran et secoua la tête d'un air narquois, comme amusé par son étourderie.

Brunetti et Griffoni évitèrent de se regarder. Le commissario baissa les yeux sur son calepin, puis fixa le dottor Veltrini en face en lui demandant : « Pourriez-vous me dire, dottore, qui aurait, ou pourrait avoir effectué ces tests ? »

Veltrini répliqua tranquillement, comme si c'était l'évidence même : « N'importe lequel de mes collègues. Mais, pour en être sûrs, je crains que vous ne deviez aller leur parler, commissario.

— Personne d'autre ? s'enquit Brunetti.

— Toute personne ayant eu accès au laboratoire et capable d'effectuer un examen chimique complexe, je suppose.

— Vittorio Fadalto aurait-il pu faire ces tests, dottore ? » s'informa Brunetti, sans se départir du calme et de l'amabilité dont il avait enrobé les questions précédentes.

1. Congés.

Veltrini tenta de dissimuler son choc, mais en vain. Il regarda la porte, comme s'il avait peur de voir surgir le fantôme de Fadalto, et ne put sortir un mot. Il posa la main droite sur le clavier de son ordinateur, mais ce n'était pas tant pour s'en servir que pour y rechercher l'aide que pouvait lui procurer un objet totémique.

Brunetti n'avait jamais joué aux échecs, mais il était fasciné par ce qu'il avait pu en lire : les meilleurs joueurs pouvaient envisager et prédire le coup suivant de leur adversaire, agir pour le contrer et acculer leur rival à une impasse. Puis ils réadaptaient leur propre stratégie à chacune des avancées inattendues de leur concurrent, ou prenaient un risque. C'était dans ce risque qu'il plaçait à présent tous ses espoirs.

Veltrini retira brusquement sa main du clavier et croisa les doigts. « Je voudrais que votre collègue sorte de cette pièce », assena-t-il.

Était-ce pur bluff ou l'instauration de nouvelles règles ? Griffoni se leva, à la grande surprise de Brunetti, remit sa chaise en place et se dirigea vers la porte qu'elle ferma sans bruit.

« Maintenant, nous pouvons parler », déclara le dottore.

Brunetti se tut, attendant de voir quel premier pion déplacerait Veltrini.

« Trouvons un arrangement », proposa-t-il.

26

Brunetti trouva intéressant de noter qu'avec le départ de Griffoni, Veltrini avait clairement recouvré son calme : son corps tout comme son visage s'étaient détendus. Était-il d'avis qu'il leur serait plus aisé de négocier en l'absence de toute femme à devoir impressionner ?

Brunetti décida de ne rien dire et d'attendre que son interlocuteur ouvre le bal. Il regarda l'une des lithographies, certain que son manque de goût pour les lignes noires et prétentieuses lui arracherait un air de vif intérêt. Il passa à la suivante, représentant un pont si sinistre et si désolé qu'il ne pouvait s'avérer qu'un lieu idéal pour se suicider – ou une nette invitation à le faire.

« Qu'attendez-vous de moi, commissario ? demanda Veltrini sur le ton de la conversation.

— Je voudrais que vous me disiez ce que vous savez au sujet des tests effectués le 4 juillet sur un échantillon prélevé derrière une usine située sur le bord du Piave, un secteur où les tests relèvent de votre compétence. »

De toute évidence, Veltrini fut surpris par la question, même s'il se ressaisit rapidement et déclara : « S'il a été prélevé sur l'un de nos sites, les tests ont été forcément analysés selon le protocole classique par l'un de nos employés. »

Brunetti passa outre cette remarque et demanda : « Êtes-vous au courant des résultats de ces tests ?

— Non, mais je suis sûr que vous les trouverez dans les rapports.

— Quels rapports ? lança Brunetti.

— Pardon ? s'enquit Veltrini avec un semblant de confusion.

— Si vous vous référez à ceux qui figurent dans les dossiers de votre laboratoire, je n'ai aucun doute sur le fait qu'ils énoncent des résultats normaux », répondit Brunetti. Puis, comme si un détail lui revenait soudain à l'esprit, il ajouta : « Mais peut-être que d'autres analyses, effectuées sur l'échantillon prélevé par ce même capteur, auraient donné des résultats différents. » Tout à coup, il se sentit lassé de jouer au chat et à la souris.

Veltrini se saisit d'une feuille de papier quelconque, comme si elle pouvait justifier l'allusion de Brunetti, mais, face à cette vaine tentative, il prit un crayon, puis le reposa sur son bureau sans s'en servir. Fatigué aussi par ce jeu, il mit les mains à plat sur le bureau et demanda : « Que savez-vous exactement ?

— Pas mal de choses.

— Avez-vous l'échantillon ?

— Oui. Et aussi le rapport sur l'état de l'eau. » Il attendit un moment pour laisser le temps à son interlocuteur d'assimiler cette information. « L'eau est encore dans le capteur », précisa-t-il.

Veltrini opina du chef en observant le dos de sa main gauche et, de l'autre, il remonta la manche de sa veste pour regarder sa montre. Brunetti eut l'étrange sensation que ce n'était pas pour vérifier l'heure, mais pour s'assurer qu'il avait encore cette montre à son poignet, qu'il la possédait encore, qu'il était encore l'homme qui avait eu les moyens de se l'acheter.

«Je ne savais pas que vous en disposiez, dit Veltrini, les yeux toujours rivés sur le cadran de sa montre.

— Sans compter le reste, renchérit Brunetti. Comme je vous l'ai dit, j'ai le rapport en main.»

Veltrini hocha la tête plus longtemps que nécessaire. Il s'enfonça dans son fauteuil et Brunetti vit sa manche retomber et couvrir de nouveau son carré Piaget. Le dottore finit par dire, d'une voix lasse: «Je pense qu'il est temps de parvenir à un accord, commissario.»

Brunetti caressa un instant l'idée de jouer les indifférents en retournant de nouveau son attention sur les lithographies, mais il décida de ne pas gaspiller son temps et garda les yeux sur Veltrini. «Que voulez-vous dire? s'informa le commissario.

— Que nous allons procéder à un échange. N'est-ce pas le propre d'un accord? s'enquit le directeur du labo d'une voix qui avait retrouvé toute sa vivacité.

— Et est-ce la raison pour laquelle vous avez demandé à ma collègue de sortir?»

Veltrini sourit à ces mots. «Au cas où vous accepteriez ma proposition de négociation, sa présence aurait été gênante.

— Vous semblez convaincu que nous allons en venir à un arrangement.

— Je pense que c'est possible, en effet, confirma Vetrini.

— À votre guise», rétorqua Brunetti d'un ton laconique. Face au silence de Veltrini, Brunetti demanda: «Quelle est votre offre?

— Je peux vous dire qui a tué Vittorio Fadalto.» Cette déclaration tomba comme un couperet, sans avoir été annoncée par le moindre indice, mais Brunetti sentit se vérifier en cet instant précis l'hypothèse restée jusque-là sous-jacente.

« Ce n'est pas *vous* ? » s'enquit-il affablement et, tout en se forçant à sourire, il passa en revue toutes les informations qu'il avait entendues et apprises les jours précédents. Le commissario fut frappé par la calme certitude de son interlocuteur au sujet de l'assassinat de Fadalto.

« Mon Dieu, non ! » s'exclama Veltrini et il agita les mains pour afficher son étonnement. « Pourquoi l'aurais-je fait ?

— Parce qu'il vous a fait du chantage pour vingt mille euros, répondit Brunetti avec tout autant de calme, comme si on lui avait simplement demandé quelle heure il était.

— Ah oui, l'argent, répliqua Veltrini avec une douceur surprenante, en croisant les doigts. Ces histoires toujours si compliquées.

— Qu'en est-il ? » s'informa Brunetti, sans chercher à dissimiler sa curiosité.

Veltrini balaya la question d'un revers de main. « Cela n'a aucune importance, commissario. Croyez-moi.

— Si nous sommes censés trouver un accord, dottore, rétorqua Brunetti avec une certaine conviction, j'ai besoin de le savoir. » Comme Veltrini ne réagit pas, Brunetti ajouta, en homme du monde qu'il était : « Ne croyez-vous pas ?

— Ce n'était pas mon argent. Je veux dire, cet argent ne venait pas de moi.

— Mais c'est vous qui le lui avez procuré ?

— Oui. Mais il provenait d'une autre source.

— Laquelle ? s'enquit le commissario.

— C'est sans intérêt », répondit Veltrini en lui opposant une fin de non-recevoir catégorique. Comme Brunetti gardait le silence, il poursuivit : « Si on lui avait refusé cet argent, il aurait causé des problèmes, et cela aurait été pire. »

Brunetti recroisa les jambes et chercha à imaginer la nature de ces "problèmes", et qui, outre Veltrini, en aurait subi les conséquences. Les recherches de la signorina Elettra lui ayant assuré que le dossier de Spattuto n'accusait aucune faille, tout portait à croire que les responsables étaient les propriétaires des usines derrière lesquelles étaient placés les capteurs.

« Risquiez-vous d'être arrêté à cause des preuves qu'il détenait ? s'enquit le commissario. Le "problème" était-il la probabilité que vous alliez en prison ?

— Voyons, commissario, répondit Veltrini d'un ton condescendant. Depuis quand les gens comme moi vont-ils en prison ?

— Cela dépend de ce qu'ils font.

— Un crime environnemental, déclara Veltrini d'un ton dédaigneux. Tel aurait été le chef d'accusation.

— C'est tout de même un crime, insista Brunetti, contrarié de constater qu'il était en train de perdre le contrôle de la conversation.

— Et quelle aurait été la punition ? Pour avoir pollué une rivière ? Dix mille euros ? vingt mille ? cent mille ? » Il souffla légèrement sur ses doigts pour faire s'envoler des sommes aussi dérisoires. « Et la sentence ? Un an ? deux ans ? peut-être trois ? Je n'ai pas à vous rappeler, commissario, que personne n'a jamais été incarcéré à la suite d'une peine aussi brève : les prisons sont déjà pleines d'individus qui font du trafic de drogue. Les gens comme moi – et, si vous me le concédez, j'élargirais l'horizon et dirais les gens comme nous – ne vont jamais en prison. Ils prononcent une assignation à résidence à notre encontre et nous infligent une amende, et l'affaire est classée. »

Il marqua une pause pour permettre à Brunetti de commenter son raisonnement, mais, face à la véracité de ses propos, le commissario ne parvint à formuler aucune réflexion convaincante.

« Donc, pourrions-nous revenir à la question première ? » suggéra Veltrini en se redressant dans son fauteuil.

Brunetti fit un signe d'assentiment. Et attendit.

« Comme je vous l'ai dit, je vous fournirai le nom de la personne qui a tué Fadalto, mais aussi une preuve suffisante pour obtenir une condamnation. » Il se tut de nouveau assez longtemps pour que Brunetti puisse intervenir, mais le commissario persistant dans son silence, il poursuivit : « En échange, je veux que vous me remettiez l'échantillon : le capteur en question, avec le numéro de série intact et la boîte qui le renferme. Ainsi que le rapport sur les substances détectées. » Il cessa de parler et étudia l'expression de Brunetti, qui eut l'impression que Veltrini espérait en inférer jusqu'où il pouvait pousser ses requêtes.

La prochaine étape, se dit-il en son for intérieur, c'est l'argent, car c'est l'argent qui est à la base de toute cette histoire. Pour quelle autre raison, sinon, Veltrini aurait-il agi comme il l'a fait et consenti à toutes ces malversations ?

Ses réflexions furent entrecoupées par la voix de ce dernier. « Il reste la question de l'argent, déclara-t-il. Vous êtes le seul à savoir où il est maintenant. Fadalto m'a dit qu'il voulait cet argent pour payer les soins de sa femme. »

Brunetti se braqua et se fit un point d'honneur de forcer Veltrini, ne serait-ce qu'une seule fois, à admettre la vérité. « Voulez-vous aussi le récupérer ? » demanda-t-il d'un ton neutre.

Veltrini prit cette remarque en considération avant d'affirmer : « Non. Bien sûr que cela ne me déplairait pas, mais, si vous me le donniez, j'obtiendrais plus que je ne vous ai demandé au départ et cela ne me semble pas… correct.» Mais, continuant à hésiter sur l'adéquation véritable du terme, il marqua une nouvelle pause puis, apparemment satisfait de son choix, conclut: «Je vous ai demandé le capteur et le rapport du laboratoire. Cela suffit.»

Le commissario comprit alors qu'il se retrouvait avec l'argent sur les bras. Pire, avec l'obligation d'expliquer comment il l'avait obtenu. Et où cette somme finirait-elle par aller? Il avait lu, des années durant, des articles sur les butins considérables récupérés à la suite des arrestations des chefs de la Mafia, mais jamais rien sur la destination de cet argent. Convoyé, vraisemblablement, entre les mains de l'État? Et après?

«Commissario? reprit Veltrini, et Brunetti le regarda en face comme s'il avait suivi tout son raisonnement.

— Oui?

— Il m'avait semblé vous voir distrait, lui reprocha Veltrini, à moitié vexé.

— Non, non, pas du tout, lui assura Brunetti. Je cherchais à saisir vos motivations.

— Pour l'argent, naturellement, déclara Veltrini avec un grand sourire perplexe, comme si ce comportement allait de soi.

— Non, ce n'est pas l'argent qui est en cause ici, absolument pas, répliqua Brunetti, le plus sincèrement du monde. Tout simplement, je ne peux pas comprendre comment vous, un scientifique, pouvez accepter d'entrer dans ce genre de machination. Si vous étiez un… comptable… à la limite… ou un banquier, ajouta-t-il comme si cette idée avait interrompu le flux de ses pensées. Cela pourrait se comprendre, parce que vous ne pourriez pas concevoir les véritables conséquences de ce que vous autorisez.

— Mais je *suis* un scientifique», rétorqua Veltrini.

Brunetti chassa ce mot d'un mouvement de tête, comme à un bruit déplaisant. «Et pourtant, vous avez donné ces autorisations. Pour autant que je sache, c'est même vous qui avez lancé le mécanisme.

— Disons plutôt que j'en ai hérité, dottore.

— Je ne comprends pas.

— J'ai obtenu cet emploi il y a dix ans. Un de mes amis l'avait occupé un certain temps et, lorsqu'on lui a proposé un meilleur poste, il m'a appelé pour me demander si cela m'intéressait de le remplacer. Je lui ai dit que oui et il m'a pistonné.» Il désigna son bureau pour montrer l'issue de ce coup de fil.

«Et puis?

— Après un mois, un homme m'a téléphoné; il souhaitait me parler en vue d'une collaboration en free-lance.» Veltrini rangea son bureau avant de raconter: «Je n'avais jamais vécu un tel entretien d'embauche de toute ma vie.» Il lança à Brunetti un regard amical pour susciter son rire.

Brunetti écoutait, étonné qu'il puisse exister des êtres capables de parler de telles offres et de telles actions sans perdre de leur aplomb.

«Nous avons dîné ensemble pour discuter de cette question et il m'a expliqué que je pouvais toucher d'autres revenus, et mettre ainsi du beurre dans les épinards.» Au vu de l'expression de Brunetti, il leva la main et ajouta: «Il ne me l'a jamais dit directement, mais je suppose qu'il avait mis en place un accord similaire avec mon prédécesseur.

— Pour quelle raison?

— Il m'a répété à maintes reprises que personne, dans la société, ne devait soupçonner ce qui se tramait. Il en connaissait un brin sur le mode de fonctionnement du système et savait ce qu'il se passait dans le labo. Comme il ne pouvait avoir obtenu ces informations que de quelqu'un de l'intérieur, mon prédécesseur me semblait tout trouvé.

— Que vous a-t-il demandé de faire?

— Il était censé m'appeler de temps en temps – généralement pendant les périodes de fortes pluies – pour me signaler les capteurs susceptibles de donner "des lectures incorrectes", c'était son expression, et pour me dire à quel moment devaient avoir lieu ces lectures, qui ne devaient pas être forcément effectuées aux mêmes endroits: leur seul point commun était que ces capteurs se trouvaient dans le secteur placé sous mon contrôle.» Face à la curiosité de Brunetti, Veltrini expliqua: «Ainsi, c'était moi qui examinais l'échantillon et écrivais le rapport.

— Sur l'échantillon prélevé du nouveau capteur que vous substituiez à celui qui avait enregistré un niveau trop élevé?» s'enquit Brunetti.

Veltrini confirma la supposition de Brunetti d'un hochement de tête et poursuivit avec la plus grande aisance: «Mon rôle consistait simplement à me débarrasser de ces échantillons et à inscrire des résultats en accord avec les analyses précédentes et suivantes.

— Ainsi, les taux compromettants, commença Brunetti en évitant systématiquement des termes comme «pollution» et «contamination», pouvaient être passés sous silence?

— Exactement.

— Mais comment parveniez-vous à empêcher l'envoi automatique du signal d'alarme aux carabinieri?» demanda-t-il en instillant dans sa voix une curiosité réelle – le prélude à l'admiration.

— Comme je savais à quels moments seraient enregistrées les plus grandes quantités, expliqua Veltrini en baissant les yeux par fausse modestie, de légères modifications pouvaient être apportées au programme relevant de cette partie du système de manière à bloquer l'alarme pendant un certain temps, puis à la réactiver une fois le capteur remplacé. » Brunetti sourit à la façon dont Veltrini passa aisément à la forme passive, comme si une autre personne ou entité avait été responsable de ces agissements.

« Et en échange ?

— Je recevais une certaine somme chaque mois.

— À combien s'élevait-elle ? demanda Brunetti, curieux de connaître le prix de cette infamie.

— Cela n'a pas d'importance, commissario », rétorqua Veltrini d'un ton soudain sévère. Il pencha la tête sur le côté, comme si une pensée venait de lui traverser l'esprit. « Vous n'avez pas besoin de tout savoir, commissario. Pas vraiment.

— Le saviez-vous ? riposta Brunetti.

— Quoi donc ? s'enquit Veltrini, de toute évidence désarçonné par cette question.

— Ce que vous faisiez ?

— Bien sûr. Je viens de vous le dire, riposta-t-il, encore surpris, mais commençant peut-être à s'irriter du fait que Brunetti mettait du temps à comprendre.

— Avez-vous véritablement testé les échantillons ? » lui demanda Brunetti, résolu à ne plus tergiverser.

Il devina au visage de Veltrini que ce dernier était en train d'assimiler la signification réelle de sa question et qu'il cherchait à y échapper pour éviter de répondre. Il avait le choix entre mentir ou dire la vérité. Au fond, qu'il ait ou non procédé à ces tests ne changeait rien à l'affaire, songea

Brunetti. Aucune de ces alternatives n'était pire que l'autre : les chiffres étaient ce qu'ils étaient.

Dans le silence qui enveloppa la pièce, Brunetti crut percevoir toutes les voix étouffées qui avaient cautionné ces pratiques, car comprendre était trop compliqué et risquait de provoquer momentanément des désagréments. « Peu importe, se surprit-il à dire à voix haute, et il revint aux détails pratiques en lui demandant : Avez-vous personnellement rédigé ces faux rapports ? »

Comme Veltrini opinait du chef, Brunetti s'informa : « Existe-t-il un registre permanent contenant les lectures enregistrées par les capteurs ? » Il valait mieux poser cette question et laisser ainsi entendre que la police ignorait tout du mode de fonctionnement de la société Spattuto.

Le visage de Veltrini s'éclaira du sourire typique de tout expert face à une question posée par un novice. « Oui, il y en a un. Ces lectures sont conservées dans notre base de données. » Cette information rassura quelque peu Brunetti, mais Veltrini ajouta aussitôt : « Les chiffres peuvent être toutefois modifiés par toute personne maîtrisant nos logiciels. » Puis, ne se sentant plus de fierté, il précisa : « C'était un jeu d'enfant. »

Encore animé de curiosité, Brunetti ne put se retenir de demander : « Y avez-vous souvent procédé ?

— C'est un autre élément que vous n'avez pas besoin de savoir, commissario. Je me limiterai à parler de l'échantillon recueilli par Fadalto et qui est maintenant entre vos mains. »

Ah, comme Veltrini aimait à discuter. Comme il aimait à se poser en homme du monde.

« Il me faut savoir comment Fadalto est entré en possession de l'échantillon, décréta Brunetti, et de l'argent. »

Il craignit un instant que Veltrini ne juge aussi ce détail dénué d'importance, mais il n'en fut rien car il répondit: «Tout cela est arrivé pendant que j'étais en vacances. J'avais prévenu mon interlocuteur que je ne serais pas là, mais il a dû oublier. Et puis il y a eu ces pluies et les inondations. Il m'a appelé à minuit pour me dire que l'échantillon censé être prélevé à 3 heures du matin aurait besoin d'être étudié.» Cette fois, nota Brunetti, le jargon utilisé par Veltrini pour masquer ses opérations sembla presque naturel: l'échantillon aurait «besoin d'être étudié».

La voix de Veltrini, cependant, était imprégnée d'un agacement qu'il avait du mal à maîtriser et Brunetti le regardait se battre pour ne pas réagir plus vivement.

«Quand je lui ai dit que j'étais en France, il m'a expliqué que je devais trouver quelqu'un pour remplacer le capteur avant 6 heures du matin, car lui n'était plus en mesure d'arrêter le processus.» Comme il s'aperçut que Brunetti ne comprenait pas, il précisa: «Lorsque les capteurs enregistrent certains niveaux, il s'ouvre à l'intérieur d'un tube un petit segment qui conserve une partie de l'eau. Tant que le capteur reste en place, il garde en lui les substances contaminantes.» Veltrini marqua une pause et prit une profonde inspiration avant de continuer: «Je ne pouvais pas avoir accès à l'alarme depuis mon ordinateur en France, donc je ne pouvais pas la bloquer. Cela signifiait que lorsqu'elle se déclencherait, les carabinieri répondraient à l'appel et que nous les aurions sur le dos.» Il s'essuya le visage, comme pour effacer ce souvenir terrifiant. «Il nous aurait été alors impossible de manipuler les chiffres ou de nier ces présences dans l'eau et une enquête aurait été ouverte sur cette zone. C'est pourquoi, quelle que soit l'heure de l'appel, j'allais changer le capteur, conclut-il comme s'il avait été surpris à négliger ce détail.

— Je vois, fit Brunetti. Qu'avez-vous fait?

— Je n'avais pas le choix. J'ai appelé Fadalto et lui ai dit qu'il y avait une urgence et qu'il devait remplacer un capteur immédiatement. C'était la seule personne capable de le faire, expliqua-t-il en regardant Brunetti dans les yeux, puis il ajouta, d'un air pensif: Je suppose que j'ai agi trop hâtivement, mais c'était la seule solution qui me soit venue à l'esprit.

— Ne pouviez-vous pas convaincre la personne qui vous avait appelé de retarder cette intervention, peut-être jusqu'à la fin des pluies?

— C'est là précisément que le bât blesse, rétorqua Veltrini, agacé par l'incapacité de Brunetti à saisir la situation. Il fallait agir pendant la crue. C'est ce qui efface les traces le plus rapidement. Le courant charrie alors les poissons morts vers l'aval et il est impossible de déterminer à quel endroit ils ont péri.

— Ah, fut le seul mot que Brunetti parvint à proférer.

— J'ai pris le premier vol le lendemain matin, poursuivit Veltrini. Je suis arrivé au labo le 5, directement de l'aéroport. Heureusement, la signora Sala n'était pas venue travailler ce jour-là parce que le rez-de-chaussée de sa maison était inondé et la signora Guttardi – qui couvrait mon poste pendant mon absence – n'avait pas encore eu le temps de vérifier les lectures de mon secteur.» Le visage de Veltrini s'apaisa à ces mots. «Je n'avais pas réussi à recontacter Fadalto entre-temps, donc j'ignorais s'il avait réussi à enlever le capteur ou non. Mais comme la signora Guttardi ne m'avait fait aucune réflexion à ce sujet, je ne pus que déduire que tout allait bien.»

Même s'il savait qu'il n'aurait pas dû, Brunetti ne put s'empêcher d'affirmer: «Quelle chance pour vous.»

Veltrini était tellement impliqué dans son récit qu'il perçut uniquement le son des mots, et pas l'esprit qui les avait propulsés. Il hocha la tête avec une expression proche de la gratitude, face à l'empathie de Brunetti.

«Je ne vis aucune trace du capteur dans le labo, mais les chiffres inscrits dans la base de données étaient normaux, cela signifiait donc que Fadalto y était allé et l'avait remplacé.» Il se secoua pour chasser ce souvenir, comme s'il l'avait échappé belle sur une autoroute.

«Fadalto est venu au labo ce soir-là vers 18 heures, après le départ de la signora Guttardi. Il n'y est pas allé par quatre chemins; il m'a dit qu'il avait rapporté le capteur après l'avoir changé et qu'ayant testé l'eau lui-même, il savait ce qu'il y avait dedans. Quand je lui ai demandé de me rapporter le capteur, il m'a expliqué qu'il était en lieu sûr, avec l'échantillon encore dedans, et que donc toute personne le souhaitant pouvait dupliquer ses propres résultats. Il a annoncé qu'il voulait vingt mille euros, ou il allait chez les carabinieri.»

Veltrini se tut; il serra les poings et les posa sur le bureau. «J'avais l'impression d'être dans un téléfilm policier de série B. Du pur et simple chantage.» Il semblait scandalisé.

Brunetti mit un moment à s'apercevoir que Veltrini était véritablement indigné. «Qu'avez-vous fait? s'enquit-il après ce constat.

— Qu'est-ce que je *pouvais* bien faire?» demanda Veltrini instamment.

Brunetti regretta de ne pas avoir gardé de trace de la toute première fois où il a entendu un suspect poser cette question, mais il n'y avait pas songé et ne pouvait se rappeler combien de fois cette phrase avait été prononcée.

«Effectivement, confirma-t-il.

— J'ai appelé mon interlocuteur ; je lui ai expliqué la situation et lui ai dit que la personne qui avait le capteur voulait de l'argent. » Le visage de Veltrini s'adoucit à la perspective d'exprimer une pensée plus profonde. « Vous savez, il a dit quelque chose d'étrange ; c'est peut-être l'aspect le plus étrange de toute cette affaire.

— C'est-à-dire ? s'enquit Brunetti de sa voix la plus sacerdotale.

— Il m'a dit qu'il n'y avait pas de problème et qu'il me verrait le soir même pour me le donner. Et ce n'est qu'à ce moment-là qu'il m'a demandé à combien s'élevait la somme. »

27

Brunetti, désemparé, ne put que demander : « Et cette rencontre a-t-elle eu lieu ?

— Oui. Nous nous sommes vus dans un bar à Conegliano. C'était la personne qui avait effectué mon entretien d'embauche, raconta Veltrini en recourant au vocabulaire de la vie normale, des événements ordinaires. Il m'a remis une enveloppe kraft avec l'argent à l'intérieur : 20 000 euros. » Il énonça cette somme mirobolante d'une voix éclatante.

« En avez-vous parlé ?

— Non. Il m'a offert un verre et lui a pris du vin. Nous avons parlé de la pluie et du beau temps ; puis il a payé les consommations, m'a serré la main et, quand il est parti, l'enveloppe était toujours sur la table. »

Brunetti se garda bien d'interroger Veltrini sur l'homme en question ou sur la transaction. Le visage du directeur du laboratoire ne trahissait que sa perplexité face à l'étrangeté du comportement humain.

Brunetti sentit que leur échange d'informations touchait à sa fin. Cette conversation lui confirma que Veltrini n'avait pas mesuré un seul instant l'ampleur de l'affaire dans laquelle il était impliqué. Ou n'en avait cure. Le fait que son interlocuteur puisse lui refiler allègrement 20 000 euros sans lui poser la moindre question n'avait pas éveillé en lui, visiblement, une once de curiosité quant à l'envergure de la situation : toutes ses considérations se limitaient à la qualifier d'« étrange ».

« Redites-moi ce que vous attendez de moi », dit Brunetti, même s'il le savait : Veltrini lui demandait d'appliquer la tactique à laquelle lui-même avait eu parfois recours : déformer la vérité en échange d'une récompense.

Apparemment soulagé qu'ils aient pu communiquer d'égal à égal, Veltrini proposa : « Vous me donnez le capteur et le rapport. Et vous vous en tenez là : pas d'arrestation, pas d'enquête. » Il esquissa un semblant de sourire et continua : « En échange, comme je l'ai dit, je vous fournis le nom de la personne qui a tué Fadalto et la preuve tangible de ce meurtre. » Au bout d'un moment de réflexion, il ajouta, comme s'ils étaient en train de procéder à une vente et qu'il offrait à Brunetti la possibilité d'acheter deux articles pour le prix d'un : « Je prends ma retraite dans six mois ; si vous êtes d'accord, je vous donne ma parole d'honneur que je ne... » Il n'acheva pas sa phrase pour songer à une manière élégante d'énoncer l'acte qu'il n'accomplirait pas. « Ne modifierai plus le moindre rapport d'ici la fin de mon activité, conclut-il, ayant trouvé l'euphémisme adéquat.

— Votre parole d'honneur ? » s'enquit Brunetti.

Veltrini leva les sourcils, authentiquement surpris. « Si vous me donnez la vôtre, commissario, que vous me remettez le capteur et l'échantillon sans m'arrêter, je vous livre le nom de son assassin. L'avez-vous oublié ? »

Brunetti s'abstint de répondre.

« Et vous mettrez un terme à toute enquête concernant mes méthodes de travail », conclut Veltrini, non sans pédantisme.

Puis il s'enquit, d'une voix plus chaleureuse : « N'est-ce pas la mission des officiers de police ?

— Notre mission consiste à lancer tout processus permettant d'aboutir à l'arrestation et à la punition d'une personne coupable, dottore », répliqua Brunetti, d'un ton tout aussi pédant.

Veltrini plissa les yeux, mais, après un court instant, il sembla se rappeler le rôle qu'il était en train de jouer et déclara, avec un large sourire : « Comme il est agréable de discuter avec une personne si pragmatique. »

Ni l'un ni l'autre ne soufflèrent mot pendant un certain temps, puis Veltrini finit par demander : « Alors, qu'en pensez-vous, commissario ? »

Avec un air impassible, Brunetti répondit : « Avant de prendre la moindre décision, il me faut savoir comment vous avez appris le nom de l'assassin et quel genre de preuve vous pouvez me fournir. » Il parlait avec tant de détachement qu'il aurait pu être en train de troquer de la farine contre des œufs.

Veltrini, que le calme de Brunetti avait rasséréné, hocha la tête en affirmant : « Voilà qui me paraît plutôt raisonnable. » Il finit par raconter :

« Le soir de la mort de Fadalto, je suis resté tard au laboratoire pour rédiger des fiches d'évaluation sur les gens qui travaillent dans, ou pour le laboratoire. Cela demande du tact parce que je dois consulter les feuilles de présence et les notes de service d'autres membres du personnel avant d'écrire mon propre rapport. Je venais juste de terminer lorsque j'ai entendu des éclats de voix s'élever dans le parking, à l'arrière du bâtiment. Je me demandais qui pouvait bien être encore sur place à une heure pareille – il était 22 heures passées – quand les voix s'amplifièrent. J'ai éteint ma lampe de bureau et suis allé regarder par la fenêtre. Fadalto se tenait près de sa moto, son casque à la main. Il regardait en direction du bâtiment et parlait à une personne que je ne pouvais pas voir d'où j'étais. Il m'était impossible d'entendre ce qu'il disait, mais on voyait qu'il était en colère. À un moment donné, il a posé la main sur son cœur et a demandé – j'ai pu entendre juste ce mot parce qu'il l'a crié : "Moi ?" Puis il a réitéré cette question, a mis son casque et l'a attaché. »

Veltrini marqua une pause et ajouta : « Malgré sa fureur, il a eu le réflexe de mettre son casque. »

Brunetti, immobile, attendait.

« Cette scène a éveillé ma curiosité ; c'est pourquoi j'ai descendu l'escalier de secours qui mène au parking. » Veltrini le regarda et lui fit un léger sourire, en quête de complicité.

« Comme j'ignorais qui étaient les amis de Fadalto encore au travail, ou ses ennemis – en admettant qu'il en eût –, je voulais voir qui pouvait le mettre dans un tel état. »

Brunetti opina du chef en signe de compréhension. Il n'était pas étonnant que Veltrini s'intéresse à Fadalto, qui avait la mainmise sur lui ; quoi donc de plus normal que de vouloir découvrir si quelqu'un avait du pouvoir sur Fadalto ?

« Après m'être habitué à l'obscurité, j'ai descendu le couloir et suis resté près de la porte du parking. Je pensais pouvoir reconnaître la voix de la personne avec lui, mais je n'ai entendu que sa moto démarrer et il a quitté le parking. J'ai attendu, mais personne n'est venu dans ma direction. J'ai sorti la tête de la porte et j'ai entendu un autre bruit de moteur, puis j'ai vu une voiture se diriger vers la sortie.

— Avez-vous vu qui était au volant ? s'informa Brunetti.

— Non, à cause des lumières. » Brunetti vit alors un petit sourire indéchiffrable traverser le visage de Veltrini, ce qui le décontenança au début, mais, lorsque ce dernier plissa les yeux, son sourire se révéla l'image même de la malice.

Il essaya de le contrôler, mais il y renonça et lui donna ensuite libre cours en précisant : « Mais j'ai reconnu la voiture. »

L'expression de Veltrini avait interpellé Brunetti, tout comme le moment parfait où il laissa tomber sa remarque. La seule réaction qu'il s'autorisa fut de lever le menton d'un air interrogatif.

« C'est celle de la dottoressa Ricciardi, déclara Vetrini, se délectant de l'effet que fit le nom sur Brunetti. Notre chère et sainte handicapée, partie comme une flèche à la poursuite d'un autre homme encore qui l'avait rejetée. »

Oh, mon Dieu, mon Dieu, mon Dieu, songea Brunetti ; maintenant, je comprends ce qu'entend Paola quand elle dit que les hommes détestent les femmes. Cet homme s'était-il jamais écouté ? Ses discours exerçaient-ils une telle force de séduction sur lui-même qu'il en perdait le sens des mots ?

Comme si ces propos l'avaient guéri du venin ou de la psychose qui le tenaillait, Veltrini retrouva une voix et une attitude normales. « Je ne sais pas ce qui a déclenché en moi la sonnette d'alarme, mais, en ni une ni deux, j'ai pris ma voiture et je l'ai suivie.

— N'aviez-vous pas peur qu'elle s'en aperçoive ?

— Je conduisais tous phares éteints. Je connais bien les routes aux alentours, après toutes ces années, et il n'y a presque pas de circulation après 22 heures. Je l'ai rattrapée et j'ai roulé derrière elle. Elle faisait tellement de zig-zags que j'ai cru au début qu'elle allait déraper et que je devrais m'arrêter pour lui porter secours, mais elle a dû se calmer parce que sa conduite est devenue ensuite plus régulière.

— Pouviez-vous vous rendre compte si elle suivait Fadalto ?

— Il n'y a qu'une route qui mène à l'autoroute et, s'il rentrait à Venise, c'était la seule qu'il pouvait emprunter.

— Ne vous a-t-elle pas remarqué ? »

Veltrini haussa les épaules. « Aucune idée. Elle a continué à rouler, mais elle freinait souvent. Elle la connaissait très bien cette route, donc elle devait être bien agitée pour conduire de cette façon. Puis, à trois kilomètres environ de l'autoroute, une voiture m'a doublé et s'est rabattue si rapidement devant moi que j'ai dû prendre la bande d'arrêt d'urgence et ralentir pour garder le contrôle de ma voiture. Lorsque j'ai fini par revenir sur la route, il n'y avait plus de feux arrière devant moi, donc je me suis dit que j'avais dû rater la sortie d'autoroute. Je me suis rangé et j'ai regardé mon téléphone pour voir où j'étais et pour vérifier si je l'avais effectivement manquée. Une fois que je me suis aperçu que je ne l'avais pas dépassée, je suis resté assis un moment à me dire combien j'avais été stupide d'essayer de les suivre. Au bout de quelques minutes, j'ai redémarré et regagné la route, toujours tous phares éteints. Je n'avais qu'une envie, c'était de rentrer chez moi. Et puis, très vite, j'ai vu une voiture garée sur le côté de la route, un peu avant moi, avec les phares allumés. »

Cette fois, il regarda Brunetti d'un air grave et ses yeux semblèrent s'agrandir derrière ses lunettes. « Oui. C'était bien la sienne. » Puis, comme si un fait conduisait inexorablement au suivant, il continua : « J'avais encore mon téléphone à la main, alors j'ai ralenti et j'ai pris une photo de la voiture. » Sa voix devint encore plus sérieuse lorsqu'il ajouta : « Je m'en suis envoyé une copie pour avoir l'heure exacte. Mon GPS a enregistré le lieu précis où la photo a été prise.

— Pourquoi avez-vous fait cela ? » demanda Brunetti, en s'émerveillant de l'esprit calculateur de Veltrini.

Ce dernier sourit de nouveau et Brunetti sentit monter en lui une véritable bouffée de haine face à la vision soudaine de sa dentition. «Je ne saurais le dire, commissario, répondit-il, en affichant l'air le plus gêné du monde. Peut-être parce que c'était si bizarre, pour moi, de voir sa voiture à cet endroit.» Il haussa les épaules, comme pour donner du poids à ce semblant de profonde confusion.

Ou bien, songea Brunetti, parce qu'il l'avait vue provoquer l'embardée de la moto de Fadalto et qu'il était déjà en train d'envisager comment exploiter ce témoignage. «Était-elle dans la voiture? s'enquit Brunetti.

— Bien sûr, commissario. C'est compliqué pour elle d'entrer et de sortir de la voiture à cause de sa canne et de sa jambe malade.» Il prononça ces derniers mots d'une voix plus aiguë, comme pour prouver sa compassion à son égard. Puis il ébaucha un autre sourire, pour indiquer cette fois qu'il avait terminé.

«Et qu'avez-vous fait, ensuite? demanda Brunetti.

— Je suis rentré chez moi, commissario, répondit-il calmement. En passant près d'elle, j'ai vu qu'elle était assise, les mains sur le volant, regardant droit devant elle; elle avait l'air d'aller bien.

— Vous ne vous êtes pas arrêté pour voir si elle avait besoin d'aide?»

Avec un regard embarrassé, Veltrini assena: «Je crains d'être la dernière personne dont la dottoressa Riciardi voudrait de l'aide, commissario.

— Et pour quelle raison?

— Comme je vous l'ai dit lors de notre première conversation, déclara-t-il avec une once de reproche face à un tel oubli, la dottoressa Ricciardi nourrissait, à grand tort, de l'intérêt pour ma personne.»

Brunetti se dit qu'il était impossible d'oublier pareille information.

« Donc, elle aurait été très contrariée de découvrir que je l'avais suivie. » Sans laisser le temps à Brunetti de protester, Veltrini enchaîna, avec un petit reniflement de désapprobation : « Depuis que j'ai pris mes distances avec elle, elle a adopté envers moi un comportement tout juste courtois. Vous avez dû le remarquer, j'en suis sûr. »

Brunetti acquiesça comme il avait été vivement sollicité de le faire.

Il s'enfonça dans son fauteuil et se dit qu'il devait commencer à réfléchir comme un policier et s'abstenir de réagir à la perfidie de Veltrini. La photo de la voiture de la dottoressa sur la route où l'on avait trouvé Fadalto prouvait simplement qu'ils avaient pris le même chemin en sortant du travail. À moins que Veltrini ne l'ait vue provoquer l'embardée, auquel cas il avait l'obligation légale de s'arrêter et de prêter secours à la victime. Veltrini était le seul témoin de la conversation entre ces deux personnes dans le parking derrière leur lieu de travail ; personne d'autre n'avait entendu Fadalto élever la voix ni ne les avait vus partir au même moment. Quant aux sentiments de la dottoressa Ricciardi pour Veltrini, puis pour Fadalto, elle pouvait relever de ragots, et les ragots ne faisaient pas office de preuve.

Brunetti brisa le silence qui s'était installé entre eux en déclarant : « Je crains que vous ne me proposiez un marché de dupes, dottor Veltrini. » Étrangement, ce dernier ne sembla pas surpris à cette remarque.

« Vous m'avez dit que vous étiez impliqué dans une série de crimes – bon, disons un crime, même s'il est évident qu'il y en a eu d'autres de commis – et que si je renonçais à votre arrestation, vous m'offriez en échange une histoire qui repose essentiellement sur votre récit personnel de cet événement et que ne vient étayer aucun témoignage extérieur. Et, si je puis m'exprimer ainsi, sans preuve d'aucune sorte. »

Il secoua la tête pour afficher son étonnement face à des enjeux aussi dérisoires. Le fait que Veltrini ait pu même simplement imaginer que cette information, indépendamment de sa véracité ou non, puisse suffire à inculper la dottoressa Ricciardi de la mort de Fadalto le dépassait complètement. Son exploitation de la situation, le manque de témoins, une photo aisément manipulée : Brunetti se demanda pourquoi il perdait son temps à écouter cet homme, alors qu'il ferait mieux d'obtenir un mandat d'arrêt contre lui.

Veltrini fit un large sourire empreint d'un plaisir presque enfantin, et son regard devint chaleureux sous l'effet de sa joie croissante. « Et je n'ai pas fini, commissario », annonça-t-il avec une fausse déférence. Sa malveillance avait passé la vitesse supérieure et effacé toute forme d'amabilité. Il ajouta, en gardant le sourire aux lèvres : « Je vous ai dit que j'avais la preuve. »

28

« Que savez-vous donc ? » demanda Brunetti.

Veltrini s'enfonça lentement dans son fauteuil et croisa les jambes, savourant pleinement l'attention dont il faisait soudain l'objet. « Tout d'abord, je dirai que j'écoute les infos tous les matins en me rasant. Le lendemain des faits en question, j'ai entendu qu'un motocycliste avait fait une embardée près de l'endroit où se trouvait la voiture de la dottoressa la nuit précédente, mais qu'il n'y avait pas de témoins. Le motard était mort et la police enquêtait sur les circonstances de l'accident. Pendant que je me rasais, j'ai eu le temps de réfléchir à ce qu'il avait pu se passer. Nous l'avons entendu mille et une fois : peut-être a-t-il été victime d'*un colpo di sonno*[1] et s'est-il endormi au volant ou peut-être a-t-il été heurté par un *pirata della strada*[2], qui s'est enfui sans porter secours à la victime. » Il marqua une pause pour s'assurer que son interlocuteur le suivait toujours. Brunetti était tout ouïe.

« Je n'ai pas mis longtemps à imaginer un autre scénario, déclara Veltrini, fier comme Artaban.

— Quel est-il ? » s'enquit Brunetti avec une curiosité dictée par la politesse.

1. Un coup de fatigue.
2. Chauffard en délit de fuite.

Veltrini exhiba de nouveau sa dentition. « Cela me paraît évident. Pour tout un chacun. Elle l'a suivi puis l'a doublé en lui rentrant dedans avec le flanc droit de sa voiture, ce qui a provoqué son embardée. » Comme Brunetti s'abstenait de répondre ou de commenter ces propos, Veltrini poursuivit, d'une voix un peu plus aiguë : « C'est ce que ferait n'importe qui, non ? » Face à la surprise de Brunetti, il nuança rapidement : « Toute personne ayant eu l'intention de le blesser, naturellement.

— C'est tout à fait possible », admit Brunetti, mais sans le moindre iota de conviction. Puis, d'un air presque absent, il remit la question sur le tapis : « Vous parliez de sa voiture.

— Ah oui, j'en étais là, n'est-ce pas ? Une semaine environ après la mort de Fadalto, je suis allé dîner avec un ami et sa femme. Pendant le repas, elle m'a demandé si je connaissais la femme avec la canne qui travaillait aux ressources humaines. Il se trouve que, un an plus tôt, cette femme avait posé sa candidature pour un emploi chez nous et avait passé un entretien d'embauche avec la dottoressa, mais, comme on lui avait proposé un meilleur emploi avant que Spattuto ne se décide, elle a accepté cette offre. Elle se souvenait encore de la dottoressa avec sa canne, qui lui avait fait l'impression d'une femme intelligente. »

Veltrini continua : « Mais j'ai été surpris ensuite de l'entendre plaisanter sur le fait que cela ne l'empêchait pas de conduire très mal. Quand je lui ai demandé d'où lui venait cette information, elle m'a raconté qu'une semaine plus tôt environ, elle s'était retrouvée derrière la dottoressa sur la rampe de sortie d'un parking souterrain. Une fois arrivée près du sommet, à l'endroit où les voitures tournent pour s'engager sur la route, la dottoressa a pris trop brusquement sur la droite et a frotté tout l'avant de sa voiture le long du mur du garage.

La femme de mon ami a dit que cela avait été terrible d'assister à cette scène, puis de voir la dottoressa chercher à corriger cette manœuvre en faisant marche arrière, mais elle a tourné le volant du mauvais côté et a de nouveau éraflé sa voiture contre le mur. Lorsqu'elle a enfin réussi à partir, elle est sortie du garage sans s'arrêter pour vérifier l'ampleur des dégâts. »

Veltrini s'interrompit, tel un orateur chevronné qui sait quand arrêter et quand reprendre son récit, afin d'aiguiser au mieux l'intérêt de ses auditeurs.

Brunetti joua le jeu en insistant : « Le long du mur, encore une fois ?

— C'est ce qu'elle a raconté, confirma Veltrini.

— Où était-ce ? » demanda Brunetti, d'un ton volontairement innocent.

Veltrini secoua la tête avec un large sourire. « Comme je vous l'ai déjà dit, commissario, il nous faut auparavant stipuler un accord. » Brunetti garda le silence.

« Sa voiture a été réparée, commissario, l'informa Veltrini. Je vous épargne ainsi le soin de la trouver pour l'examiner. Elle semble flambant neuve : elle a été probablement sablée jusqu'au métal d'origine et repeinte. Il ne reste plus rien de son état antérieur. »

Comme Brunetti ne parlait toujours pas, Veltrini poursuivit : « Vous pouvez envoyer votre collègue au parking pour le vérifier, si le cœur vous en dit : c'est une Toyota grise, garée à place n° 12. »

Brunetti perçut tout le ravissement que procurait à Veltrini cette situation et la profonde sensation de pouvoir qu'il en retirait. « Nous pouvons y procéder au moment de votre départ, commissario, toujours si vous le souhaitez », précisa-t-il. Brunetti vit qu'il se retenait de rire au prix de gros efforts.

« Ai-je raison de penser que l'emplacement du garage et le nom de la femme de votre ami relèvent de votre offre ?

— Je dirais qu'ils en constituent la quintessence, commissario.

— Mais vous n'avez pas la certitude qu'il y a des traces de peinture de la moto de Fadalto sur le mur.

— Non. Mais je connais la dottoressa Ricciardi.

— Que voulez-vous dire ?

— Comme toutes les femmes, elle se laisse intimider par l'autorité. Il vous suffit de vous présenter devant elle avec l'information que vous détenez ; elle paniquera et essaiera de trouver un moyen de s'en sortir, vous racontera que c'était un accident. »

Veltrini s'arrêta un moment, puis Brunetti le regarda poursuivre son analyse de la réaction probable de la dottoressa Ricciardi. « Elle fournira une explication, du genre qu'elle ne voulait pas être jugée comme une handicapée qui ne devrait pas conduire. Et elle ressortira l'histoire de sa jambe ; j'en donnerais ma tête à couper.

— Et si je ne vais pas lui parler ?

— Dans ce cas, vous n'aurez d'autre choix que de m'arrêter, d'attendre quelques années pour le procès, puis d'autres années encore, car je ne manquerai pas de faire appel ; d'attendre jusqu'au procès suivant, puis l'appel suivant. Et pendant tout ce temps-là, vous et la police locale vous pourrez prélever, si cela vous chante, tous les échantillons possibles d'écailles de peinture grise sur les murs de n'importe quel garage dans un rayon de… combien de kilomètres, à votre avis, commissario ? » Veltrini s'arrêta, mais, Brunetti ne daignant pas répondre, Veltrini reprit : « Vous lisez *Il Gazzettino*, n'est-ce pas, commissario ? »

Brunetti acquiesça.

« Alors, vous avez dû lire l'article paru la semaine dernière sur la présence du PFAS en Vénétie. » Au vu de la confusion du commissario, Veltrini précisa : « Veuillez m'excuser. C'est du jargon de chimiste. Je voulais dire les substances polyfluoroalkylées.

— Je l'ai lu, effectivement, affirma Brunetti, plus que familier de la source que Veltrini avait choisi de citer.

— Alors, vous n'êtes pas sans savoir que le degré de contamination atteint dans les villes autour de Vicence est maintenant estimé deux mille fois plus élevé que la normale ? » Comme Brunetti ne s'exprimait toujours pas, Veltrini demanda, d'un ton indigné : « Comment est-il possible que cette situation dure depuis quinze ans et qu'il n'y ait toujours pas de procès à l'horizon ?

— Je l'ai lu, en effet, concéda Brunetti.

— Donc, comparé à ce degré de contamination, les torts commis par mes clients sont insignifiants. »

Le fait que Veltrini ait désigné ces personnes comme des « clients » incita Brunetti à saisir la perche. « La question n'est pas qu'il y en ait moins, observa-t-il. C'est que c'est là, et que ça tue. Au bout du compte. » Et, tout en ne sachant pas sur quel pied danser avec cet individu, il ne put s'empêcher de souligner, une fois de plus : « Je ne comprends toujours pas comment un scientifique peut entrer dans ce jeu. Vous en connaissez les conséquences. Vous n'êtes pas un voyou qui vole une voiture un jour, qui agresse une mamie le lendemain. Vous savez pertinemment ce que vous faites… » Il se renferma alors brusquement sur lui-même, paralysé face à l'inanité de ses propos.

L'expression de Veltrini s'adoucit. « J'admire sincèrement votre habileté dans l'art de l'argumentation, commissario. »

Veltrini guetta la réaction de Brunetti et, bien que le commissario demeurât impassible, il continua sur sa lancée :

« Vous avez raison : je sais parfaitement quelles en sont les conséquences. Mais je sais aussi combien nos dégâts sont dérisoires par rapport aux ravages dus aux énormes quantités déversées dans les rivières. » Avant que Brunetti ne puisse lui rappeler sa promesse, il lui certifia : « Je ferai comme j'ai dit, commissario : j'arrête. » Brunetti fut enclin à croire à la sincérité de ses mots : « Une fois que je serai à la retraite, vous n'aurez plus lieu de vous inquiéter. C'est mon assistante, la dottoressa Guttardi, qui me remplacera. Et c'est quelqu'un d'intègre. »

Veltrini enleva ses lunettes et s'essuya l'œil gauche avec son mouchoir. Il leva la tête vers Brunetti qui fut frappé par son regard complètement vide, comme s'il ne voyait vraiment rien sans ses lunettes. Il les remit et rangea son mouchoir en déclarant : « Tout comme Spattuto. Je veux dire qu'ils sont intègres, eux aussi. La société est aux mains de deux frères qui sont sensibles à la question de l'avenir, qui pensent à leurs enfants. » Il sourit de nouveau, même si son sourire ne s'adressait pas nécessairement à Brunetti, et ajouta : « Ils sont jeunes. » Puis il précisa, comme si sa remarque suivante coulait de source : « Et ils ne sont pas impliqués dans cette affaire. J'ai toujours préféré faire cavalier seul. »

Brunetti détourna les yeux, dégoûté par cet homme capable d'user de métaphores pour enjoliver ses agissements. Il ne lui incombait pas la responsabilité de juger les gens qui s'étaient rendus coupables de crimes : souvent des actes d'une grande complexité. En revanche, il était de son devoir de les arrêter et de confier la décision de justice aux autres forces de la loi.

Il entendit couiner le fauteuil de Veltrini lorsque ce dernier se leva. «Je vais aller prendre un café, annonça-t-il. Je vous laisse le temps de réfléchir.» Brunetti entendit la porte s'ouvrir et se fermer, puis le bruit des pas de Veltrini disparaître dans le couloir.

Eh bien, le voilà libre de circuler, à l'instar des substances jetées dans la rivière. Le mécanisme était bien rodé : Veltrini recevait un coup de fil et s'exécutait, s'assurant que les capteurs ne révèlent aucune trace des matières qui avaient été en contact avec eux. Ne pas poser de questions, ne pas mentir et ne jamais songer aux composants dissous dans les eaux de crue déferlant vers l'Adriatique. Le mercure pénétrait dans l'eau et les petits poissons le mangeaient, puis les petits poissons étaient avalés par les poissons de taille moyenne et les gros poissons mangeaient les autres, en concentrant ce métal dans leurs organismes, le temps d'être capturés et de le transférer à leur tour dans le corps des personnes qui les consommaient. On conseillait aux femmes enceintes de ne pas manger de thon : Minamata avait au moins permis une prise de conscience collective.

C'était une loterie, en fait : vous pouviez très bien manger le bon poisson, comme le mauvais, ou ne pas aimer le poisson et n'être donc jamais confronté à ce problème. Intrigué par cette question, Brunetti avait lu quelques articles sur la demi-vie du mercure dans le cerveau et s'était heurté à des opinions divergentes, mais ses effets faisaient l'unanimité.

La population de Minamata, pensa-t-il, avait été empoisonnée au fil des ans, tout comme les crustacés constituant non seulement leur subsistance, mais aussi la majeure partie de leur alimentation. La photo de la pietà japonaise rejaillit comme un éclair dans sa mémoire, mais il en chassa la vision.

La dottoressa Ricciardi n'avait pas eu de chance, non plus, sur le plan de la santé. Il revit sa canne, se souvint de sa claudication, se rappela son manque d'humour, son sérieux, l'intensité et le calme désespoir émanant de sa manière d'être.

Il était possible que Fadalto l'ait éconduite, du moins aux dires de Veltrini. Mais comment faire confiance à un tel individu ?

Étonnamment, toutefois, Brunetti lui accorda son crédit. C'est pourquoi il lui sembla plausible que le mur de ce garage souterrain, où qu'il fût, puisse receler des traces de peinture de la voiture de la dottoressa et d'un autre véhicule, identifiable à coup sûr.

Veltrini ne se trompait probablement pas, non plus, sur le fait qu'elle perdrait toute contenance à la première question et reconnaîtrait avoir poursuivi Fadalto, d'abord en paroles, puis en voiture.

Fadalto était mort. Sa veuve était morte. Les orphelines avaient été prises en charge par leur tante. Si Brunetti acceptait l'offre de Veltrini, il lui faudrait récupérer le capteur et le rapport encore entre leurs mains pour que Veltrini puisse les détruire. Personne ne semblait s'intéresser à l'argent, donc il pouvait rester à sa place et être une source de bienfaits.

S'il arrêtait Veltrini, l'histoire du chantage exercé par Fadalto se saurait, tout comme le retard avec lequel il avait lui-même remis les preuves du crime. Et au bout du compte, il le savait, le scénario de Fadalto finirait par s'avérer, sous le couvert de lenteurs juridiques, et ne mènerait à rien.

Arrêter la dottoressa Ricciardi signifiait intenter un procès à une criminelle et la conduire peut-être en prison. Les filles apprendraient ainsi la vérité sur leur père, alors que Veltrini partirait, de toute façon, à la retraite.

Son esprit revint à la pièce *Les Euménides* et à ses personnages, désespérément en quête d'une conception de la justice axée sur d'autres critères que la vengeance. Les Furies défendaient leur soif de châtiment : « Nous sommes féroces et ne pouvons être déviées par l'homme. » Elles punissaient, inexorablement « conscientes du mal fait », et menaçaient « l'humanité de rester piégée dans le chaos moral[1] » en cas de pardon.

Même si les dieux avaient pris d'autres partis, on écouta et soupesa les preuves alléguées durant le procès d'Oreste lorsque le poète et ses auditeurs cherchèrent à saisir le sens de la justice. Deux mille ans plus tard, toujours pas de réponse.

Brunetti se retrouvait dans le double rôle d'accusateur et d'accusé. Il devait choisir entre le crime à punir et le crime à ignorer et se décida pour le crime le plus grave. Ou pour les meilleurs paris. Il se mit alors à prendre en considération le monde dans lequel il vivait : qui serait puni et à quel degré de sévérité ? Il ferma les yeux et laissa ce fauve qu'était la justice galoper librement dans son esprit.

Il pensa aller rejoindre Griffoni dans le couloir, mais il resta dans son fauteuil. Au bout d'un moment, Brunetti finit par se lever, soudain fatigué de toute cette situation et las de cette affaire. Il quitta le bureau de Veltrini et regarda des deux côtés, mais ne vit personne dans le corridor.

Brunetti se dirigea vers l'avant du bâtiment et, arrivé devant le bureau de la dottoressa Ricciardi, il frappa à la porte et entendit une voix lui répondre de l'intérieur.

Une fois entré dans la pièce, il la vit assise à son bureau ; elle le regarda, effrayée par sa présence, mais elle chercha à

1. Citations librement traduites de l'anglais.

dissimuler sa réaction. « Oui, commissario ? demanda-t-elle, une main posée à plat sur le bureau, l'autre fermée et serrée.

— Dottoressa, je suis venu vous arrêter pour la mort de Vittorio Fadalto », assena-t-il.

Elle sembla se liquéfier sur place, comme un personnage dans un film de science-fiction. Elle posa furtivement les deux mains sur ses genoux ; son visage parut rétrécir et se figer et elle s'enfonça dans son fauteuil.

« Comment l'avez-vous compris ? » s'enquit-elle.

Elle l'apprendrait tôt ou tard, donc il n'y avait aucune raison de retarder l'heure de la vérité. « Par le dottor Veltrini, répondit-il.

— Ah ! s'exclama-t-elle, en exprimant dans ce cri autant de surprise que de soulagement. C'était dans l'ordre des choses, n'est-ce pas ? »

Photocomposition Belle Page

Achevé d'imprimer en août 2021
par CPI BRODARD & TAUPIN (72200 La Flèche)
pour le compte des Éditions Calmann-Lévy
21, rue du Montparnasse, 75006 Paris

PAPIER À BASE DE FIBRES CERTIFIÉES

CALMANN LÉVY s'engage pour l'environnement en réduisant l'empreinte carbone de ses livres. Celle de cet exemplaire est de :
1 kg éq. CO_2
Rendez-vous sur www.calmann-levy-durable.fr

N° d'éditeur : 1553805/01
N° d'imprimeur : 3044369
Dépôt légal : septembre 2021
Imprimé en France.